퇴
계

퇴계

백금남 장편소설 ① 불 속의 꽃길

끌레마 Clema

〈일러두기〉

* 정론화된 사실(fact)에 의거했으나 소설적 개연성을 위해 일부 내용은 재구성했다.
* 명예를 실추시키기 위한 작업이 아님을 밝혀두면서 후손들의 혜량을 바란다.
* 성리학의 중요한 개념인 이(理)와 기(氣)에서 理는 모두 '리'로 표기했다.

| 차례

집을 나서다 ①

1

딸랑딸랑…….

청동말방울 소리가 주위의 정적을 깼다. 말고삐를 잡고 걷는 말구종의 어깨가 처질 대로 처졌다.

문득 간밤의 꿈이 퇴계의 뇌리를 스쳤다. 율곡이 상감의 명을 받고 자신을 찾아나서는 꿈이었다.

율곡 이이(栗谷 李珥)는 홍문관 부교리로, 작년에 천추사(千秋使) 서장관으로 중국에 갔다 왔다. 춘추기사관을 겸임하면서 시정의 득실과 사회의 온갖 비밀들을 보고 듣는 대로 기록하는 것이 그의 임무이다. 그런 그가 왜 갑자기 꿈자리를 어지럽혔는지 모를 일이었다. 율곡은 이상한 종이 한 장을 들고 있었는데, 한사코 감춘 채 보여주지 않았다. 퇴계는 그것을 몹시 궁금해 하다가 잠에서 깼다.

꿈자리가 그렇고 보면 무슨 일이 일어난 것이 분명했다. 당장에 입궁해야 할 것 같았지만 그럴 처지가 아니었다. 그보다 먼저 할 일이 있었다.

"말방울을 떼지 그러느냐?"

잠시 생각에 잠겼던 퇴계가 말구종에게 말을 걸었다. 말방울 소리가 오히려 말구종에게 자장가처럼 들렸을지 몰라 한 말이었다. 졸며 걷던 말구종이 화들짝 놀라 눈을 떴다.

뽀얀 새벽안개가 덮인 청량산의 풍광이 퇴계의 눈앞에 떠올랐다. 도산서당이 있는 청량산은 그 이름만큼 맑고 서늘했다. 말구종은 청량산을 타던 삼마니의 움막에서 데려온 놈이었다. 약초를 캐 살아가던 부모가 벼랑에서 떨어져 죽고 홀로 지내자 퇴계가 데려왔다. 때로 서당으로 와 글을 읽으라고 했더니 놈의 말이 걸작이었다.

"글자가 밥이면 얼마나 좋을까요? 김치 걸쳐 먹어버리게요."

"하하하, 문자로 배를 불리려면 머릿속이 까맣게 익어야 하는 법이다."

"그럼 까막까치가 와 맨날 쪼을 텐디요. 그것들은 잘 익은 열매를 기가 막히게 알아본다니께요."

"그런 걱정일랑 말고 머릿속이 까매지도록 글을 읽어보려무나."

말구종은 글에는 영 관심이 없었다. 나이가 들어갈수록 잡기가 늘어 그림이나 그려대었다. 하루는 그가 그린 그림을 보았더니 제법이었다.

"잘하면 도산에서 환쟁이가 나오겠구나. 서생이 아니라 환쟁이가. 하하하."

"선생님, 저 안개를 보셔요. 저 새벽안개가 꼭 화선지에 풀어놓은 먹물 같당게요."

"그래, 새벽안개라도 많이 마셔 머릿속에 채워두어라. 그래야 산을 그리고 강을 그릴 수 있을 게다."

"이 마음이 꼭 안개를 닮았당게요."

그때 퇴계는 깜짝 놀라 생각했다.

오호, 스승이 따로 없구나. 네 놈이 나의 스승이구나.

그때부터 퇴계는 말구종에게 글을 읽는 대신 그림을 그리게 했다.

"잡기와 기예로 눈에 보이는 그대로를 그려내는 자를 환쟁이라 한다. 천박한 그림쟁이라는 말이다. 눈에 보이는 것만 읽고 쓰는 놈을 서생이라고 한다. 천박한 쥐새끼라는 말이다. 이왕 시작했다면 눈에 보이는 것이 아니라 그 속을 그리려고 노력해야 한다."

"무슨 말이래요?"

알아듣지 못하는 그에게 할 말이 없어 퇴계는 허공만 쳐다보았다.

눈에 보이는 것을 잡기와 기예로 그려내는 자를 환쟁이라 했던 사람은 온계공이었다. 눈에 보이는 세계를 그대로 읊어내는 자를 서생이라고 했던 사람은 송재공이었다. 그들은 진정한 선비란 눈에 보이는 것 속에서 모순을 찾아내야 한다고 하였다. 모순의 세계, 그 세계를 진실하게 보는 자, 그를 진인이라 한다고 하였다. 진실로 세상의 풍광을 그릴 줄 아는 자이기 때문이라는 것이다.

세상을 살며 모순된 세계를 모순되게 사는 법을 알 때 제대로 풍광을 그려낼 수 있다고 하였다. 그 속에서 선과 악을 격렬하게 응시하며 점차 진인이 되어간다는 것이다. 진인이 되려면 마음을 열어야 하는 법. 개심하지 않는다면 결코 그 세계를 볼 수 없을 터이다. 어떻게 개심을 초과할 것인가?

네 놈이 이 말뜻을 진정으로 이해할 리 없고 보면, 머릿속이 새까맣게 익기를 기다릴 수밖에……

퇴계는 졸음이 가득한 말구종의 뒷머리를 바라보며 생각했다.

이번 길에 한양 구경을 하겠다며 부득부득 나서는 말구종을 퇴계가 말리지 않았던 것도 그 때문이었다. 앞으로 세상을 그려야 할 그에게 좋은 공부가 되리라 생각한 것이다.

"다 온 것 같구나."

퇴계가 주위를 둘러보며 말했다.

"어디유?"

"저기 저 집이다."

"되련님이 깜짝 놀라겠구먼요."

"아마 학궁에 가고 없을 게야."

"이랴!"

말구종의 발걸음이 빨라졌다. 청동말방울이 덩달아 딸랑딸랑 울어댔다.

백강건체사

1

사건 현장은 변두리의 강변 근처였다. 마포나루에서 그리 멀지 않은 곳. 율곡이 현장에 다가들었을 때 맨 먼저 눈에 들어온 것은 입구에 매어놓은 말들이었다. 포청 관원들이 타고 온 말이었다.

율곡은 포청 관원들과 간단하게 수인사를 나누었다. 관원들의 반응이 시큰둥했다. 홍문관 부교리가 낄 때 안 낄 때를 모른다는 표정들이었다. 율곡은 신경 쓰지 않았다. 사건 현장에 드나들 때마다 항상 이런 눈총을 받아왔다. 홍문관 부교리로서 그저 맡은 일만 하면 그만이었다.

율곡은 바로 현장으로 들어갔다. 초막은 의외로 암자 형태로 지어진 집이었다. 초막이라고 해도 짚이나 풀 따위로 조그맣게 지은 막집이 아니었다. 겉은 단출해 보였으나 막상 들어가 보니 꽤 크고 넓었다. 열댓 평이나 될까? 집채 중앙으로 마루가 나 있고 그 안쪽 중앙이 안방, 왼쪽이 부엌방, 부엌방으로 들어가면 부엌으로 통하는 문이 나 있었다. 부엌방은 부엌

화기를 그대로 받을 수 있는 온돌방이었고 안방까지 화기가 미칠 수 있게 해놓았다. 안방 옆에는 작은 쪽방이 붙어 있었다. 봉창으로 백일홍나무가 두어 그루 서 있는 것이 보였다.

신방돌을 막 오르려는데 포도관들의 말소리가 들려왔다.

"탐문해보니 이곳에 살던 사람은 신선 공부를 하는 사람이었답니다. 이름이 도척(道拓)이라고 하던가? 이렇다 할 증거물이 확보되지 않고 있습니다."

안방 문을 여는 순간 율곡은 잠시 자신의 눈을 의심했다. 뒤꼍으로 통하는 봉창에서 흘러드는 빛이 꽤 밝아 방안은 그리 어둡지 않았다. 그의 눈에 처음으로 들어온 것은 사람 배꼽 높이의 단과 그 위의 탱화였다. 부처상인 줄 알았는데 아니었다. 신선이 중국옷을 입고 부채를 든 모습이었다.

시체는 바로 그 단 아래에 있었다. 처음에는 시체가 아니라 살아 있는 사람이 앉아 있는 줄 알았다. 시체는 부처처럼 가부좌를 튼 채 눈을 감고 있었다.

더욱이 이상한 것은 시체의 상태였다. 여름이라 홑적삼에다 중의를 걸쳤는데 전혀 부패된 흔적이 없었다. 복날을 넘기긴 했지만 가만히 앉아 있어도 땀이 흐르는 날씨이다. 숨이 끊어진 지 얼마 되지 않았다고 해도 그렇다. 그동안 몇 군데 사건 현장을 돌아다닌 경험에 의하면 여름에는 일각을 보장할 수 없는 게 시신의 상태였다. 숨이 끊어졌다 하면 그길로 살이 문드러지면서 육즙이 흘러내렸다. 한 식경만 넘겨도 얼굴부터 썩어가는 시체를 수없이 보았다. 누렇게 썩어가던 시신들의 가슴과 겨드랑이, 팔다리…… 조금 더 지나면 두발도 탈락되기 시작한다. 여름의 이삼 일은 봄가을의 칠 주에 비할 수 있었다. 겨울은 여름과 약 열 배의 차이가 날 수도 있다는 말을 들었다.

그런데 이상하게 이 시체는 말짱했다. 부패되었거나 부패될 기미조차 보이지 않았다.

율곡은 고개를 갸웃하며 시체의 얼굴색[顔色]부터 살폈다. 예순은 되어 보였다. 시신의 얼굴색만 잘 살펴도 사건해결의 답을 얻을 수 있다는 걸 율곡은 경험으로 알고 있었다. 같은 날 같은 시각에 죽었다고 해서 얼굴색과 형상이 같은 것은 아니다. 얼굴색에도 무수히 많은 종류가 있었다. 죽으면 피가 돌지 않기 때문에 대부분은 얼굴이 희게 변한다. 하지만 간혹 얼굴이 붉게 변하거나 푸른빛이 도는 경우도 있었다. 그 미묘한 차이를 통해 사인을 밝힐 수 있었다.

시체의 얼굴을 살피던 율곡이 몸을 호르르 떨었다. 시체가 썩지 않고 바람에 말려 놓은 명태처럼 말라가고 있다는 생각이 비로소 들었다. 그는 시체의 목 아래 가슴을 보기 위해 검지로 적삼을 들췄다. 그러다 그만 눈을 질끈 감아버리고 말았다. 흉측해서가 아니었다. 예상했던 대로 백강건체사(白僵乾瘵死)가 분명했다. 만에 하나, 천에 하나 나온다는 시체. 희고 빳빳하게 말라죽는다는 백강건체사.

이런 시체는 우선 사망일을 추측하기가 쉽지 않고 사망원인을 알아내는 것도 만만치 않다. 죽을 당시 공격을 받아 상처가 났다 하더라도 썩지 않고 말라비틀어지기 때문이다.

시체는 가부좌를 튼 채로 두 손을 편안하게 무릎 위에 놓은 상태였다. 그런데 시체의 양물(陽物)이 이상했다. 시체의 양물이 옷 속에 작대기를 집어넣어 세워놓은 것처럼 불쑥 솟아올라 있었다.

율곡은 마른침을 꿀꺽 삼키며 떨리는 손으로 시체의 양물을 슬쩍 건드려 보았다.

"으!"

분명히 나무꼬챙이가 아니었다. 나무꼬챙이인지 진짜 양물인지 느낌으로 알 수가 있었다. 분명히 시신의 양물이었다.

"시체의 중의를 벗겨봐."

언제 들어왔는지 포도부장이 가설부장에게 말했다. 그도 시신의 양물이 이상해 보였던 모양이었다.

초검원이 얼른 나서지 않자 가설부장이 눈치를 살피다가 시신을 눕히고 중의를 벗기기 시작했다.

중의가 벗겨지고 나자 때에 전 속옷이 나왔다. 그제야 고약한 냄새가 솟아올랐다. 포도부장이 손으로 코를 막고 속옷을 들추어 그 안을 내려다 보았다. 율곡도 소매로 코를 막고 보았다. 먹은 게 없어서인지 벌어진 항문으로 누런 물만 흘러나와 있었다. 냄새는 그곳에서 나고 있었다. 문제는 양물이었다.

양물이 엄청나게 컸다. 한 자는 안 되었지만 그 굵기가 다듬이 방망이만 했다. 모든 것이 죽었는데 그것만이 살아 있는 것처럼 빳빳하게 서서 시체의 배꼽 아래 붙어 있었다. 음낭도 늘어지지 않았다. 양물이 발기되는 바람에 오히려 위로 바짝 올라붙어 있었다.

"이거 생각할 것도 없이 여자를 너무 밝히다가 죽은 거 아냐? 신고한 자는 퇴계 선생이 이 사람을 죽이고 도망가는 것을 보았다고 하지만……."

포도부장이 시큰둥하게 툭 내뱉었다.

율곡은 고개를 갸웃했다. 죽어도 양물이 죽지 않는 경우가 있다는 건 알고 있었다. 남자가 방사(房事)를 지나치게 많이 하여 정기가 모두 소모된 채 여자의 몸 위에서 죽으면 죽어도 양물이 오그라들지 않는다.

율곡은 주위를 살펴보았다. 포도부장도 주위를 살피는 것 같았다. 여자의 흔적이라고는 없었다. 사건의 모양새로 봐서는 여자가 범인일 것 같은데 신고자는 사건현장에서 퇴계를 보았다고 했다. 사건현장에 퇴계 선생이 있었다고 했다.

율곡은 신고자를 만나보았다. 사십 대의 깡마른 몸을 한 하성구라는 사내였다. 하관이 빨고 매부리코에 눈이 실처럼 가늘고 길었다. 코 밑과 턱에 난 수염이 몇 가닥 되지 않았다. 전형적인 쥐상이었다. 오른쪽 귀밑에 아이 주먹만 한 검은 점이 도드라져 보였다. 마치 손바닥 도장을 찍어놓은 것 같았다.

사내는 자신의 두 눈으로 분명히 퇴계를 보았다고 했다. 피살자 곁에 있다가 도망간 사람은 성균관 대사성을 지낸 퇴계 선생이 틀림없다고 했다. 평생 존경해온 사람인데 잘못 볼 리가 없다고 했다.

율곡이 평소 데리고 다니는 곽문(郭文)이 사내의 말을 듣고 있다가 어이가 없다는 듯 피식 웃었다.

율곡도 사내의 말이 터무니없게 느껴졌지만 혹시나 해서 현장 주위를 샅샅이 살펴보았다. 집안에서는 증거가 될 만한 것이 눈에 띄지 않았다. 초검과 복검이 이루어지면 초초(초검안)와 갱초(복검안)에 시체에 대한 정보가 자세히 나올 것이다.

곧 탐문이 시작됐다.

석양 무렵이 되어서야 탐문에서 돌아온 곽문이 이상한 말을 했다.

"피살자 말입니다. 도가(道家)의 사이비 신도였답니다."

"도가?"

뜬금없는 말에 율곡이 되물었다.

"네. 그렇지만 이상해요."

"뭐가?"

"시체를 처음 보고 신고한 하성구라는 사내가 성균관 사성을 지냈답니다."

"그 말은 그가 퇴계 선생을 모를 리 없다?"

율곡은 우연히 물을 얻어 마시러 갔다가 현장을 목격하고 신고했다는 사십 대의 사내를 떠올리며 그렇게 물었다.

"그렇습니다. 성균관 사성을 지냈으니 퇴계 선생을 당연히 알 것이고, 거짓말할 리도 없다고 봅니다. 한데 탐문을 해보니 좀 이상해요."

"뭐가?"

"하성구가 피살자의 서자라는 말이 있거든요."

"물을 얻어 마시러 갔다가 사건 현장을 보고 신고한 게 아니라 계획적으로 조작한 것이다? 그럼 어떻게 되는 거야? 퇴계 선생이 범인이 아니라면 그자가 아버지를 죽였다?"

"글쎄요……. 서자가 맞는다면 그렇게 되지요."

"서자이지만 친아비를 죽일 리가 있나?"

율곡은 황당한 이야기에 픽 웃음이 났다.

"그러게 말입니다. 마침 죽은 사람의 여동생이 포청으로 왔는데 그 자리에서 대번에 하성구를 알아보더라구요. 오른쪽 귀밑에 있는 손바닥처럼 생긴 점을 보고는 금방 알아채더라니까요. 퇴계 선생이 피살자를 만나려 했었던 건 사실인 모양입니다."

"무엇 때문에?"

"퇴계 선생이 그 집으로 들어가는 것을 본 이가 있습니다."

"그 사람이 퇴계 선생님인 줄 어떻게 알아?"

"의관을 정제한 예사스럽지 않은 이가 그 집으로 들어가는 걸 봤다고 합니다."

"그러니까 그가 퇴계 선생이다?"

"그렇습니다. 의관을 정제하고 들어간 사람이 퇴계 선생님이 분명하다면 피살자가 도가 쪽에서는 꽤 이름난 사람이니, 평소 퇴계 선생과 내왕이 있었던 것이 아닌가 하는 말이 돌고 있습니다."

"퇴계 선생이 들어갔다고 하더라도 그럴 리가 있나? 하성구가 아비를 죽이고 퇴계 선생에게 덮어씌운 것이 아닌가?"

"그런데 이상합니다. 포도관들이 하성구에게 피살자의 서자냐고 물으니 아니라며 펄쩍 뛰는 겁니다. 자기 아버지는 따로 있다는 거지요."

"아버지? 그럼 하성구의 아버지라는 사람도 만나봤어?"

"그도 하성구가 자신의 아들이 맞는다고 하더군요."

"그것 참……. 피살자의 여동생이 하성구를 잘못 알아보았거나 아니면 하성구의 아비라는 이가 거짓말을 하고 있다는 거 아니냐?"

"문제는 하성구의 아버지라는 이가 거짓말을 할 이유가 없다는 겁니다. 탐문수사 결과도 친자식이 맞더군요."

율곡이 직접 조사해보니 곽문의 말이 맞았다. 피살자의 여동생은 하성구가 어릴 때 헤어진 피살자의 서자가 맞는다고 하고, 하성구의 아버지라는 사람은 하성구가 제 자식이 맞는다고 했다.

탐문이 계속되자 하성구의 어미가 피살자 도척의 종이었다는 사실이 드러났다. 피살자가 그녀를 건드렸고 아이가 태어나자 두 살 때 내쫓았다고 했다. 그러면 그 아이가 커 원한으로 친부를 죽인 것이 아니냐는 문제가 대두됐다. 그러니까 친부를 죽이고 퇴계에게 덮어씌웠다는 말이었다.

탐문을 마치고 돌아오면서 율곡이 곽문에게 되뇌듯 물었다.

"아무리 생각해도 퇴계 선생님은 아니야. 그럴 리가 없어. 그렇다면 모함이라는 말이고, 모함이라면 모함할 이유가 있을 텐데……."

"그렇지 않아도 그쪽으로 조사해보았는데 퇴계 선생과 하성구가 접촉한 사실이 전혀 나타나고 있지 않습니다."

"그렇다면 너무 이상하지 않은가? 퇴계 선생님이 성균관 대사성 재임시절 잠시 하성구와 한솥밥을 먹은 적이 있다고 하지만 벌써 십여 년 전의 일이 아닌가? 그 후 접촉한 사실이 전혀 없다? 그럼 뭐야? 누군가의 사주를 받았다? 그도 아니면 하성구가 피살자의 친아들이라는 말인데, 원이 져 아비를 죽였다?"

"그게 더 신빙성이 있습니다."

"그렇다면 하성구가 피살자의 친자인지 아닌지 밝혀내면 되겠군?"

"그렇습니다. 친자라는 것이 밝혀진다면 말입니다."

"허허, 퇴계 선생님은 자신이 모함 받는지도 모르고 지금 어디에 계신 것이야?"

"그러나 저러나 친자인지 아닌지를 어떻게 밝혀낼 수 있을지가 문젭니다. 그것 외에는 하성구가 퇴계 선생님을 모함할 근거가 발견되지 않아요."

"쉽지 않은 일이군."

율곡은 두 가지 가능성을 모두 따져보았다. 먼저 퇴계 선생의 상황. 지금 그는 정치적으로 누군가에게 모함 당할 처지가 아니다. 이미 벼슬을 놓고 낙향한 마당이다. 근래 들어 한양생활은 손에 꼽을 정도다. 그리고 퇴계 선생은 누구와 척을 질 사람도 아니다. 한 갈래 길을 놓아버리고 나니 하성구의 친자 문제만 남았다. 피살자와 하성구의 친자 여부만 알 수 있다면 사건은 해결될 것 같았다. 그런데 그걸 확인할 길이 없었다.

율곡은 포청으로, 의금부로 돌아다녔다. 검시관들도 하나하나 직접 찾아 다녔다. 그러나 친자 감별법을 알고 있는 이는 아무도 없었다. 중국에서 들어온 서책에 친자 감별법이 나와 있기는 했다. 그러나 허무맹랑한 방식 이라 지금은 사용하지 않는다고 했다. 율곡은 답답한 심정에 점쟁이라도 찾아가야 하는 생각까지 해봤다.

집을 나서다 ②

1

퇴계가 탄 말을 이끄는 이안도(李安道)의 발걸음이 설다. 모처럼 한양에 올라오신 할아버지를 말구종에게 맡길 수 없다며 손자 안도가 직접 말고삐를 끌고 나선 것이다.

퇴계가 정암 종가로 가자고 했을 때 안도는 뜨악한 표정을 지었다.

"조광조 어른 댁을 말씀하시는 것인지요?"

"그래."

안도는 고개를 갸웃했다. 그분이 기묘사화 때 사사된 것은 세상이 다 아는 일인데, 그렇다면 그 종가가 남아 있겠느냐는 표정이었다.

"나도 유생시절에 딱 한 번 가본 곳이다."

"집안이 성해나지 않았을 텐데요."

"그렇겠지. 하지만 중종 임금께서 그분의 공을 생각하여 종가만은 건드리지 않았다고 한다."

"그럼 정암 선생의 종가가 그대로 존속되고 있다는 말씀입니까?"

"정암 선생께서 기묘사화로 화를 입자 그 피붙이들이 화를 피해 전국으로 흩어졌고 일부는 경상도 영양 어딘가에 정착했다는 말을 들었다. 하지만 종손은 종택을 지켰던 모양이다. 얼마 전에야 봉사손이 제 아비에게 문제가 생기자 회피하여 종가를 어딘가로 옮겼다고 하는데……."

"지금은 비었다는 말이군요?"

"그럴 테지. 복관은 되었으나 그런 집에 누가 들어와 살려고 하겠느냐? 더욱이 작금에 와 아비 일로 봉사손에 화까지 미쳤으니. 집이 그대로 방치되는 바람에 갈 곳 없는 사람들이 들어가 진을 쳤던 모양인데 언젠가부터 정암 선생의 넋이 나타나 하나같이 기겁을 하고 근접하지 못한다고 하더구나."

"그래서 그런 소문이?"

"너도 들은 모양이구나."

"성균관 유생 사이에서 그분은 아직 잊히지 않은 인물인 걸요. 작금에 그분을 보았다는 말이 돌고부터는 그게 사실인 양 하고 있습니다. 그런데 그곳엔 왜?"

퇴계는 말없이 먼 산을 바라보았다. 청록의 산등성이에 구름 그늘이 스쳐가고 있었다. 헛된 낭설에 놀아나는 것이 아니냐고 손자는 생각할지 몰랐지만 그렇다고 굳이 속마음을 드러내고 싶지도 않아 퇴계는 말없이 풍광만 바라보았다.

"그곳이 어딥니까?"

잠시 후에 안도가 물었다. 할아버지가 어떤 분인가? 무슨 생각이 있으시니 그곳에 가시겠지 하고 생각하는 모양이었다.

"향교동이다."

그제야 퇴계가 운을 뗐다.

"향교동이라면 한양골 아닙니까?"

"그래."

"그럼 홍제천을 건너야겠군요."

그들은 홍제천 외다리를 건너 서문각으로 접어들었다. 학궁에서 흘러온 한 무리의 유생들이 줄을 지어 지나갔다.

"권당(捲堂)에 든 게 아니냐?"

퇴계가 안도에게 물었다.

안도가 유생들을 눈이 부신 듯 바라보다가, "그렇습니다" 하고 대답했다.

"무슨 일이냐?"

"대국[中國] 사신이 황주로 와 못된 짓을 일삼는 바람에 양반집 규수가 자진한 사건을 황주 군수가 덮었기 때문입니다. 그가 사신들과 결탁한 것이 백일하에 드러났는데도 조정에서 나 몰라라 하니……."

"괴이한 일이구나. 너도 권당에 들었더냐?"

안도가 말을 못하고 머뭇대다가, "예" 하고 기어들어가는 소리로 대답했다.

퇴계는 새벽녘에 꾼 괴이한 꿈을 떠올렸다. 어제는 꿈에 율곡이 보이더니 오늘 새벽에는 난데없이 한 번도 본 적이 없는 여인이 찾아들었다. 요즘 들어 꿈자리가 꽤 사나웠다. 늙은 여자였다. 머리를 풀고 소복을 입은 노파는 방구석에 옹송그리고 앉아 있었다. 퇴계가 방으로 들어서다가 놀라자 노파가 매서운 눈길로 노려보았다.

"누구냐?"

퇴계가 자신도 모르게 고함을 질렀다.

"내 너를 죽이러 왔다."

노파가 그렇게 말하며 "히히히" 하고 웃었다.

"네 이년, 유정(幽靜, 귀신을 뜻함)이 아니더냐? 요망하다. 어서 물러가지 못하겠느냐?"

"네놈도 겁나는 것이 있나부지? 넌 내 아들의 원수야. 내가 가만 놔둘 것 같으냐?"

"네년이 누구기에 그런 소리를 하느냐?"

"네놈 때문에 내 아들이 인생을 망쳐버렸으니 네놈을 죽이고 말 것이야."

꿈 속이어서일까? 어느 사이에 퇴계의 손에 칼이 들려 있었다. 그 칼을 마구 휘둘렀는데 노파가 보이지 않았다. 이리저리 찾다가 문을 열어보고 그만 풀썩 주저앉고 말았다. 바로 눈앞에 늙은 여인의 몸이 대롱거리고 있었다. 올려다보니 노파는 어느새 목을 매고 혀를 빼문 상태였다. 칼을 놓아버리고 주저앉아 버르적거리다가 안도가 부르는 소리에 눈을 떴다.

왜 갑자기 그런 꿈을 꾸었는지 모를 일이었다.

"매사에 몸조심하거라. 권당에 드는 걸 말리고 싶은 생각은 없다만, 권당에 들 때는 그 이유가 분명해야 하고 사적인 감정에 치우쳐서는 안 된다."

"명심하고 있습니다. 할아버님."

"새벽녘 꿈자리가 심상치 않아. 각별히 행동을 조심하거라."

"예, 할아버님."

소(疏)가 오를 것이라는 소문이 나도는지 거리는 한산했다. 퇴계의 유생 시절에도 그랬다. 권당이 있다고 하면 성균관 주위의 가게들은 하나같이 문을 닫아걸었다. 팽팽한 긴장감이랄까, 감당할 수 없는 위기의식 같은 것이 감돌고는 했다. 의협심이 강한 유생들은 눈을 붉히고 고함을 질러대었다. 칼을 갈아 자결하겠다며 분통을 터트리며 눈물을 흘리는 유생도 있었다.

평소 모이는 일정한 장소에 다다르면 작성해온 소 아래 유생들이 각자의 이름과 성을 기재하고 수결하기 시작한다. 그러면 분위기는 더욱 험악해진다. 상소를 책임지고 진두지휘하던 이가 보통 소두(疏頭)로 선택되기 마련이다.

소가 받아들여지지 않으면 받아들여질 때까지 소두가 앞장선다. 유소가 행진할 때면 벼슬아치라고 해도 감히 말을 타고 지나갈 수 없다. 시골에서 올라와 아무것도 모르고 말구종에게 말고삐를 맡기고 이곳저곳 기웃거리며 가다가 거드름을 피우면 행진을 관리하는 이방사령(兒房使令)에게 곤욕을 치르기 마련이다. 길을 비키지 않는다고 말구종을 잡아다 몽둥이찜질을 놓기 때문이다. 그제야 시골양반은 사태의 심각성을 눈치 채고 말에서 내려 행진이 지나기를 기다린다.

"여기가 어디냐?"

잠시 생각에 잠겼다가 퇴계가 물었다.

"휘정동입니다."

"안 되겠구나. 유소 행진이 앞을 막았으니 어차피 말에서 내려 기다려야지. 어디 잠깐 들어가 쉬고 가자구나."

"어떡할까요? 이 주위에는 주막도 없고……."

"가만있어 봐라. 여기가 휘정동이지? 저기 두 번째 골목으로 들어가 굽어들면 이국필의 집이 나올 게다. 그리로 가자."

"예, 할아버님."

비언 이국필(棐彦 李國弼)은 한성 사람이다. 퇴계가 계상서당에서 강론할 때 김성일, 김시원, 유운룡 등과 함께 가르친 제자였다.

어느 날 이국필이 물었다.

"스승님, 허노재의 묘갈(묘비명)에는 왜 그의 벼슬 이름을 쓰지 않았는지요?"

허노재(許魯齋)는 송나라 사람으로 국자제주로 있다가 집현대학사가 되었다. 그런 그의 묘비에 왜 벼슬 이름이 없느냐는 질문이었다.

다소 엉뚱한 질문이었지만 이국필의 신심을 알고 있던 퇴계는 이렇게 대답했다.

"그는 평생 벼슬을 하고자 하지 않았기 때문이다."

"그럼, 그는 오랑캐를 변화시키지 못했다는 말이 아닙니까?"

"그래. 그때의 선비들은 자신의 공부에는 힘을 쓰지 않고 옛날의 어진 이들을 논하려고만 했기 때문이다. 요즘의 젊은이들도 그렇다. 남의 허물만 탓한다. 이 나라의 정포은 선생까지도 글렀다고만 한다. 그 이유를 나는 잘 모르겠다."

이국필은 더 이상 묻지 않고 물러났다. 퇴계가 한양으로 올라온 어느날 이국필이 퇴계를 집으로 모셔 극진히 대접했다.

"선생님의 가르침을 받들어 이렇게 살고 있습니다."

그는 큰 벼슬을 하지 않고 소박하게 살고 있었다. 퇴계는 그런 그가 마음에 들어 한양 생활을 하면서 한 번씩 그의 집을 찾곤 했다.

그리 크지도 않고 작지도 않은 대문 앞에 서서 안도가 "이리 오너라" 하고 두어 번 불러서야 아랫것이 달려 나와 대문을 열었다.

등 뒤의 가시

1

생각지도 못했다. 임금이 왜 자신을 지목했는지 모를 일이었다. 홍문관 부교리로서 그저 책임을 다하고 있을 뿐인데. 임금도 이 사건에 대사성을 지낸 퇴계 이황(李滉)이 깊이 관련되었다고 확신한 모양이었다.

율곡이 어전으로 들어섰을 때 분위기가 심상치 않았다. 그럴 줄 짐작했으나 임금의 노기가 예사롭지 않았다. 새벽 대밭에 들어섰을 때 느낄 수 있는 냉기 같은 것이 전신을 덮쳤다. 율곡은 몸을 떨었다. 임금의 눈빛은 언 송곳날처럼 매서웠다.

임금에게 오른 글은 차마 눈 뜨고 읽을 수 없는 것이었다. 더욱이 작자가 성균관 대사성을 역임한 퇴계라면 말 다한 일이었다.

율곡이 그 글을 접한 것은 어제였다.

곽문이 탐문을 나간 사이 율곡 혼자 포청으로 들어갔다. 유생 시절 잘 따르던 후학이 홀로 무엇인가를 쓰고 있었다.

"다들 나간 모양이군? 또 사건인가?"

"아, 아닙니다. 홍제천 어디에서 사건이 난 모양입니다."

율곡이 들어서기 무섭게 그가 벌떡 일어났다.

다른 이 같으면 쉬쉬할 말을 그는 스스럼없이 했다. 나이답지 않게 속이 없다고 해야 할까? 평소에도 율곡에게 뭐든 정보를 주고 싶어 했으나 윗사람 눈치 보느라 눈만 껌벅이거나 동료들 제지에 막혀 꿀 먹은 벙어리 짓이나 하던 사람이다. 나중에 율곡이 다 알고 나면 슬며시 다가와, "선배님, 죄송합니다" 하고 고개를 숙이곤 하던 인물이다.

오늘따라 그의 눈빛이 더 불안해 보였다. 맞대기만 하면 나이답지 않게 얼굴부터 붉히는 저 이를 누가 포청권원이라 할까 싶었다.

"무슨 일이야?"

율곡이 아무래도 이상해 물었다.

"아무 것도 아닙니다."

"아무 것도 아니라니? 이상하네? 뭐야?"

그의 눈꺼풀이 푸르르 떨렸다. 시선을 떨구고 어쩔 줄 몰라 하는 것으로 봐 뭔가 망설이고 있는 게 분명했다.

"무슨 일이냐니까?"

"아니라고 해도 그러시는군요."

그렇게 말하면서도 그는 입술을 잘근잘근 씹었다. 입술을 씹으면서 생각하고 있었다.

이율곡이 누군가? 아홉 번의 과거에서 모두 장원을 한 사람이다. 한 번 하기도 어려운 장원을 아홉 번이나.

포청에 들어와 율곡을 처음 보았을 때 성인을 만난 것 같았다. 율곡의 머리 뒤로 후광을 보았을 정도였다. 그런 율곡이 묻고 있다. 자신에게 정보를 달라고 말하고 있다.

그는 그만 더 참지 못하고 율곡을 향해 걸어갔다. 이미 전의를 상실한 뒤였다.

"윗사람이 알면 저는 모가지가 되고 말 겁니다."

그가 비장한 어조로 뇌까렸다. 꼭 어린아이 같았다.

"걱정 마시게. 내가 누군가?"

"큰일 났습니다."

"큰일?"

"사실 저도 퇴계 선생님은 존경하는 터라, 어찌해야 할지 몰라 선배님을 기다리고 있었습니다. 포청 안이 이상해 알아보았더니 신고자가 결정적인 증거를 내놓았습니다."

"증거?"

"저도 어제 알았습니다. 그것이 오늘 상감께 올라갔다고 합니다."

"그러니까 그게 뭔가?"

그가 사방을 휘둘러보고는 잽싸게 제 자리로 가 종이 한 장을 가지고 왔다.

"이걸 읽어보았는데……. 이거요."

그가 들고 있던 종이를 내놓았다.

"뭐야?"

"포도장이 필사해 가지고 있던 것인데 제가 슬쩍 다시 필사하느라 애깨나 먹었습니다. 읽어보십시오. 보통 문제가 아닙니다. 유학의 태두가 쓴 글이라고는 도저히 믿지 않습니다. 퇴계 선생님의 안위가 달린 문제

같습니다."

율곡이 종이를 펼쳤다.

읽어내려 가던 율곡이 눈을 크게 뜨고 다그치듯 물었다.

"대체 이게 뭐야?"

그가 주위를 둘러보았다.

"그래서 선배님을 기다렸다고 하지 않습니까? 읽은 그대로입니다."

"이 글이 상감께 올려졌다고?"

"그렇답니다."

"이런 것이 왜 뒤늦게 올라가?"

"신고자가 이제야 내놓았다는데 알 수가 있어야지요. 피살자 시체 곁에서 발견된 것이랍니다."

"그 사람, 정말 퇴계 선생을 죽이려고 작정했구먼. 그러니까 이 글이 피살자의 시체 곁에 있었다?"

"예."

"이럴 수가……."

율곡은 그길로 포청을 나와 곽문과 종로통에서 만나 술을 마셨다. 포청에서 읽은 글에 대해 말은 할 수가 없고 속을 숨기고 있자니 술을 마시고 집에 어떻게 돌아왔는지 기억이 없을 정도였다.

다음 날, 날이 밝기가 무섭게 임금의 부름이 있었고 입궁해 읍하자마자 필사본이 아닌 원본이 율곡의 발밑에 던져졌다.

그 순간 율곡은 퇴계가 지금껏 쌓아올린 모든 것이 스러지는 듯한 느낌을 받았다.

"소위 유학하는 자가……. 에이, 이 나라가 어떻게 되려고 이러나 그래?"

"상감마마, 진정하옵소서."

율곡이 읍하며 아뢰자 임금이 고양이 눈으로 노려보았다.

"그대 돌아온 지 얼마 되지 않았다는 것을 내 모르는 바 아니나……."

율곡은 지난 해 천추사 서장관으로 명나라를 다녀온 뒤 귀국해 홍문관 부교리 관직을 받은 지 얼마 지나지 않은 참이었다.

"사안이 사안이라 그대를 부른 것이니, 어떻게 된 것인지 조사해 오라. 사실이라면 내 용서치 않을 것이야."

유림을 휘어잡은 퇴계 정도의 인물이 아니었다면 당장에 금부에 알려 방이라도 붙였을 일이었다. 하지만 임금이 용서치 않겠다고 고함치는 퇴계 가 누구인가? 임금에게 할아버지뻘 되는 유림의 태두다. 그의 고고한 인품 을 모르는 이 어디 있으랴. 죄의 경중이 확실하게 가려지지 않은 이상 임금이라고 해도 섣불리 상대할 인물이 아니었다.

율곡은 할 말이 없었다. 임금이 등극한 지 얼마 안 되어 개혁 의지에 들 떠 있는 것을 모르는 바 아니었다. 젊은 혈기에 일어나는 적개심을 잡지 못하고 유학하는 무리를 다 쳐 죽일 것처럼 으르렁댄다고 해도 할 말이 없었다. 그럴 만하다는 생각이 들었다.

임금이 자신을 부른 이유를 짐작할 만했다. 홍문관 부교리로 춘추기사관 을 겸임하면서 사회의 온갖 비밀들을 보고 듣는 대로 기록해왔으니 이 일의 적임자라고 생각했을 것이다. 문제는 퇴계였다. 임금은 그를 사랑했 기에 오늘날까지 스승으로 생각하며 존숭해왔다. 그가 있는 한 이 나라의 유학은 길이 빛날 것이라 믿었을 것이다. 그런데 그가 믿음을 저버렸다고 생각했을 때 그 실망이 오죽했으랴.

도척이 피살된 곳에서 발견되었다는 한 장의 종이. 지금 율곡의 발 앞으로 내던져진 글. 신고자가 왜 뒤늦게 상감께 그 글을 올린 것인지 모를 일이었다.

임금이 손을 들어 물러가라고 하였다. 모든 것이 귀찮다는 표정이었다.

율곡이 읍하고 밖으로 나오자 대전 내관이 뜻밖에도 이상한 말을 했다.

"안동에서 올라와 성균관에서 하룻밤 묵고 조광조 어른을 봬야 한다며 어딘가로 갔다는 말이 있습니다."

"무슨 소립니까?"

율곡이 화들짝 놀라며 쳐다보자 그가 말을 이었다.

"상감께서 그렇게 불러도 올라오지 않더니 헛소문을 믿고 올라와 이상한 사건에 휘말렸으니 어찌 상감의 상심이 깊지 않겠습니까? 그렇지 않아도 세상이 흉흉한데……."

그렇긴 했다. 조광조 선생이 살아 있다는 소문이야 어제 오늘의 것이 아니었다. 심지어 정암가(家)에 조광조 선생의 귀신이 출몰한다는 소문까지 있어 아무도 근접하지 않으려고 하는데 이제 퇴계 선생까지?

"성균관에 하룻밤 묵었다는 말은 어디서 들었습니까?"

율곡이 물었다.

"거기에 내 아우가 있다오. 퇴계 선생이 그곳 사성과 함께 있었다고 했소이다."

대전 내시가 그렇게 귀띔을 하고는 임금이 있는 내전을 흘끔 살피다가 종종걸음으로 멀어져갔다. 퇴계가 입궁하면 곁에 오지도 못하고 눈치나 살피던 사람이었다.

"입궁하시니 궁 안이 환하옵니다" 하고 퇴계에게 간사를 떨던 내시들은 모두 어디 가버린 것인지 보이지 않았다. 세거지로 낙향했으니 볼 장 다

보았다고 생각하는지도 모를 일이었다. 그런데 평소 정이라고는 없어 보이던 사람이 뜻밖에도 이렇게 친절을 보이고 있었다.

율곡은 서둘러 궁을 빠져나왔다.

2

후두두.

앵두나무가 바람에 못 이겨 몸을 떨자 이슬이 비처럼 쏟아졌다. 샛바람이 더 사나워졌다. 검은 구름장 사이로 잠시 얼굴을 내밀고 있던 해가 사라져버렸다.

빗발이 들기 시작했다.

정원에서 골똘히 생각에 빠져 있던 율곡이 갑작스런 빗줄기에 정신을 차리고는 방으로 돌아왔다. 평소 데리고 다니던 곽문에게 궁에서 있었던 일을 알리기 위해 행랑아범을 깨웠다. 낮잠을 늘어지게 자던 행랑아범이 선하품을 하며 대문을 나갔다.

소나기가 한동안 쏟아졌다.

투덕투덕 낙숫물 떨어져 내리는 소리를 듣다 말고 율곡은 주루막을 꾸렸다. 임금께 올려진 글은 아무리 생각해도 이해할 수 없는 것이었다. 게다가 떠도는 괴소문을 따라 퇴계 선생이 종적까지 감추었다고? 그것은 더욱 말이 안 되는 소리였다.

율곡이 불교에 입문했다가 환속한 뒤, 그것을 문제 삼지 않고 받아준 이가 스승 백인걸(白仁傑)과 오랜 친구 성혼(成渾)이었다. 성혼은 백인걸 스승 문하에서 율곡과 함께 수학한 사이였다.

백인걸은 정암 조광조 선생의 직계 제자였다. 그리고 보면 정암 선생은 율곡의 사조(師祖)였다. 그 사조를 선학으로 모시고 존경하던 이가 퇴계 이황 선생이다. 그리고 이황 선생을 선학으로 모시던 이가 율곡의 스승 백인걸이다.

젊은 시절 율곡은 조광조 선생에게까지 급진적이라며 거침없이 비난을 해왔다. 그것도 모자라 23세 때이던가? 58세의 퇴계 선생을 찾아가 학문의 여러 문제와 사상을 논하며 힐문을 서슴지 않았다. 그때의 오만한 태도가 아직도 늘 마음에 걸렸는데, 이제 퇴계의 뒤를 캐오라는 임금의 명을 받들어야 하다니.

엷은 한숨이 자신도 모르게 입속에서 흘러나왔다.

주루막이 얼추 꾸려졌을 즈음 곽문과 행랑아범이 들어섰다.

"무슨 소립니까? 퇴계 선생을 잡아들이라고 했다니? 뭐 결정적 증거라고 나왔단 말입니까?"

"글쎄 말이야."

"이해할 수가 없네요. 사건 현장에서 퇴계 선생님을 보았다는 것은 그 사람의 주장이지, 지금 퇴계 선생님의 연세가 몇인데⋯⋯. 에이, 말이 안 돼요."

"그랬으면 얼마나 좋겠나?"

"예?"

"결정적 증거가 나왔다니 말이야."

"결정적 증거라니요?"

율곡은 증거로 임금이 던져준 종이를 차마 보일 수가 없었다.

"나도 믿어지지 않는데, 차차 말해주지."

곽문이 고개를 갸웃하다가 다시 물었다.

"그런데 왜 짐은 싸십니까?"

"퇴계 선생의 사건을 파헤쳐보라는 어명이 있었네."

"예에?"

의외라고 생각했는지 곽문이 놀라 눈을 크게 떴다.

"우포청에서 조사하고 있는 사건 아닙니까? 그리고 하필이면 왜 나리를?"

"그만큼 사건이 중대하다는 것이겠지. 성균관으로 들어가기 전에 신고자 하성구를 다시 한 번 만나봐야 할 것 같아."

"하성구요? 왜요?"

"그가 왜 이제야 그런 증거물을 내놓았는지 말이야."

"임금이 노하셨다면 예사롭지 않군요. 그런데 성균관은 왜요?"

"사건이 난 후 퇴계 선생이 갑자기 나타나 성균관에서 하룻밤 주무시고 아침 일찍 어딘가로 떠났다는군."

"그래요? 그러면 사건 현장에서 퇴계 선생을 보았다는 하성구의 말이 맞지 않습니까?"

"그러게 말이야."

"에이, 그럴 리가요?"

"그렇게 임금이 불러도 입성하지 않던 분이 성균관에 나타났다니…….
성균관 사성이 어쩐 일이시냐고 물었더니 정암 조광조 선생을 만나러 왔다고 하셨다는군."

"정암 선생을요?"

믿을 수 없다는 듯이 곽문이 눈을 크게 뜨며 되물었다.

"정말 얼척없네요. 정암 선생이라면 기묘사화 때 죽은 조광조 선생을 말하는 것 아닙니까?"

이해가 되지 않는다는 표정을 지으며 곽문이 물었다.

"맞아."

"요즘 왜 이러는지 모르겠네요. 그분 귀신이 떠돌고 있다고 하질 않나, 그분을 직접 보았다는 소문이 있질 않나?"

"그래서 임금이 더 화가 난 것 같아. 기묘사화 때 사사된 사람이 살아 있다는 흉흉한 소문이 떠도는 마당에 퇴계 선생까지 조광조 선생을 만나러 한양에 올라왔다고 하니 말이야."

"혹시 진짜 살아 있는 게 아닙니까? 퇴계 선생까지 나서신 걸 보면?"

"뭐?"

"사실 중종 임금이 그분을 얼마나 아꼈다고 합니까? 죽이지 않았을지 모른다는 소문이 자자합니다."

"자네 죽고 싶어 환장했나? 그때 임금이 살렸다고 해도 그렇지, 지금까지 살아 있을 리 있나? 기묘사화는 중종대왕 14년(1519)년에 일어났어. 그때 조광조 선생의 나이 정확히 서른일곱 살이었고. 내가 나기 전 일이지만 지금까지 전설처럼 들어온 말이니 정확하게 기억하고 있어. 그렇다면 어떻게 되는 거야? 지금이 새 임금 1년(1568년)이니까 그분의 나이가 몇 살이야? 96? 86?"

"기억이 정확하시다면 86세시네요. 그럼 가능하지 않습니까? 아직 살아 있다는 것이. 100세도 안 되지 않습니까?"

율곡이 할 말을 잃고 입을 벌렸다. 어처구니없다는 표정이었다.

"왜 그래? 헛소문이라는 걸 알면서⋯⋯. 나랏일 보는 사람이 그런 말을 믿어서 되겠어? 그댄 다 좋은데 귀가 여려서 탈이야. 그분이 사사되어 죽는 걸 본 사람이 하나둘이 아닌데 그걸 의심하다니, 어쩌려고 그래? 그러다 경이라도 치면⋯⋯."

그제야 곽문이 시선을 꺾었다.

"하도 조광조 선생을 봤다는 소문이 무성해서요."

"그런 자는 끌고 와. 사실이라면 내가 한번 만나보게."

"그런데 이상하긴 이상합니다. 반촌 수준의 소문이 아니에요. 학궁인 성균관 유생들이나 사대부들 사이에서 나돌고 있으니 말입니다. 그럼 이번에 일어난 살인사건과 조광조 사건이 어떤 관련이 있다는 말 아닙니까?"

"왜 그래? 진짜 죽고 싶어 환장했어? 나라님이 한 일을 두고 그렇게 의심해서 되겠어? 웃전에서 알면 잘도 성해나겠다."

곽문이 고개를 다시 갸웃했다.

3

하성구를 만나기 위해 율곡은 창경궁이 바라다 보이는 고갯길을 돌아내렸다. 광화문을 벗어나 종로로 접어들자 우포청이 보였다.

하성구의 집은 서부 서린방(瑞麟坊) 혜정교(惠政橋) 동쪽에 자리 잡고 있었다. 한성부의 서부, 북부와 경기우도를 관할하며 으르렁대는 우포도청 건너였다. 율곡은 한 번 와봤던 길이라 그렇게 설지 않았다. 포청 옆에 자주 가는 초가 술집이 있어 더욱 그랬다. 출출할 때 들리는 술집은 특히 송엽주가 일품이었다. 안주로 곁들여 나오는 가자미 식혜도 맛깔났다.

하성구의 집 앞에 서자 비쩍 마른 아랫것이 마침 대문을 열고 나오다가 기겁을 하고 안으로 달려 들어갔다.

이리 오너라 하고 부를 것도 없었다. 대문 앞으로 다가가자 대문이 열리며 하성구의 아비 하일지의 모습이 나타났다. 칠순의 나이인데도 정정해보였다. 젊었을 때 병마동첨절제사를 지낸 사람이다. 놀란 표정이었다.

"또 어인 일이시오?"

"몇 가지 물으려고 다시 왔습니다."

율곡이 대답했다.

"들어오시구려."

셋이 사랑채로 들어 수인사를 나눈 다음에야 하성구가 들어섰다. 성균관 사성직을 한 사람이 예법과는 거리가 멀었다. 노골적으로 왜 또 왔느냐는 표정을 숨기지 않았다. 마침 아랫것이 차를 내왔는데 들어서기가 무섭게 일별하고는 방자하게 구석자리로 가 털버덕 주저앉았다가 아랫것이 차를 놓고 머뭇거리자 대뜸 일어나 발길질이었다.

"이놈이 나가지 않고 뭐하고 선 게야?"

그리고는 율곡과 곽문을 번갈아 살피며 고리눈을 치떴다.

"또 뭘 알아보려고 오셨소이까?"

율곡은 일어나는 부화를 짓누르고 시선을 들었다.

"이번에 아주 결정적인 증거를 내놓으셨던데 좀 이상해서 말이외다."

"뭐가 말이오?"

하성구가 털버덕 주저앉으며 시비하듯 율곡을 노려보았다.

"아비야!"

하일지의 눈에도 아들의 행동이 무례해 보였는지 말렸다.

하성구는 상관 말라는 듯이 율곡을 그대로 노려보았다.

"왜 진작 내놓지 않고 이제야 상감께 올린 것인지?"

하성구가 필필 웃었다.

"그대 홍문관 부교리라고 했소?"

"그렇소."

"그럼 세상 돌아가는 차원에서 사건을 기록하면 될 것이지 포청이나 금부 사람도 아니면서 웬 조사질이오?"

"그리 되었소."

"홍, 그리 되었다? 왜 남 뒷조사는 하고 다니는 게요? 내가 뭔 잘못이 있다고? 난 신고한 죄밖에 없소이다. 그것도 죄가 되오?"

"상감의 명을 받았기 때문이오."

그제야 하성구가 움찔 놀랐다.

"그러니 성실하게 답변해주기 바라오."

"그, 그럼, 사건이 의금부로 옮겨진 것이오?"

"아직은 아니지만 곧……."

그러면서 율곡이 하성구의 눈치를 살폈다. 사성을 지냈다면 의금부가 어떤 곳인지는 알고 있을 것이다. 사건이 의금부로 넘어가면 상감이 직접 취조할 수도 있다는 걸 모를 리 없을 것이다. 의금부는 얼마 전까지만 해도 국왕 직속의 사법기관이었다. 역모를 꾸민 대역 죄인을 잡아들여 심문하는 곳이 곧 의금부였다. 그런데 요즘 들어 일반 사건이라도 그 경중에 따라 임금이 직접 챙겨야 할 사건은 의금부에서 다뤘다. 임금이 직접 다룬다면 그만큼 심각하다는 말이다. 그러니 죄가 있든 없든, 아무리 심지가 군고 강심장이라도 의금부라면 겁을 집어 먹기 마련이었다.

그런데 율곡의 생각은 빗나갔다. 하성구의 기가 꺾일 줄 알았는데 아니었다. 상감의 명이라고 해도 자신은 아무 꺼릴 게 없다는 듯이 오히려 목에 날을 세웠다.

"이보시오, 부교리 나리. 뭘 대단히 잘못 알고 있는 것 아니오?"

"뭐가요?"

"한심하오이다. 어찌 지금까지 증거물에 대해서 모르고 있었단 말이오?"

"모르다니, 무슨 말씀이오?"

"그 증거물은 이제야 내놓은 것이 아니외다. 사건을 신고하면서 함께 내놓았던 것이오."

"예에?"

"포청에서 그대를 속인 거 아니오?"

포청에서까지 따돌림을 받는 자를 임금이 뭘 믿고 중임을 맡겼는지 답답하다는 표정을 지으며 하성구가 킥킥 웃었다.

"도대체 무슨 말을 하는 것입니까?"

곁에서 보고 있던 곽문이 화가 나 나섰다.

"포청에서 증거물을 입수해놓고도 쉬쉬한 거 아니냔 말이오?"

"그럴 리가 있습니까?"

역시 곽문이 대답했다.

"허어, 말귀를 못 알아들으시는데, 포청에서 그분이 다칠까 쉬쉬하다가 이제야 마지못해 내놓은 게 아니냔 말이오?"

율곡은 그제야 정신이 번쩍 들었다. 곽문도 그런 모양이었다.

"그러면 왜 저번에는 증거물에 대해 일언반구 없었소?"

율곡이 물었다.

"언제 묻기나 하셨소이까? 포청에서도 증거물을 보자마자 쉬쉬 덮는 눈치입디다. 원채 이상한 글이 되어놔서요."

율곡은 치도곤이 있다면 한 방 놔 버리면 속이 시원할 것 같았지만 내색하지 않고 일어났다.

"이게 사실이라면 포청으로 가 단단히 따져야 하는 거 아닙니까?"

하일지의 집을 나와 말을 몰면서 곽문이 어이없다는 듯 구시렁거렸다.

"그럴 수도 있겠지. 그때까지만 해도 상감의 명이 없었지 않은가? 그저 기록 차원에서 나온 줄 알고 있었을 테니."

"그래도 그렇지요."

"일단 포청으로 가보자구."

"따지게요?"

율곡은 머리를 내저었다.

"그 증거물이 왜 이제야 상감께 올려졌는지 그걸 알아내야지."

그들은 길을 건너 포청으로 향했다. 포도대장을 찾자 사옥에 있다고 하였다.

포청 곁에 지어진 사옥으로 갔다. 육순의 포도대장이 율곡의 말을 듣고는 한숨부터 물었다. 그의 말인즉 증거물이 하도 기이하여 바로 웃전으로 올리지 못한 것이 사실이라고 했다. 그러다 계속 미룰 수만은 없어 웃전에 올렸는데 또 거기서도 상감께 올려야 하느니 말아야 하느니 말이 많았다고 하였다. 그들 역시 퇴계의 지위를 생각하지 않을 수 없었다는 것이다.

율곡도 그럴 만하다는 생각이었다. 퇴계 이황이 누군가?

"어쨌든 일이 커졌습니다."

율곡이 걱정을 나타내자 포도대장이 고개를 주억거렸다.

"상감의 진노가 예사롭지 않습니다. 소신더러 조사해보라 일렀을 정도니……."

"어찌 그렇지 않겠소? 더욱이 임금이 어버이처럼 믿고 따르던 분이니……. 나도 그 증거물을 보았는데 유림의 태두가 썼다고 하기에는 도무지 믿기지가 않았소. 이교도가 아니고는……. 어허, 참."

포도대장이 난감하다는 표정을 지으며 수염을 쓱 쓸었다.

"그분이 절대 그럴 리 없고 보면 이건 필시 무슨 흑막이 있다는 생각입니다. 상감께서 제게 조사해보라 특별히 명하신 것도 그 때문인 것 같습니다. 하성구의 뒤를 캐보니 죽은 도척이라는 자의 서자라는 말이 있습니다."

"알고 있소이다. 도척이라는 자의 여동생을 만나셨구려?"

"그렇습니다. 두 살 때 헤어지기는 하였지만 증거가 뚜렷하다는 것입니다."

"문제는 바로 나이오. 하성구의 나이 두 살 때고, 그 여자의 나이 겨우 열 살 때라고 하니 너무 어릴 때 기억이라……. 그리고 무엇보다 하성구의 아비 하일지도 제 친자라고 주장하니 말이오. 탐문수사 결과도 친자가 맞는 것으로 나오고……. 그러니 열 살 난 아이의 진술을 어떻게 믿겠소?"

"하성구가 도척의 친잔지 아닌지 그것만 가리면, 모함인지 아닌지가 가려진다는 말인데 그걸 가릴 방법이 없겠습니까?"

포도대장이 고개를 내저었다.

"그렇지 않아도 그 때문에 말들이 많았다오. 대국에서 들어온 서책에 친자감별법이 나와 있다기에 써먹을 수 있을까 하여 언젠가 실험을 해보았는데 허무맹랑하오. 틀림없는 친자인데 아닌 것으로 나오고, 친자가 아닌데 친자로 나오니 그걸 어떻게 믿을 수 있겠소?"

"모함이 분명한 거 같은데 그걸 밝힐 길이 없으니, 참⋯⋯."

율곡이 절망적으로 말하고 고개를 숙이자 포도대장도 고개를 주억거리며 한숨을 쉬었다.

"상감이 진노할 정도라면 사건이 곧 의금부로 송치될지 모르겠군."

일반 사건인 줄 알고 수사를 했는데 의외로 임금까지 개입하게 되었기에 하는 말 같았다.

"역모 사건도 아니고 그럴 리가 있겠습니까?"

율곡의 말에 포도대장이 고개를 내저었다.

"이 나라의 내로라하는 원로가 관련된 사건인데⋯⋯."

포도대장이 중얼거리며 율곡을 넌지시 건너다보았다. 과거에 아홉 번 장원한 사람. 번듯한 생김새 하며 유려한 자태, 어디 하나 나무랄 데가 없다. 아무리 뜯어봐도 임금의 총애를 받을 만하다. 임금이 사건을 의금부로 옮기지 않고 홍문관 부교리을 불러 특별히 조사하라 일렀다면 평소 그를 주시하고 있었다는 말이다. 임금의 총애가 없었다면 어림도 없는 일이다.

"혹 박순이라는 분을 아오?"

잠시 생각하던 포도대장이 물었다.

"박순?"

"대제학 벼슬을 스스로 고사한 박순 대감 말이오."

"왜 제가 그분을 모르겠습니까?"

율곡은 박순의 모습을 떠올렸다.

박순(朴淳)은 화담 서경덕의 제자로 퇴계와 학풍을 달리 하고 있었지만 퇴계 문하에도 출입하면서 도를 묻던 선비였다. 그가 대제학이었을 때 퇴계는 제학이었다.

퇴계가 안동으로 내려가기 직전 대제학 박순이 임금 앞으로 나아갔다.

"상감마마, 저의 스승님이 제학이십니다. 그런데 어찌 제자가 대제학에 머물 수 있겠습니까? 학문적으로나 인격적으로나 신은 그분을 넘을 수 없사옵니다. 그러하오니 저를 파직하시고 제학 이황을 대제학에 제수하시옵소서."

임금이 감동하여 눈을 붉혔다.

"사제 간의 의가 모범이 될 만하오. 정히 그렇다면 대신들과 의논하여 결정하겠소."

임금이 대신들에게 의향을 물으니 대신들도 전도되었다며 바꾸어야 한다고 했다. 임금이 퇴계를 불러 대제학을 제수했다.

그러자 퇴계는 임금에게 이렇게 아뢰었다.

"상감마마, 그럴 수는 없사옵니다. 이제 이 몸은 늙고 병들었사옵니다."

"대제학 박순의 뜻을 생각해서라도 부디 거부치 마시오."

임금이나 조정 대신들이 물러나지 않자 퇴계는 그길로 낙향해버리고 말았다. 그러자 박순은 "아아, 나의 사표이시여. 세상 모든 사람이 권력을 잡지 못해 안달하는데, 어찌 거부하시나이까?" 하며 통곡했다.

박순과 퇴계의 일화를 생각하던 율곡이 어서 말을 해보라는 눈빛으로 포도대장을 쳐다보았다.

"이상한 말이 돌아서 말이오."

"이상한 말이라니요?"

"사실 그분은 퇴계 선생의 직계가 아니잖소? 화담 선생의 제자이니 말이오. 나도 성균관 출신이오만, 그동안 유학을 공부하면서도 리기 문제를 심각하게 생각하지 않았는데 새삼스럽더군요. 같은 유학자인데 주리파와 주기파가 나누어져 있다고 하니……."

성균관 출신이라면 그 정도는 알 터인데, 포도대장이 막상 그렇게 말하자 율곡은 당황스러워 잠시 눈을 감았다. 너는 기를 강조하는 주기파가 아니냐 하는 질문 같아서였다.

엄밀히 말해 이 나라는 훈구파와 사림파가 나뉘어져 있다.

사림파가 정몽주를 중심으로 하는 학통이 깊은 온건적 사대부 세력이라면 대립되는 훈구파는 세조의 집권을 도와 공신이 되면서 정치적 실권을 장악한 이후 형성된 집권 정치세력이었다. 그러므로 훈구파는 중앙에 기반을 둔 무리였다. 세조의 편에 선 일등공신들이 그들이었다. 한명회, 권람, 한확, 유자광 등. 반면에 사림파는 향촌에 기반을 둔 무리였다.

사상과 정책에서도 둘은 뚜렷한 차이를 보였다. 훈구파가 불교나 도교, 풍수 같은 민간신앙에 관대한 반면 사림파는 성리학 이외의 사상은 극렬히 반대하는 입장이었다. 무엇보다 심각하게 대립된 것은 그들의 학풍이었다. 훈구파가 경제적이고 현실적인 학풍을 중시했다면 사림파는 관념적이었다. 리기론을 중시했고 경학(經學)을 중시했기 때문이었다. 그렇기에 같은 사림파 내에서도 주장이나 견해가 갈려 있었다. 성리학을 지향하면서도 주 사상인 리기론을 중심으로 서로의 견해를 달리하고 있었던 것이다.

리기란 리(理)와 기(氣)라는 용어를 설정하여 자연과 인간, 사회의 존재와 운동을 설명하는 성리학의 이론체계다. 리란 만물의 근원을 뜻하고, 기는 만물을 생기게 하는 재료로 본다. 더 간단히 정의하면 리는 본체이고 기는 힘이다. 그래서 리와 기에 대한 견해나 정의가 각각 다를 수밖에 없다.

그렇기에 기를 중심으로 보는 이들을 주기파라 하고 리를 중심으로 보는 이들은 주리파라 부른다.

사림 계보를 보면 리와 기를 주장하는 무리의 모습이 극명하게 드러난다. 리를 주장하는 무리는 우탁, 정몽주, 길재, 김숙자, 김종직, 정여창 김굉필로 내려와 본격적으로 주리파를 형성한다. 조광조, 이언적, 이황 등이 그들이다. 그리고 주기파는 서경덕, 김안국, 이이 등으로 이어진다.

그래도 같은 사림파 내의 일이라서, "무슨 말이신지?" 하고 율곡이 되물었다.

"기를 중심으로 하는 주기파에서 리를 중심으로 하는 주리파인 퇴계 선생을 두고 위아지학(爲我之學)을 한다는 말이 나왔거든요."

"위아지학?"

위아지학은 세상을 위해 자신을 희생하지 않고 오직 자신만을 위하는 학문이라는 말이다.

"그러니까 박순 대감이 대제학 자리를 내놓은 것은 정몽주의 사상을 이어받은 퇴계의 문도들이 주기파인 박순에게 알력을 넣은 게 아니냐? 그러다가 이런 문제가 벌어진 것이 아니냐? 이런 말이 나왔거든요."

"그럴 리가요?"

"허허허, 그리고 보니 이공도 박순 대감이 몸담은 주기파에 속하지요?"

"그렇긴 합니다만, 그런 말은 금시초문입니다."

"그럼 포은 정몽주의 사상을 이어받은 퇴계 선생과는 다른 입장이 아니오?"

"솔직히 그렇긴 합니다만, 그것이야 같은 유학 안에서 사상적 차이일 뿐이지……."

"하지만 그런 차이가 붕당을 만들고 이 나라를 이렇게 이끌고 있다면 예사문제는 아니지요. 그래서 조사를 했던 것이오. 혹 파당 문제까지 비화된 것은 아닐까 해서. 난들 오죽 답답했으면 그랬겠소이까?"

"그래서요?"

"조사는 해야겠기에 그쪽으로 알아봤더니 기가 막힙디다. 나도 이번에 그 심각성을 처음 알았어요. 주기파와 주리파……. 내가 성균관 다닐 때만 해도 그렇게까지 심각하지는 않았었는데, 아주 파당을 만들자는 수작이 아니고서야……. 그래서 박순 대감을 찾아갔소이다. 화담의 제자들이 가득 모였습디다. 대제학 자리를 왜 주리파의 무리에게 내주었느냐는 것이지요. 그런데 그때 박순이 기르는 당나귀가 갑자기 눈을 뒤집고 넘어지지 않았겠소? 박순 대감이 출장할 때면 자주 타던 당나귀인데 아침에 뭘 잘못 먹었는지 갑자기 넘어진 거요. 그때 마침 주리파 무리가 박순 대감 집으로 들어섰소. 대제학 자리를 퇴계 선생에게 내어준 사제 간의 정리를 기리기 위해 온 것인데 그들과 당나귀를 번갈아보던 대감 하나가 그만 엇박자를 놓은 거요. 박순이 대제학 자리를 내놓아 그렇잖아도 성질이 나는데 원수 같은 사람들을 보자 잘됐다 싶었던 거요. '오호라 그러고 보니 이 당나귀를 죽인 놈들이 네놈들이렷다!'라고 호통을 치니, 주리파 사람들은 지금 무슨 말을 하느냐며 맞섰고, 주기파 사람들은 '이제 박 대감의 수족마저도 끊어놓으시겠다?'라며 계속 어깃장을 놓았소. 그러니 주리파에서 가만있었겠소? '그럼 당나귀의 죽음을 가리자'라는 제안을 하기에 이르렀고, 결국 두 사람의 마의가 불려 왔소. 물론 각 파에 소속된 마의들이었소."

포도대장이 말을 끊고 잠시 숨을 돌렸다. 그리고는 다시 말을 이었는데 그날의 일은 이랬다.

주리파에서 나온 마의는 삼십 대 사내였다. 얼굴이 곰보였고 키가 훌쩍하니 컸다. 주기파에서 나온 마의는 오십 대 사내였다. 몸이 비만했고 키가 작았다. 오십 대의 마의가 당나귀를 살펴보고 먼저 운을 뗐다.

"당나귀의 입에 흑태가 끼었다는 것은 독이 목구멍을 넘어갈 때 끼친 영향 때문입니다. 눈이 살을 맞아 흰자위가 푸르게 변했어요. 독살이 맞습니다."

주기파 사람들은 그것 보라며 눈을 부라렸다. 우연히 넘겨짚은 것이 맞아 들어간 것이다. 이번에는 주리파의 젊은 마의가 나섰다. 사람들의 눈이 그의 행동거지 하나하나를 놓치지 않았다. 젊은 마의는 당나귀를 자세히 살펴본 다음 자신의 반응을 기다리고 있는 사람들에게 말했다.

"독살이 아닙니다."

"뭐야? 독살이 맞는다는데 뭔 소리야? 저런 풋것이 무얼 안다고?"

주기파 사람들이 눈을 뒤집었다.

"독살이 아니라니?"

무슨 근거로 그런 말을 하느냐는 표정으로 나이 든 마의가 나섰다.

"이 당나귀는 촌충에 의해 죽은 것입니다."

"촌충? 촌충이 뭐야?"

"몸속의 지렁이라고 해두지요."

"몸속에 지렁이 없는 사람이 어딨다고? 더욱이 당나귀라면……. 그게 말이 돼?"

젊은 마의가 고개를 주억거렸다.

"말이 됩니다."

"뭐야?"

“그 증거가 여기 있지요.”

젊은 마의가 당나귀 엉덩이 쪽으로 가더니 항문 속으로 손을 쓱 집어넣었다. 잠시 후 여러 마리의 촌충이 그의 손에 달려 나왔다.

사람들이 그 흉측한 모습에 하나같이 뒤로 물러섰다.

“그것은 독에 죽은 지렁이에 지나지 않는다. 독이 들어가니까 뱃속에서 죽어 항문으로 채 나오지 못한 것이야.”

나이 든 마의가 풋내 나는 젊은 마의를 가르치듯 말했다.

젊은 마의가 고개를 내저었다.

“지렁이처럼 생긴 촌충은 주로 돼지나 사람의 내장에 기생하지요.”

“그런데 왜 당나귀 내장에?”

“그야 이 당나귀가 사람 똥을 먹었을지도 모르지요.”

“거짓말이다.”

누군가 소리쳤다.

“우리 집 아랫것들은 노상 똥구멍에 촌충을 달고 다닌다. 그래도 죽지 않고 잘만 살아 있는데 무슨 소리야?”

“그럼 당나귀의 배를 갈라보면 알겠군요. 독에 의해 당나귀가 죽었다면 목에서부터 위장, 대장, 소장 일부가 시커멓게 탔을 것입니다. 그렇지 않고 촌충에 의해 죽은 것이라면 촌충이 내장 전체에 기생할 것이며 이미 당나귀의 뇌까지 감고 있을 것입니다.”

사람들이 서로 눈빛을 주고받으며 사실일까 궁금해 하다가 박순을 쳐다보았다.

그때까지도 박순은 침통하게 침묵을 지키고 있었다. 그는 사랑하던 당나귀의 배를 가르자는 말이 나오자 비로소 눈에 살기를 띠었다. 그가 눈을 치뜨고 젊은 마의에게 물었다.

"어찌 그리 장담하는가?"

"그 정도는 볼 줄 압니다."

"네놈보다 수십 년 더 짐승을 돌본 저 마의도 보지 못하는 것을 네놈이 볼 수 있다?"

"열어보시면 알 게 아니겠습니까?"

"이놈, 저 당나귀는 나와 반평생을 같이한 짐승이다. 나의 발이었으며 내 의지처였다. 그런데 네놈이 배를 가른다? 만약 네놈 말이 사실이 아니라면 어떡하겠느냐?"

그래도 젊은 마의는 흔들리지 않았다.

"그럼 제 말이 맞는다면 어떡하시겠습니까?"

"뭐야?"

박순의 수염이 흔들렸다.

"이놈, 어떡하다니?"

"당나귀는 대감의 수족이라고 하셨습니다."

"그렇다."

"그럼 제 말이 맞는다면 대감의 수족을 주십시오."

"뭐라?"

당황한 박순의 표정이 일그러졌다. 여기저기서 박순 대감의 정리도 모르고 주리파가 수족인 당나귀를 죽이고 그 임자마저 죽이려 한다고 웅성대는 말들이 들려왔다.

"좋다. 나는 저 나이 든 마의의 경험을 믿겠다. 저 마의는 삼십 년 동안 내 집의 짐승들을 돌보았고 오늘날까지 이 당나귀를 키운 사람이다. 그럼 내가 그를 믿지 않고 누굴 믿겠는가? 참으로 어리석은 짓이다만 당나귀의 사인을 밝혀야 하니 어쩔 수가 없구나. 그래, 좋다. 네놈 말이 맞는다면 내 수족을 내놓을 터이니 네놈은 무엇을 내놓겠느냐?"

"대감이 수족을 내놓는데 저 같은 놈이 수족 정도로 되겠습니까?"

"그럼 목숨이라도 내놓겠다는 것이냐?"

"제 스승님이 그랬지요. 마의가 동물 몸속을 들여다보지 못한다면 아직도 멀었다고. 몸속이 보인다면 목숨이 왜 아깝겠느냐고."

"그럼 네놈 눈에는 당나귀의 몸속이 보인단 말이냐?"

"말인즉슨 그렇습지요. 당나귀의 상태로 보아 그 속을 짐작할 수 있다는 말입니다."

"네 스승이 누구냐?"

"구월산에 주석하시는 서산대사이십니다."

"서산?"

사람들이 하나같이 놀랐다.

"그분은 동물만이 아니라 사람의 내장 속도 들여다보는 분입니다. 왜인들이 먹는 국수를 철국수로 만들었으며 계란 일곱 개 정도는 수월하게 쌓아올리는 분입니다."

서산대사의 도력이야 세상이 다 아는 것이지만, 사람들은 놀라워하면서도 설마 하는 표정을 숨기지 못하였다.

이내 다시 박순의 말이 떨어졌다.

"네놈의 스승이 서산대사라고 해도 달라질 것은 없다. 네놈이 서산대사의 제자임을 증명할 길이 없으니 말이다."

"이제 당나귀의 배를 가르면 증명되지 않겠습니까?"

젊은 마의는 끝까지 맹랑할 정도로 겁이 없었다.

"그럼 어디 증명해보아라."

박순의 명이 떨어졌다.

"칼을 가져오시오."

나이 든 마의가 의기양양하게 아랫사람에게 일렀다. 그러자 젊은 마의가 허리춤에서 작은 소도를 꺼냈다.

"칼은 필요 없소. 이 신팽이 하나로 증명될 테니까."

이렇게 말하고 젊은 마의는 거침없이 당나귀의 목을 찔러 피를 빼고 하복부를 갈랐다.

당나귀의 사타구니 사이부터 가슴팍까지가 쩍 갈라졌다.

순간 사람들은 보았다. 뱃속에서 꿈틀거리며 밖으로 터져 나오는 촌충의 무리를. 뱃속 전체가 촌충 덩어리였다.

마당 가득 터져 나온 촌충 더미를 보며 사람들이 멀리 도망가다가 구역질을 해댔다.

촌충이 빠져버린 당나귀의 내장은 말짱했다. 독에 의한 것이 아니었다.

"이럴 수가!"

나이 든 마의가 털버덕 주저앉았다. 뒤이어 박순이 뒤로 휘청거렸다.

"대감마님."

행랑아범이 그를 잡았다.

그 사이에 젊은 마의가 당나귀의 머리 가죽을 벗기기 시작했다. 머리 가죽이 벗겨지자 망치를 가져오라고 하여 골을 부수였다. 골을 부수고 뇌 속을 살피다가 촌충 서너 마리를 잡아내었다. 그 길이가 무려 팔 척이나 되는 엄청나게 긴 촌충이었다.

"이것이 뇌로 기어올라 당나귀의 숨통을 쥔 것이오."

"이럴 수가!"

"촌충은 본시 돼지의 근육이나 사람의 내장에 기생합니다. 사람의 변을 먹은 돼지 살 속에서 유충이 깨어나 살다가 토막토막 끊어져 밖으로 나와 물속의 벼룩에 기생하거나, 돼지고기를 먹은 사람의 입으로 다시 들어가 사람의 내장에 기생하게 됩니다. 당나귀 몸속에 촌충이 들어간 것도 마찬 가지입니다. 그럼, 이제 대감님의 수족을 거둘 일만 남았군요."

젊은 마의가 당돌하게 뇌까렸다.

"네 이놈!"

갑자기 주리파 속에 있던 화농 정이문 대감이 소리쳤다. 그는 퇴계의 문도로 주리파의 부수장이나 다름없는 사람이었다.

"네놈이 당나귀의 사의(死疑)를 가려내었다고는 하나 반상의 법이 유별 하거늘 사대부를 욕보일 참이더냐?"

주기파가 그렇게 소리쳤다면 이상할 것이 없다. 그런데 오히려 기뻐해야 할 주리파의 수장이나 다름없는 이가 자신들이 내세운 젊은 마의를 질타하 자 주기파 사람들이 어리둥절한 모습으로 주리파 사람들을 바라보았다.

"네놈이 그러고도 살아남을 수 있을 것 같으냐?"

연이은 정이문 대감의 호령에 젊은 마의가 갑자기 웃음을 터트렸다.

"약속은 약속이지 않습니까?"

"네 이놈!"

그때 박순 대감이 나섰다.

"그만 두시오. 내 수족을 내놓지요. 당나귀는 평생 나를 위해 살다 그 목숨을 주었는데 이까짓 수족이 문제겠소이까? 여봐라, 작두를 가져오라!"

"대감!"

주기파 몇몇이 안 된다는 듯이 그의 앞에 엎드렸다.

"대감, 그럴 수는 없소이다. 그러기에 앞서 사대부를 능멸한 저놈부터 죽여야 할 것입니다."

"그러지 마시오. 어찌 모범을 보여야 할 어른들이 약속을 헌신짝처럼 버릴 수 있단 말이오?"

"대감!"

"무엇하느냐, 작두를 가져오래도!"

그래도 아랫사람들이 움직이지 않았다.

젊은 마의가 곰곰이 생각하다가 고개를 들었다.

"대감, 제가 대감의 수족을 가져 무엇하겠습니까? 말 먹이로도 줄 수 없는 것을. 대감의 수족 대신 제 청을 하나 들어주십시오."

박순이 그를 바라보았다.

"그 청이 무엇인가?"

박순 곁에 있는 대감이 대신 물었다.

"의료청에 저를 넣어주십시오. 사람을 볼 수 있게 말입니다. 이대로 마의로 나이를 먹자니 시원찮아서 말입니다."

"이놈, 방자하다. 어디 짐승이나 보는 마의가 사람을 보겠다니……. 네 이놈!"

그때 박순이 고함치는 대감을 잡았다. 그리고는 젊은 마의에게 물었다.

"네가 사람을 보겠다고?"

"그렇습니다."

"좋다. 이왕 이렇게 되었으니 한 번만 더 너를 시험하자구나. 내 뱃속에는 생명을 위협하는 촌충이 몇 마리가 있느냐? 네놈이 나의 뱃속을 들여다보다 본다면 말할 수 있지 않겠느냐?"

박순을 가만히 바라보던 젊은 마의가 잠시 후 입을 열었다.

"얼굴의 붉은 기운. 왜 눈 밑 아래 관골 부위가 붉은지 아십니까? 아랫배가 차기 때문입니다. 배가 차지자 소장의 촌충들이 배겨내지 못해 발작하는 것입니다. 당나귀도 마찬가지였습니다. 분명히 어제 찬 성질의 먹이를 주었을 것이고 덩달아 날이 차지자 바닥의 찬기를 이기지 못한 촌충이 뒤집어진 것입니다. 당나귀의 입속이 시퍼렇게 변한 것은 독 때문이 아니라 위로 뻗친 열에 탔기 때문입니다. 대감 역시도 마찬가지입니다. 아랫배가 차 그 열이 얼굴로 뻗쳐 있습니다. 관골 주위와 콧방울 밑 식록 부위까지 찰색이 붉어진 이유가 그 때문입니다. 그 기운이 입술꼬리까지 뻗치고 있고 그 줄기가 다섯 개이니 대감의 소장 일부분이 촌충으로 차 있고 그 무리를 이끄는 다섯 마리가 이미 장벽(腸壁)을 뚫고 있다는 증거입니다. 저에게 침을 주십시오. 정확하게 다섯 마리를 한 줄로 꿰겠습니다."

사람들이 모두 놀라 눈을 휘둥그렇게 떴다.

방으로 들어간 박순의 소장에 젊은 마의의 대침이 정확하게 박혔다. 딱 한 방이었다.

침을 빼내고 젊은 마의가 방을 나서며 말했다.

"조금 있으면 변을 보시게 될 것입니다. 변을 잘 살펴보십시오."

잠시 후 젊은 마의의 말대로 박순이 변을 보았다. 변을 내려다보던 박순은 그대로 그 자리에 얼어붙었다. 길고 긴 촌충 다섯 마리가 변 속에 죽어 있었기 때문이다.

이 사실을 안 임금이 젊은 마의에게 별감 벼슬을 내렸다. 그가 곧 침의

신 사암(瀋巖)이다. 사람들은 그제야 그가 지었다는 '사암침구요결'을 볼 수 있었고, 하나같이 무릎을 쳤다. 그 속에는 병증을 진단함에 있어 오행이론에 따른 침법이 자세히 나와 있었다.

포도부장이 박순을 만나자 그는 통곡하며 이런 말을 했다고 한다.

"유학하는 사람들이 주기파니 주리파니 하며 싸움을 일삼긴 하지만, 그러지 않았다면 어찌 그런 인물을 얻을 수 있었겠소?"

"헛된 싸움이 아니라는 말로 들리는군요?"

"인연은 인연이더이다. 내가 그놈의 이름을 물었을 때 사암이라고 답하는 걸 듣고 얼마나 놀랐는지. 사암(思菴)은 바로 내 호가 아니오? 물론 그는 다른 한자를 쓰고 있지만. 그때 나는 알았소. 그를 우리들에게 보낸 것은 하늘의 뜻이라고 말이오. 다 잘 되자고 하는 일 아니오? 주기파와 주리파가 나뉘어 있긴 하지만 그 모두가 유학이 아니겠소? 화담 서경덕이면 어떻고 포은 정몽주면 어떻겠소? 나는 유학하는 사람으로 퇴계 이황 선생을 스승으로 모신 것이니 부디 그분일랑 의심하지 마시오. 그분이 권력에 욕심이 없었듯이 생활 자체도 그런 분이외다. 봉록으로 겨우 먹고 사신 분이오. 평생 좋은 말 한 필도 가지지 못한 분이오. 부인의 집이 넉넉해 살찐 말이 많았는데도 언제나 여윈 말을 타고 다니셨소. 한 번도 살찐 말을 타신 일이 없으셨소. 아마 범인은 그런 그분을 고지식하다고 손가락질하는 자들일 게요. 그 말을 들으니 요즘 세상에도 이런 분이 있을까 싶습다. 전 재산을 바치더라도 결단코 벼슬을 해야겠다는 사람들이 판치는 세상에, 출세를 위해서라면 친구고 선배고 스승이고 무시하는 세상에, 이런 선비가 있을까 싶습다. 그래 그만 조사를 접고 말았다오. 그들 사제 간의 정리에 먹칠하는 것 같아서."

포도대장의 긴 이야기 끝에 율곡이 고개를 주억거렸다.

"그렇습니다. 같은 유생들끼리 파당이 생기고 서로 싸우고 있긴 합니다만 솔직히 저 역시 이래도 되는 것일까 싶습니다. 그렇다고 그대로 덮어버릴 수도 없는 문제이고 보면……."

그러면서 율곡은 침의 신이라는 사암이라는 사람을 떠올렸다.

얼마나 용하기에?

그런 생각을 하는데 포도대장의 음성이 들려왔다.

"그냥 조사를 않고 덮어버린다면 퇴계 선생님이 꼼짝 없이 목숨을 내놓아야 할 판이니……. 허어, 참."

"차라리 병이 난 것이라면 사암이라는 자에게 물어보고 싶습니다. 사안이 워낙 중대해야지요. 신고자가 그 글만 주상께 올리지 않았어도……."

포도대장이 안타까운 얼굴로 고개를 주억거렸다.

"맞소이다. 문제는 문젭니다. 아직은 풀길이 없으니 원……."

옥적음

연못 주위로 금잔화가 무더기무더기 피었다. 감나무의 풋감이 싱싱해 보였다. 연못은 꽤 컸다. 대신 정원을 작게 한 것 같다. 연못의 형태가 꼭 조롱박처럼 생겼다.

퇴계는 자신이 서당을 지을 때 만든 연못이 생각났다. 그곳 연못은 꽤 운치가 있었다. 지금 이곳 이국필 집 마당의 연못도 거기 못지않다. 연못가에는 앵두나무가 심어져 있고 물풀들이 제멋대로 자라나 제법 어우러졌다. 가끔 고기도 보였다. 물을 자주 갈지 못해 탁해졌지만 그래서 늪지대에나 피는 수련이 듬성듬성 꽃을 피웠다. 이름 모를 새가 가끔 물가를 스친다.

"선생님, 그늘을 놔두시고……."

이국필이 퇴계 곁에 서서 부채를 부쳐주며 말했다.

"햇살이 아주 좋아."

퇴계는 옷자락을 걷어 올리고 연못가를 한 바퀴 돌았으면 싶었다.

언제였던가? 이해(李瀣) 형님이 살아 있을 적이다. 두 형제가 연못가에 앉아 있었다. 춤을 추듯 가볍게 움직이는 고추잠자리의 비행, 소리 없이 일던 결 좋은 바람, 머리를 흔들던 이름 모를 꽃들……. 그때의 정적이 떠올랐다. 연못에서 보이는 오솔길에도 이상스런 정적이 내려앉아 있었다. 형님이 손차양을 하고 하늘을 올려다보고는 했다. 무성한 나뭇잎 사이로 햇살이 반짝이며 보였다 사라졌다 하였다.

두 형제는 일어나 나뭇잎 사이로 하늘을 올려다보며 걷기 시작했다. 잡목 숲이 우거진 반대편에 다른 연못이 있다는 걸 알고 있었다.

이쪽 연못은 온통 연꽃으로 어우러진 현란한 꽃밭이었다. 어떤 줄기는 아직도 물속에 코를 박고 있고, 어떤 줄기는 수면에 떠올라 꽃을 피우고 있었다. 활짝 핀 연꽃들 사이사이로 막 피기 시작한 꽃들도 있었다. 색깔도 각양각색이다. 흰색도 있고 푸른색도 있고 분홍색도 있었다.

형님이 말했다.

"아버지는 이 연못을 좋아하셨단다. 인간 세상이 이 연못과 다를 바 없다고 언제나 말씀하셨지. 진흙바닥에서 몸을 부리고 살지언정 정신만은 저 연꽃처럼 피어나야 한다고 말이다. 이제 아버지는 천상의 연못으로 갔을 게다."

퇴계는 그제야 얼굴도 모르는 아버지의 기일이라는 것을 깨달았다.

"물이 되어, 흙이 되어, 바람이 되어, 불이 되어, 그렇게 가셨을 게다."

어느 날 어린 퇴계가 그 연못에서 놀다가 가보로 내려오던 옥피리[玉笛]를 불다 물에 빠뜨리고 말았다.

울고 있는 그에게 이해 형님이 다가와 물었다.

"왜 우느냐?"

"옥피리를 연못에 빠뜨렸어요."

"그럼 찾으면 되지."

"난 헤엄을 못 치는 걸요."

"그렇다고 내가 건져줄 수는 없단다."

"왜요? 형님은 헤엄을 잘 치시잖아요."

형님이 웃으며 머리를 내저었다.

"황아, 이번에는 내가 찾아준다 하더라도 다시 그 피리를 연못에 빠뜨리면 어떻게 할래? 매번 내가 들어가서 찾아줄 수는 없는 일 아니냐?"

형님은 그런 사람이었다. 퇴계는 그에게서 유교란 피리를 건져다 주는 그런 우매한 사상이 아니라는 걸 배웠다.

유교란 바로 개념을 부숴버리는 데서 시작하는 사상이라는 걸 배웠다. 옥피리를 잃어버린 자의 옷을 벗기고 헤엄을 가르쳐 스스로 옥피리를 찾아내게 하는 그런 사상이라는 걸 배웠다.

그러나 세상은 모질었다. 대부분의 성자들은 옥피리를 빠뜨린 사람을 나무라곤 했다. 너희들은 미혹하다. 너희들의 무지한 힘으로는 막막한 어둠 속에서 헤어날 수 없다. 결코 그 누구로부터도 구원받지 못한다. 내가 너희들을 구원하리라. 나를 따르라. 가는 곳마다 죄업을 벗기고 죄의식과 그로 인한 근심과 고통을 던져주었다. 그러면서 그들은 옥피리를 구할 사람은 자신들밖에 없다고 떠들어대었다. 그들은 소리쳤다.

"그대들이여, 연못 주위를 돌라. 그리고 그 옥피리가 물 위로 떠오르기를 기도하라. 그대의 믿음이 진실할 때, 그대의 뜻이 하늘에 닿을 때, 옥피리는 물 위로 그 모습을 나타내리라."

그러나 아무리 연못 주위를 돌며 기도해도 옥피리는 떠오르지 않았다. 사람들은 나중에야 알았다. 구원은 그보다 실제적이라는 것을.

옥피리를 찾으려면 옷을 벗고 물속으로 들어가는 수밖에 없다. 그와 마찬가지로 참구원이란 자신이 하는 것이요, 남이 나를 이끌어 올리는 게 아니다. 내가 내 발로 가는 것이다.

형님은 모든 것을 그렇게 가르쳤다. 어쩌면 그 가르침으로 인해 그를 더 존경하고 사랑하게 된 것이었는지도 몰랐다.

그 형님이 죽었을 때 퇴계는 엄청난 불을 보았다. 불을 보고 나자 이상하게 편안했다. 이제야 스스로 옷을 활활 벗어던지고 연못 속으로 헤엄쳐 들어갈 수 있을 것 같았다. 잃어버렸던 옥피리를 찾아 불 수 있을 것 같았다. 그 음(音)이 세상의 음이 되게 할 수 있을 것 같았다.

이국필의 집 마당에 앉은 퇴계는 연못을 물끄러미 바라보며 머리를 내저었다.

가야지. 이제 가야지. 그 옥피리를, 그 음을 찾으려면.

천추 서설

1

해가 검은 구름을 물고 퍼들거렸다. 우기의 날씨가 그렇듯이 소나기를 몰고 올 모양이었다. 서쪽에서 검은 구름이 몰려오더니 잠시 개었던 하늘이 금세 새까매졌다. 검은 구름은 산과 복선을 이루면서 동쪽 하늘을 검은 천으로 가리기 시작했다. 서쪽에는 검은 구름들이 끼어 있었지만 그 아래 드러난 호수의 원경과 산들은 짙은 안개 속에 잠겨 비를 기다리고 있었다.

율곡과 곽문은 천천히 학궁으로 들어섰다. 여기저기 유생들의 모습이 보였다. 그들의 모습을 바라보노라니 율곡은 슬며시 입가에 웃음이 물렸다.

유생시절 처음 이곳에 적을 두었을 때가 언제였더라? 그때는 왜 그렇게 고고해지고 싶어 안달했는지?

율곡이 불가에 있다가 하산하여 성균관에 들어왔다고 하니까 하나같이 입을 비쭉댔다.

"그대가 불가 공부를 했다고?"

"그렇습니다."

율곡은 언제나 솔직히 대답했다.

"하하하, 대단하군. 이곳이 어디인가? 성균관이다. 중놈은 결코 발을 붙이지 못하는 곳이라는 걸 모르는가?"

"저는 여기 있지 않습니까?"

"아주 뒤가 실한 모양인데?"

"그것도 힘이지 않습니까?"

"그대의 서모가 권씨지? 이 나라의 제일가는 권력의 핵심 영의정 역시 권씨고?"

"왜 이러십니까?"

"그래 불가에서 무슨 공부를 했나? 공(空)? 그러나 여기는 리와 기가 있지. 그 문제 하나만으로도 네놈의 인생이 순탄치 않을 게다."

당시 율곡은 그 말이 무슨 뜻인지 몰랐다.

점차 공부를 해나가면서 유학의 실체를 알게 되었고, 그 세계에 동화되면서 너와 내가 없어져버렸다. 고봉 기대승 같은 사형은 자신이 이끄는 주기파에 들어온 후학을 기탄없이 맞아주었다. 아홉 살이나 위인 기 사형은 율곡을 만나자마자 덥석 손부터 잡았다.

"환영하네. 학궁에 오자마자 유생들을 꼼짝 못하게 해놓았다면서? 그때 읊은 시가 기가 막힌다고 하던데 들려줄 수 없겠나?"

"이미 잊었습니다."

"마음에 드는군."

그날로 둘은 흉허물 없이 지냈다. 서로가 통했다.

어느 날 술을 한잔하고 담론하는 자리에서 리기 문제가 나왔다.

"자네, 리와 기를 알고 있기나 한 건가?"

"리와 기를 모르는 사람이 어디 있겠습니까? 성리학의 리기론을 말하는 거 아닙니까?

"그러니까 그 원리를 말해보란 말이야."

술에 취한 기 사형의 음성은 그날따라 바닷가에 굴러다니는 거친 돌멩이 같았다. 율곡은 왜 그가 유생들 사이에서 기 사형으로 통하는지 알 것 같았다. 냉철하면서도 한없이 따뜻한 사람.

"우주만물은 리와 기로 구성되어 있다, 뭐 그렇게 꼭 말해야 하겠습니까?"

"하긴."

고상하기를 열망했던 유생들이 서책을 옆구리에 끼고 모이기만 하면 논쟁으로 일관하던 시절이었다. 특히 퇴계 선생의 리기이원론이 언제나 화두의 중심이었다. 젊음의 치기라고 할까? 낭만이라고 할까? 유생들은 누구나 그 나이 때쯤에는 '고고병'에 걸려 어려운 문제를 안고 고민해야 선비 축에 낀다고 생각했으니 참 가당찮은 일이었다.

그랬다. 리가 뭐냐, 기가 뭐냐? 홀로 있으나 둘이 있으나 그렇게 묻곤 했다.

리란 우리의 본성을 가리키는 말이다. 나아가 우주만물의 핵심이다. 그럼 기는 뭐냐? 우리의 힘을 가리키는 말이다. 리는 본성이므로 변하지 않는 것이고, 기는 힘이므로 그 운동력에 의해 파동을 가진다. 그래서 퇴계 선생은 기에는 욕(慾)의 성질이 있다고 했다. 그러므로 다스려야 한다고 했다. 리와 기가 우주만물의 구성 요소임에는 분명하지만 다른 존재이기에 그렇다고 했다. 리는 만물의 본질적 존재이지만 기는 만물의 현상적 존재이므로 따로 존재하는 별개의 것이라고 했다. 그래서 리기이원론(理氣二元論)이다. 그럼, 리기일원론은 뭐냐? 리기는 별개의 것이 아니라 하나로 연결되었다는 주장이다.

이렇게 정의해버리면 쉬울 텐데 유생들은 서책을 옆구리에 끼고 논쟁부터 일삼기 일쑤였다.

그때까지만 해도 불교의 화엄사상에 젖어 있던 율곡은 자신만의 독창적 해석으로 그들의 기를 꺾어놓고는 했다.

"뭘 그리 어렵게 생각해? 쉽게 생각해."

"어떻게? 아이고, 리기라는 말만 들어도 골치가 아프니 그렇지 않은가?"

"여기 지렛대가 하나 있네. 그 지렛대로 물건을 들려고 해."

"그래서?"

"지렛대를 움직이려면 뭐가 필요해?"

"힘이 있어야지."

"그렇지. 그럼 만물을 움직이는 지렛대가 리지. 그 힘이 기고."

"어허 그러니까 리를 통해 기가 발생해 만물을 들어 올리는 것이 리기론이다?"

"그렇지."

"그러고 보니 별 것도 아니네."

"그러니까 리라 하면 지렛대를 생각하고 기라 하면 힘을 생각하라 그 말이야. 그럼 이해하기가 훨씬 쉽지."

"만물은 곧 우주요, 지렛대는 나요, 기는 그 힘이다?"

그러나 결국 율곡은 기 사형의 주장인 리기일원론(理氣一元論) 사상에 동조하고 말았다. 만물의 본질적 존재인 리와 만물의 현상적 존재인 기가 따로 존재하는 별개의 것이라는 생각이 들지 않았기 때문이었다.

율곡이 잠시 생각에 잠긴 사이 금방 소나기라도 쏟아질 것처럼 주위가 어두워졌다.

"여름 날씨라고 하더니……."

곽문이 중얼거리며 하늘을 올려다보았다. 그리고는 다시 중얼거렸다.

"하늘에는 계절이 한 철 빠르다고 하던데……."

"하늘 가을[天秋]이라? 재밌네."

비가 그치자 율곡이 걸음을 옮겼다.

어두운 기운 속에 엎드려 있던 학궁이 햇살 속에서 살아 일어났다. 이내 불볕 같은 여름 햇볕이 쏟아졌다.

율곡은 먼저 정록청으로 가 사성부터 만나보았다. 퇴계에 대해 묻자 오십대의 사성은, "떠났습니다" 하고 간단하게 대답했다. 키가 작고 몸집이 비대한 사내였다. 얼굴이 얽었는데도 반듯하게 잘생긴 얼굴이었다.

"떠나요?"

유난스레 큰 콧등의 곰보자국을 보며 율곡이 되물었다.

"딱 하루 묵고 떠나셨습니다."

"그건 알고 있습니다. 떠나셨다면 다시 고향으로?"

그럴 리 없다고 생각하며 율곡이 묻자 사성이 고개를 내저었다.

"아니오. 새벽에 떠나시겠다고 하기에 어디로 가실 것이냐고 물으니까 웃으시기만 했는데 나중에 들으니 마중한 아랫것에게 정암 선생을 만나러 간다고 하더랍니다."

"정암? 조광조 선생? 아! 그 말을 들었습니다. 그렇지 않아도 주상께서 걱정하시더군요. 요즘 선대 임금께서 조광조 선생을 어디에 살려 놓은 거 아니냐는 소문이 무성한데 왜 퇴계 선생까지 그러는지 모르시겠다고."

율곡이 그렇게 말하자 사성이 웃으며, "혹, 살아 계실지도 모르지요"
하고 말했다.

"네?"

율곡이 놀라 되묻자 사성이 더 크게 웃으며 손을 내저었다.

"아, 아닙니다. 농담입니다. 살아 있을 리가 있겠습니까? 아마 그분을
그리는 사대부들이 퍼뜨리는 소문이겠지요."

"이상하긴 이상하군요. 그럼 퇴계 선생님을 배웅했다는 사람을 만날
수 있습니까?"

"구한수 학록인데 유감스럽게도 오늘 아침 낙향했습니다."

"낙향? 고향이 어딥니까?"

"진주입니다."

"진주?"

율곡은 되묻다가 고개를 갸웃했다.

진주가 어디인가?

그런 생각을 하는데 사성이 다시 입을 열었다.

"퇴계 선생님도 정암 선생을 만난 문인이 찾아간 후 한양으로 입성했다
고 합니다. 얼마 전에 어떤 문인이 안동으로 찾아가 그랬답니다. 정암
선생의 모습을 보았고, 그분이 있는 곳도 알고 있다고. 아마 그래 올라오신
모양입니다."

"그가 누군가요?"

"글쎄요. 물어보지 않아서……."

"그래요?"

"아무튼 이상하긴 이상한 일입니다. 사건이 난 새벽에 떠나면서 정암 선생을 만나러 간다고 했으니. 하지만 그럴 리가 있겠습니까?"

"그렇지요. 그럴 리가 없지요."

대화가 끊기자 갑자기 어색한 기운이 둘 사이에 떠돌았다.

율곡이 일어나려고 하는데 그제야 사성이 덧붙였다.

"이런 말을 해도 될지 모르겠습니다만……."

사성이 말을 하려다가 끊어버리는 바람에 율곡이 "예?" 하고 되물었다.

"정암 선생 말입니다. 정암 선생에게 정몽주 선생의 리학경이 전해졌다는 말이 사대부나 유생들 사이에 퍼지면서 그런 소문이 난 것 같단 말입니다."

"아, 예……."

정몽주 선생의 리학경이라면 율곡도 들은 적이 있었다.

"또 실제 정암 선생을 보았다는 사람도 있다고 합니다. 사람들이 살지 않는 산 속에서 리학경을 안고 경을 외우고 있는 그를 보았다는 사람들이 있으니 말입니다."

"그럴 리가요?"

율곡의 반응에 사성이 고개를 주억거렸다.

"저 역시 퇴계 선생님까지 그 먼 곳에서 한양까지 올라와 그런 말을 하시니 놀랐던 것이 사실입니다. 상감께서 그렇게 올라오라고 해도 버티시던 분이 정암 선생을 만날 것이라고 하니 한편으로 미쳐버렸는가 싶기도 하고 말입니다. 그런데 예사롭지가 않아요."

"뭐가요?"

율곡이 눈을 빛내며 물었다.

"소문 못 들으신 모양이군요?"

"소문?"

"성물 말입니다."

"아, 리학경 말이군요?"

"여기서는 그것이 공자가 남긴 진본이라며 성물로 통하지요. 사실 퇴계 선생님은 정암 선생을 만나러 간 것이 아니라 그가 남긴 그 리학경을 찾으러 간 것이라는 말이 있습니다."

"그래요? 그것이 어디에 있기에요?"

"글쎄, 그걸 누가 알겠습니까? 하지만 어딘가 숨겨져 있다는 겁니다."

율곡이 그런 말을 믿느냐는 듯 웃자 사성도 마주 웃으며 말을 이었다.

"그 때문에 이번 사건도 일어난 것이 아니냐 하는 말들이 있습니다. 그럴 만도 하지요. 그것이 그쪽 계보의 성전이나 다름없다고 하니 말입니다."

그쪽이라고 하는 건 퇴계 쪽을 가리키는 말 같아, "그래요?" 하고 율곡이 되받자 사성이 부연이나 하듯 다음 말을 덧붙였다.

"이 나라에서 불교가 제 역할을 하지 못했기에 억불정책에 의해 지금은 유교국이 되었지만 또 다른 세력이 고개를 들고 일어나고 있다는 말입니다."

율곡은 문득 자신이 예전에 출가한 것을 알고 사성이 일부러 불교를 비방하고 있는 것이 아닌가 하는 생각이 들었다.

"그런데요?"

조금 더 들어보면 알 것 같아 율곡이 물었다.

"눈치를 못 챘나 보군요."

"네?"

"요즘 소격원(昭格院) 쪽의 분위기 말입니다."

"소격원이라고 한다면 도교의 무리 아닙니까? 나라의 제사를 맡아보던 곳……."

"맞습니다. 예전의 소격서(昭格署)나 마찬가지지요."

율곡은 그제야 번뜩 생각이 들었다. 노자의 사상에 감읍한 공자가 리학경을 썼고 그 경전을 숨겨두었다는 소문을 일찍이 들어 알고 있었다. 언젠가 이조 좌랑으로 있으면서 퇴계와 7년 동안이나 사상적 논쟁을 펼쳤던 기 사형이 그런 말을 했다.

"원, 세상이 어떻게 되려고 이러는지……."

"왜 그러십니까?"

심각해 보여 율곡이 묻자 기 사형이 한숨을 쉬다가 이런 말을 했다.

"이 땅에서 불교도들의 기를 꺾어 놓으니까 이제 도교도들이 날뛰고 있어."

"예?"

"정암 선생이 가신 지 얼마나 되었다고? 그분, 이럴 줄 알고 소격서 폐지에 앞장 서셨을 게야. 이제 도교 무리가 일어나고 있단 말일세."

율곡이 기억하기에 도교 사당 소격서가 폐지된 것은 중종 13년이다. 별들에 대한 제사를 관장하던 곳이 조광조의 개혁 정치에 밀려 폐지된 것이다. 국가적인 도교의 제사를 주관하던 관청이 폐지되자 그 파장은 엄청났다. 태조 5년 경복궁 옆에 건립되어 연산군 때 몇 번 폐지된 적이 있긴 했었다. 그러나 음으로 양으로 그 맥이 끊어지지 않았었다. 백성의 복을 비는 곳이기도 하였지만 왕족의 액을 물리치고 복을 비는 곳이었기 때문이다. 가뭄이 들면 기우초(祈雨醮) 등이 그곳에서 이루어졌다. 그러므로 조선 건국 초부터 상제(上帝, 옥황상제)와 성신(星辰, 별)들에게 제를 올렸다. 고려시대에는 복원궁(福源宮), 청계배성소(淸溪拜聖所) 등 여러 곳에서 하늘에 제사 지내고 별에 기도해왔다.

그런데 도교는 중국의 대표적 종교이고, 이 땅으로 들어와 토착신앙화 되어가자 폐지해야 한다는 조광조의 주장에 밀려 중종이 폐지한 것이다. 중종은 조광조의 개혁사상에 동조해 그와 어깨동무를 했지만 이미 민간신 앙이 되어버린 소격서의 폐지는 과하다고 생각했다. 중종은 국초부터 있던 것을 어찌 내 마음대로 하겠소이까, 하며 미련을 버리지 못했는데 조광조가 다섯 번 상소를 올리고 홍문관이 일곱 번, 그래도 안 되자 유신들 전원이 사직서를 제출하자 결국 무릎을 꿇었다.

중종의 체면은 말이 아니었다. 왕으로서의 권위를 잃자 조광조와 사림에 대한 배려와 신뢰심을 잃고 말았다. 이는 결국 조광조의 죽음으로 이어졌다.

중종은 조광조를 사사한 후 소격서를 복원했다. 폐지한 지 몇 해 되지 않아 모후의 병환이 깊어지자 다시 소격서를 설치하라고 명령한 것이다. 모후의 회복을 기도하기 위해서였다. 유림의 반발이 없을 리 없었다. 사간 원에서 상소를 올리고 유신들의 반발이 들끓자 몇 번의 폐지와 복원이 반복되었다. 그러다 지금은 다시 철폐된 상태였다.

그런데 도교도들이 다시 일어서고 있다?

"무슨 말입니까?"

기 사형의 말이 심상치 않아 율곡이 물었다.

"그들이 영보원(靈寶院)이라는 수련원을 만들어 이상한 주장을 하고 있다 그 말이야."

"수련원이라면 도교도들의 양성소인 것 같군요?

"맞아."

"그런데 이상한 주장이라니요?"

"그들의 주장을 들어보면 기가 막혀서 말이 안 나와. 공자가 유교를 만들 때부터 이미 그 사상이 대두되었다는 것이야."

"무슨 소립니까?"

"공자께서 유가의 법을 설파할 때부터 리기 문제가 대두되고 있었다는 것이야."

율곡은 아, 또 퇴계 선생과 그렇게 질기게 싸웠던 리기 문제구나 하는 생각에 무시해버리려다가 아무래도 이상해 이렇게 물었다.

"그러니까 세월이 흘러 정자와 주자에 의해 완성된 것이 아니라 공자 때부터 대두된 문제였다 그 말인가요?"

그게 화근이 되어 말이 계속 번졌다.

"그뿐만이 아니야. 공자는 유가의 법을 편 후 노자를 만나 이런 질문을 받았다는 것이야. 공자에게 유가의 법을 들어본 노자가 말하기를, '그대는 인의 법을 설했습니다. 바로 유가의 법이지요. 그런데 한 가지 의문이 생겼습니다. 그것은 리의 법인가요? 기의 법인가요?' 그 질문을 받고 공자는 그만 말이 딱 막혀버렸다고 해."

"하하하, 거 재밌는데요. 그러니까 일찍이 노자가 공자에게 정곡을 찔렀다 그 말이군요?"

"맞아. 생각해보면 아무 것도 아니잖아. 그것은 기의 법이기도 하고 리의 법이기도 하니까 말이야. 그래 그렇게 대답하면 될 것을 생각이 많은 분이고 보니 순진하게 노자가 그걸 모르고 질문했을까 싶어 질문의 저의를 생각해보느라 이리 저리 머리를 굴리고 있었는데, 도교도들은 그때부터 리기 문제가 불거지게 된 것이라는 것이야."

"으하하하, 말이 되는 소리를 해야지. 아무튼 저들 말대로 하면 역사적으로 만만치는 않아 보이긴 합니다."

전혀 일리가 없어 보이는 것도 아니어서 율곡이 그렇게 대답했더니 기사형이 한 수 더 떴다.

"하긴. 유교가 생긴 이래 줄기차게 그 문제로 싸워온 것은 사실이긴 하지. 그런데 알고 보면 그 문제의 해답은 일찍이 도가의 창시자인 노자가 했다고 하고 있으니……."

"하하하, 재미납니다."

"재미날 정도가 아니야. 노자는 대답을 못하는 공자에게 이렇게 말했다고 해. 리와 기는 다르다. 말처럼 날뛰는 기를 어떻게 잡도리(길들여 잡다)할 것인가? 바로 그것이 도의 궁극적 모습이다. 나는 그 기를 도가의 맨 상층에 올려놓았다. 기의 운용, 성애로 인한 기의 정점, 그 기를 잡도리해 마음대로 쓸 수 있는 경지, 바로 그것이 신선의 경지이며 도인의 경지요 도가의 최상층 법이다."

"이것 참 환장하겠네."

"맞아. 환장할 일지지. 도덕경을 쓴 노자가 도덕의 끝머리에 그것을 올려놓았다? 으하하, 그러니 어떻게 되었겠나? 공자가 강복(降服)할 수밖에. 그래서 그는 리기의 문제를 도가의 법으로 풀 수밖에 없었다는 것이야. 그게 리학경이라는 것이지. 이게 말이 되는 소린지 원……."

"하하하, 정말 재밌는데요. 도교의 법이 노자의 영향을 받은 것이 사실이

지만 온전히 그의 법이라고 하기에는 뭐하다는 것을 모르지 않을 터인
데……. 설령 그렇다 하더라도 그게 변형된 것이지 노자가 그랬다는 건
아니지 않습니까? 그러니까 뭡니까? 그래서 도가의 최상층 법이 무엇인지
아느냐고 하는 무리가 나타났다 그 말 아닙니까?"

"맞아."

율곡은 다시 웃었다. 말도 안 되는 소리였다.

그때 기 사형과의 대화는 거기까지였다.

잠시 생각에 잠겨 있던 율곡은 사성을 향해 시선을 들었다.

"저도 들어본 기억이 있긴 합니다만……."

사성이 고개를 끄덕였다.

"소문이 갈수록 흉흉해지고 있어서 말입니다."

"다 풍설 아닙니까?"

"저도 그렇게 생각하고 말았는데 이제는 학궁 내 유생들의 분위기가
심상치 않아요."

"유생?"

"어제 유생들이 찾아와 묻더군요. 노자의 영향을 받은 공부자(공자의
존칭)께서 리학경인지 뭔지 하는 경을 저작했다는 소문이 있던데 어떻게
생각하십니까? 그것이 어딘가에 묻혀 있다고 하던데요? 하고 말입니다."

대답할 가치조차 없다는 생각이 들어 율곡이 웃었다. 유생이 그런 터무
니없는 소문에 휘둘릴 정도라면 그 될성부름이 뻔했다.

노자가 저작한 경에 보면 이런 구절이 있기는 하다.

공자가 노자에게 묻기를, "오늘은 한가하니 지극한 도에 대해 물어봅니

다." 이에 노자는 이렇게 답했다. "그대는 먼저 재계(齋戒)하고, 그대의 마음을 씻고, 그대의 정신을 깨끗이 하고, 그대의 지혜를 때려 부수게. 대체로 도는 심오하고 현묘해서 말로는 표현하기 어렵다네."

하지만 그 때문에 공자가 노자의 영향을 받았다고 한다면 참으로 한심한 일이다.

사성이 아랫사람을 불러 일렀다.

"비복청으로 가 덕매란 여자를 데려오너라."

아랫사람이 나가자 사성이 다시 율곡에게 말을 꺼냈다.

"이곳까지 어렵게 오셨는데……. 사리 하나가 아침나절 이상한 말을 해서 말입니다."

"무슨 말씀이신지?"

사성이 새로운 정보를 줄듯 말을 꺼내자 율곡이 관심을 보이며 되물었다.

"퇴계 선생님이 이곳 대사성으로 있을 때 말입니다."

사성이 잠시 말을 끊었다. 말을 계속해야 하나 어쩌나 생각하는 모양이었다.

"대사성으로 있을 때?"

낌새가 이상해 율곡이 슬쩍 다그쳤다.

"비복청에 밥 짓는 여자가 하나 있습니다. 덕매라고."

"그래서요?"

"그 여자가 퇴계 선생님이 야밤에 여자와 만나는 걸 두어 번 보았다는 것입니다."

"그래요?"

곽문과 율곡이 동시에 물었다.

"아, 물론 요즘이 아니라……. 퇴계 선생님이 이곳 대사성으로 계실 때 일입니다."

"여자라니요?"

"필시 밀월을 즐기는 것 같았답니다. 밤이 깊었는데 둘 사이가 아무래도 이상하더랍니다."

"상대 여자가 누굽니까?"

"비복청의 부엌데기였는데 이름이 문향이라고 했습니다."

"문향?"

비복청이라면 성균관에서 유일하게 여성이 있는 곳으로, 유생들의 식사를 짓는 여인들의 숙소이다.

율곡이 일어섰다. 그러자 왜 그러느냐는 듯이 사성이 올려다보았다.

"비복청으로 직접 가봐야겠습니다."

"곧 데리고 올 겁니다."

율곡이 사성의 말을 뒤로 하고 바람같이 나서자 곽문이 재빨리 뒤따랐다. 율곡은 비복청을 금방 찾을 수 있었다. 유생으로 있던 시절 때마다 드나들던 곳이었다.

때가 지나서인지 비복청은 비어 있었다.

그들은 비복청 사람들이 일하고 있는 식당으로 내려갔다. 조반을 먹은 지가 금방인 것 같은데 점심을 준비하느라 식당 안이 분주했다. 음식 냄새가 식욕을 자극했다.

나물을 조몰락거리고 있는 여인과 좀 전에 사성이 보낸 아랫것이 이야기하고 있는 것이 보였다.

곽문에게 그에게 가보라는 눈짓을 보내고 율곡은 서서 기다렸다.

곽문이 다가가 사성이 보낸 아랫것에게 무어라고 하자 여인으로부터 멀어졌다. 곽문이 여인의 이름을 확인하고는 율곡에게 데리고 왔다.

"그대가 덕매인가?"

율곡이 물었다. 흰 광목 수건을 머리에 써서 얼굴이 잘 보이지 않았다.

굴뚝으로 바람이 들이쳤는지 율곡이 서 있던 옆 아궁이에서 불길이 밖으로 쏟아졌다. 그 바람에 흘러나온 연기에 세 사람 모두 눈이 매워 얼굴을 찌푸렸다.

율곡이 여인의 얼굴을 자세히 보기 위해 수건을 벗기려 하자 여인이 본능적으로 피하며 손수 수건을 벗었다.

율곡이 그녀의 얼굴을 살펴보니 자로 잰 듯이 아름다웠다. 나이가 들긴 했지만 이런 여인이 부엌데기 짓이나 하고 있다니 하는 생각이 들 정도였다. 이 정도 인물이라면 유생들 몇은 혼을 빼앗겼을 것이다.

율곡은 일단 그녀를 데리고 나와 계성사로 향했다.

곽문이 본격적으로 묻기 시작했다.

"이곳의 대사성으로 있던 퇴계 이황 어른을 알고 있다고 하던데 사실인가?"

"예."

여인이 주위를 두리번거리며 대답했다.

"그분이 있을 때 몇 번 대사성 어른과 야밤에 만난 적이 있다는 소문이 있던데?"

여인이 고개를 내저었다.

"제가 아니었구먼요."

"아니다?"

곽문은 넘겨짚고 있었다.

"문향(聞香)이야요."

여인이 좀 날이 선 음성으로 말했다.

"문향?"

율곡이 되뇌었다.

"누군가는 두향이라고도 합디다."

여인이 중얼거리듯 말했다.

"무슨 말이야?"

율곡이 묻자 여인이 잠시 기억을 더듬으려는 듯 허공을 올려다보았다.

"그러니까……. 그게 언젠가?"

기억의 골방에서 꼬투리를 잡아내려는 여인을 율곡이 날선 눈빛으로 쏘아보았다.

여인이 기억이 나는지 이내 고개를 주억거렸다.

"맞아요. 어느 날 의금부에서 나온 나리 한 분이 밥을 드시러 왔다가 그 여자를 보고는 그랬던 거 같아요."

"뭐라고?"

곽문이 물었다.

"너 두향이가 아니냐, 이렇게요. 나중에 들었는데 그 여자는 본시 기녀였다고 하더라고요. 그때 이름은 두향이었다고."

"기녀가 이곳에 있었다? 이름을 바꾸고?"

율곡이 되뇌자 여인의 얼굴에 잔인한 미소가 지나갔다.

"배운 짓이 어디 가나요? 기녀가 어떻게 이곳에 들어왔나 했더니 당장에 대사성 어른을 녹여놓았더라고요. 그 점잖은 분을."

"그 여자 지금 어디 있나?"

곽문이 성질 급하게 물었다.

"그때가 언제인데……. 소문에는 그 후 기녀로 있던 단양으로 내려갔다는 말이 있습디다."

"단양?"

"그래요."

여인의 대답을 들으며 율곡은 짚히는 게 있어 고개를 주억거렸다. 단양은 퇴계가 단양군수를 지낸 곳이다. 그때 만난 여자다? 그 후 이곳 대사성으로 왔고 여인이 따라나섰다? 그녀가 다시 단양으로 내려갔다면 퇴계가 대사성을 그만 두고 여인과 헤어졌다는 말이 된다. 율곡이 알기로 퇴계는 대사성을 그만 두던 해에 병으로 사직하고 다음 해에 형조 참의가 되었다. 그 후 고향인 안동으로 내려가 도산서당의 터를 잡았다.

거기까지 생각하다가 율곡은 고개를 갸웃하였다.

그 후 다시 대사성이 되어 이곳으로 들어오지 않는가? 그렇다면 어떻게 되는가? 지금 이 여자는 첫 번째 부임했을 때를 말하는가, 아니면 두 번째인가?

"이곳에 얼마나 있었는가?"

율곡이 여인에게 물었다.

"그분이 부임하던 해였으니까 오래 전이었구먼요."

"몇 해쯤?"

"한 팔구 년 되었나?"

여인이 기억을 더듬다가 대답했다.

"으음, 그리고 보면 10여 년 전 이야기가 아닌가? 그 후로 그녀를 보지 못했다?"

"그렇구먼요. 단양으로 내려갔다고 하는데 모르지요."

"아는 사람이 없겠나? 이곳에 들어오려면 신상 파악은 했을 거 아닌가?"

"글쎄요. 양반네라면 모르지만 반촌 출신이 태반인데 신상이 무슨 소용 있나요?"

여인을 보내고 율곡은 비복청의 책임자들을 불러 문향이라는 여자의 신상을 조사해보았다.

담당자는 조사해보지도 않고 고개부터 내저었다.

"이곳이 어딥니까? 비복청입니다. 무지렁이들이나 드나드는 곳인데 신분 멀쩡한 양반네가 오겠습니까? 오다가다 배고프면 들어와 일하다가 견디지 못하면 나가버리는 곳인데……. 그렇다고 흉 될 것도 없고……."

"그러니까 신상명세를 자세히 한번 찾아보라는 말이지 않소?"

율곡이 정색을 하고 나서야 담당자는 알았다며 서류를 뒤졌다. 담당자는 한참을 뒤져서야 그녀의 신상명세서를 찾아냈다.

"여기에도 문향이라고 되어 있습니다."

"그 여자의 말이 맞군. 이곳에 들어오기 위해 이름을 속인 모양이야."

신상명세를 살피던 율곡이 말했다.

"그럼 그 여자를 만나려면 단양까지 가야 한다는 말인데……."

곽문이 중얼거렸다.

두 사람은 마방 앞에서 잠시 망설였다.

"문향, 아니 두향이라는 여자, 그 여자를 찾아낸다면 퇴계 선생님의 거처를 알아낼 수 있을까요? 제 생각엔 잠시 정을 붙인 사이인 것 같은데……."

율곡은 고개를 주억거렸다. 그러면서도 자꾸 문향이라는 여자를 만나면 혹시 퇴계 선생의 거처를 알 수도 있지 않을까 하는 생각이 들었다.

"퇴계 선생님이 심혈을 기울여 세운다는 안동의 도산서당에 대해서 들어본 적 있습니까?"

전송을 하겠다며 따라 나온 사성에게 율곡이 물었다.

"도산서당요?"

"네."

"얼마 전에 낙성했다는 말을 들었습니다."

말에게 달려들던 쇠파리가 사람 냄새를 맡고 곽문의 목덜미로 달려들었다. 쇠파리가 혓바닥을 살에 꽂아서야 곽문이 "아, 따거" 하고 소리치며 손바닥으로 목덜미를 때렸다. 이미 쇠파리는 그의 손길을 벗어나 유유히 율곡의 코 주위를 맴돌다가 안 되겠는지 마방 속의 말을 향해 날아갔다.

"그 후 그곳에서 제자들을 가르쳤다는 말이지 않습니까?"

"특명을 내려도 병을 핑계로 사양하자 임금이 어의를 보내 문병했다는 말이 있습니다."

"그런데 갑자기 한양으로 올라와 조광조 선생을 찾는다? 한양으로 입성했다고 하니 일단 그의 문인들부터 찾아보자고. 어떻게 올라온 길인데 그냥 내려가셨을려구."

성균관을 나오면서 율곡이 곽문에게 말했다.

"그러지요."

"일단 집으로 가자구."

"예?"

"아침도 못 먹었지 않은가? 오늘은 들어갔다가 내일부터 본격적으로 찾아다녀 보자고."

곽문을 보내고 율곡이 집으로 들어서자 아내는 친정에 가고 없었다.

사촌 형수가 달려오더니 율곡을 잡았다.

"저 좀 보시와요."

"왜 그러십니까? 형수님."

"영주 사는 성옥 형님 말이에요."

"성옥이요? 성옥이가 왜요?"

"글쎄, 어제 성옥 형님 아버님이 돌아가셨다고 하지 않아요. 급하게 파발마를 띄웠더라고요."

오늘 내일 한다는 말을 들었는데 기어이 일어나지 못한 모양이었다.

성옥의 아버지는 아버지의 당숙인 이기(李芑)의 형님이었다. 이기는 명종 때 의정부 영의정을 지낸 분이다. 그와 형제인 이행(李荇)은 의정부 좌의정을 지내 형제 정승으로 유명했다. 그들 사이에 낀 사람이 성옥 아버지였다. 같은 형제이면서도 성옥 아버지만 벼슬이 참의에 머물렀는데 외탁을 해서인지 성질이 대쪽 같았다. 생육신 성담수와 성담년이 그의 외삼촌이었다. 그리고 사육신 성삼문의 외종조카이기도 했다.

율곡의 아버지는 벼슬이 통덕랑 사헌부 감찰에 머물렀으므로 벼슬 욕심이 있었던 아버지는 당숙인 이기를 찾아다녔다. 이기는 그때 실권자였는데 아버지가 가면 거들떠보지도 않았다. 낙담하면 아버지의 옷자락을 잡고 있는 율곡에게 다가와 웃곤 하던 아이가 바로 성옥이었다. 그 아이도 아버지를 따라 작은집에 왔다가 율곡을 보고 다가왔던 것이다.

나중에 영주로 내려가 산다고 하더니 그의 아비가 기어이 세상을 버린 모양이었다.

율곡은 다음날 아침 일찍 곽문을 데리고 나섰다.

"어디부터 가시려고요?"

서두르는 게 이상했던지 곽문이 눈치를 보다가 물었다.

율곡은 곽문에게 자초지종을 이야기했다.

"가봐야 되겠는데요."

"그래서 밤새 생각했는데 묘하게 영주가 단양과 안동 사이에 있더라구."

"그러네요."

잠시 생각하던 곽문이 대답했다.

"잘 됐지 않은가? 이참에 단양에 들러 어제 그 여자가 말한 기생도 찾아보고 퇴계 선생의 서당도 들러보고……. 퇴계 선생의 거처부터 훑어보는 것도 좋겠다 싶거든. 여기서는 너무 막연하니 말이야. 거처에 가면 왜 입성했는지 알지도 모르고. 문향인가 두향인가 하는 여자도 마음에 걸리고."

율곡의 말에 곽문이 목덜미에 솟아난 땀을 닦으며 고개를 끄덕였다.

"그럴지도 모르겠군요."

"그러면 단양부터 가야지? 다음에 영주에 들리고, 다시 안동으로?"

"그래야 되겠네요."

"분명 단양이 영주 가는 길에 있지?"

율곡은 확인하듯 물었다.

"맞아요."

곽문이 대답했다.

덕과 욕

1

퇴계는 시선을 거두지 못하고 멍하니 밖을 내다보았다. 이해 형님의 모습이 기억의 꼬리를 붙들고 여전히 머물러 있었다. 맑고 어질고 지혜롭던 이해 형님. 그의 마지막을 지금도 퇴계는 분명히 기억하고 있었다. 양주 미아리에서 최후를 맞은 형님을 퇴계가 마지막으로 본 것은 봉화 돌고개에서였다.

중종이 그랬듯이 명종도 이해 형님에 대한 애정이 깊었다. 퇴계는 중종과 명종이 왜 그렇게 이해 형님을 아꼈는지 알고 있었다. 명종에게 이해 형님은 가족 이상의 관계였다. 명종의 어머니 문정왕후가 수렴청정을 시작한 순간부터 언제나 그림자처럼 임금을 보살피던 사람이 이해 형님이었던 것이다.

문정왕후는 열일곱 한창 나이에 궁으로 들어와 중종의 눈에 들었다. 중종에게는 이미 중전 장경왕후가 있었다. 세상물정 모르는 순진한 처자가 왕비와 그 일파의 시기를 이겨내기란 쉬운 일이 아니었다. 그녀가 왕자를 낳을 것을 우려해 장경왕후는 끊임없이 그녀를 괴롭혔다. 그래서 궁 생활은 참으로 고달팠다. 언제나 살벌한 기운이 그녀를 감쌌다.

행인지 불행인지 장경왕후가 죽었고, 처자는 중종의 계비인 문정왕후로 책봉된 지 무려 17년 만에 아들을 낳았다. 그 아들은 태어나자마자 경원대군에 봉해졌다.

당시 장경왕후의 소생인 호 세자의 나이는 스물이었다. 강보에 싸인 경원대군과 왕위를 물러 받을 호 세자. 누가 보더라도 스무 살이나 위인 세자를 두고 다른 생각을 한다는 것은 불가능한 일이었다.

하지만 문정왕후는 포기하지 않았다. 그녀는 자신이 낳은 아기를 임금으로 만들겠다고 결심했다. 아들을 금상의 자리에 앉히기 위해 먼저 세력을 길렀다. 그리하여 대군이 열 살이 될 무렵 그녀는 자신을 지지하는 당을 만들 수 있었다.

그녀가 힘을 얻은 뒤 가장 먼저 시작한 일은, 박원종의 수양딸로 빈의 자리에 올라 임금 못지않게 큰 힘을 자랑하고 있던 경빈 박씨와 그의 아들을 제거하는 일이었다. 그녀는 쥐를 잡아 두 눈을 불로 지지고 사지와 꼬리를 잘라내었다. 그러고는 후원 나뭇가지에 걸어놓았다.

궁이 발칵 뒤집어졌다. 문정왕후는 그것이 인종을 저주한 경빈 박씨의 소행이라 덮어씌웠다. 그로 인해 경빈 박씨는 폐서인되었고 아들 복성군과 함께 사약을 받았다.

그녀는 그 후 당대의 권신 김안로를 제거했다. 그리고 왕위에 오른 지 9개월밖에 안 된 인종을 독살했다. 문안드리러 온 인종에게 찹쌀떡에 독을 발라 먹인 것이다.

그렇게 하여 자신의 아들을 보위에 앉혔다. 아들의 나이 겨우 열두 살. 정치를 하기엔 어린 나이였다. 문정왕후는 수렴청정을 핑계 삼아 권력의 정점에 섰다. 그리고는 비판적인 사람들을 숙청했다. 숱한 사람들을 죽이고 귀양보냈다.

생각해보면 명종 임금은 불행한 사람이었다. 그는 열두 살의 나이로 즉위했다. 즉위를 하고도 어머니의 수렴청정이라는 너울에 갇혀 몸서리쳤다. 어느 날 그는 기어이 정사를 놓아버렸다. 그는 그 후로 정사를 돌볼 생각은 않고 궁 안에서 가렴주구를 일삼았다. 도가 깊어지자 권력을 휘두르던 모후가 가만있을 리 없었다.

"주상, 왜 이러시오?"

어미를 쳐다보는 그의 얼굴에 비웃음이 번졌다.

그 웃음을 보며 모후는 새파랗게 질렸다. 한 번도 어미를 부정해본 적 없는 아들이었다. 서른이 넘도록 수렴청정할 수 있었던 것도 그만큼 그의 심성이 어질었기 때문이었다.

"하하하, 어마마마. 왜 그러시냐고 물었습니까?"

"주상?"

"아직도 제가 열두 살 어린아이로 보이십니까?"

이미 서른이 넘은 주상의 모습을 보고 문정왕후는 새파랗게 질려 몸이 사시나무처럼 떨렸다. 모후는 직감했다. 자신으로 인해 주상이 변해버렸다는 것을.

1553년, 문정왕후는 평소 흠모하던 거승 태고 보우를 요직에 앉혔다. 사림의 반발이 이만저만이 아니었다. 특히 유림의 총수격인 이황 같은 이들이 심기를 건드렸다.

그녀는 기억하고 있었다. 보고자 해서 본 것은 아니었으나 이황이 선왕 종중에게 직언하던 모습을 똑똑히 기억하고 있었다. 당시 이황은 홍문관 부교리에 지나지 않았지만 선왕 중종의 외척이 조정을 어지럽히자 외척에 의해 나라가 망할 수 있음을 유의해야 한다고 직언했다.

그 모습을 본 문정왕후는 가슴이 섬뜩했다. 아들을 앞세워 섭정을 시작한 뒤에도 언제나 이황의 말이 따라다녔다. 퇴계의 날선 눈빛이 그녀를 괴롭혔다. 그런데 이상한 말이 떠돌았다. 명종이 외척에 휘둘려 국사를 잘 돌보지 못하고 있다고 판단한 퇴계가 임금을 흔들고 있다는 소문이었다.

문정왕후는 동생 윤원형을 불러들여 퇴계의 주변 인물들부터 제거했다. 죽이거나 귀향을 보낸 것이다. 문정왕후는 퇴계가 상감의 절대적인 신임을 얻고 있어 어쩌지 못하고 노심초사하다가 양재역 벽서사건에 연루되었다며 잡아들였다. 일찍이 퇴계의 친한 벗 가운데 한 명인 송린수를 벽서사건에 연루되었다 하여 사사했고 퇴계가 존경하는 선배 이언적과 권벌은 북쪽으로 귀양 보낸 참이었다.

당시 퇴계의 형님 이해의 목숨을 노리는 이기의 권세는 윤원형을 등에 업고 정점을 치닫고 있었다. 인종 초년, 이기가 우의정에 임명되었을 때 양사(兩司, 사헌부와 사간원)가 반대했다는 이유로 제거당했다. 퇴계의 형님 온계공(溫溪公) 이해는 당시 대사헌으로 있었다. 그 일로 이기는 이해에게 원한을 품었다.

이해는 한성우윤으로 들어갔다. 그러자 이무강이라는 자가 그의 처가 쪽 사람인 대사간 원재겸을 부추겼다. 이해가 역적을 두둔했다고 죄를 씌운 것이다.

우의정 이기를 함께 탄핵한 이치와 이해는 함께 잡혀갔다. 이해는 사형에서 감형되어 갑산으로 유배되었고, 이치는 형장 아래서 죽었다. 이해는 유배 길을 떠나 양주 미아리에 도착하자마자 숨을 거두었다. 고문이 심한 터라 고문으로 인한 상처가 도진 것이다.

이해는 죽기 전에 고려 인종(仁宗) 때 불우했으나 장부답게 살다간 정지상의 시로 자신의 마음을 드러내었다.

임을 보내며

비 그치자 긴 강둑의 풀빛 짙어지고
남포로 임을 보내려니 슬픈 노래 일렁인다
대동강 물은 어느 때 마르리
해마다 이별 눈물 푸른 물에 더하는 것을

雨歇長堤草色多 送君南浦動悲歌 大同江水何時盡 別淚年年添綠波

이해가 죽자 압송도사(押送都事)는 시체를 상여막에 방치해버리고 한양으로 돌아갔다.

이 소식을 임꺽정(林巨正)이 들었다. 그는 백정의 아들이었다. 어릴 때부터 의협심이 강해 관아를 몰래 습격하고 창고를 털어 백성들에게 나눠주던 인물이었다. 본 이름은 임거질정(林巨叱正)이었다. 관인이 잡으러 오면 물속으로 들어가 숨을 꺾어버린다고 하여 꺽정이가 되었다. 꺽정이 마침 집에 와 있다가 상여막에 버려진 이해의 시체를 보았다. 파리가 꾀고 썩어가고 있었다. 그는 불쌍한 생각에 이해의 시체를 관에 넣어 보관했다.

퇴계가 이 소식을 듣고 뒤늦게 임꺽정에게 달려갔다. 달려가 대문 밖에서 임꺽정을 보고 고함을 질렀다.

"내 형님의 시신을 관에 넣어 보관하고 있다는데 사실이냐?"

"그렇소이다."

임꺽정이 대답했다.

"그렇다면 내가 너희 부자에게 은혜를 입었구나."

임꺽정의 아비 돌이가 허리를 구부리고 달려 나왔다.

"어찌 사대부가 피 냄새 나는 곳으로 드실 수 있겠습니까? 여기 계시옵소서. 관을 내오겠습니다."

임꺽정과 아비가 관을 가지러 들어갔다.

"원 양반네가 무엇인지, 꼭 빚 받으러 온 사람 같네. 은전이나 베푼양……."

임꺽정이 못마땅하다는 투로 중얼거렸다.

그의 아비가 다급한 마음에 임꺽정을 쥐어박았다.

"이놈, 말조심하지 못하겠느냐!"

"그렇지 않소?"

"시끄럽다."

관을 내주며 임꺽정이 다시 투덜거렸다.

"어서 모시고 가시오. 덕을 베푼 값으로 오히려 욕볼지도 모르니."

그 말은 이내 현실로 드러났다. 그 모습을 곁에서 보고 있던 이가 백정이양반네에게 완패 막심하게 대했다 하여 관에 일렀기 때문이다.

임꺽정과 그 아비를 관으로 잡아온 사또는 백정이 사대부의 시신을 건드리고 능멸까지 했다 하여 그들에게 곤장을 치라고 명령했다.

퇴계는 그 사실을 몰랐다. 형님의 시신을 받자마자 그들을 까맣게 잊어버렸던 것이다.

곤장을 맞고 나오며 임꺽정은 이를 뽀독뽀독 갈았다.

"이 더러운 놈의 세상, 그렇지 않아도 엎어버리려고 했는데 내가 덕을 베풀고도 욕을 당하구나. 두고 보아라. 내 꼭 이 세상을 뒤집어버릴 테니. 이황인지 이항인지 기다려라. 내 네놈을 잡아 씹어 먹고 말 테니."

퇴계는 그 사실도 모르고 형님 이해의 시신을 안고 있었다. 형님의 시신을 안고 있으니 어릴 적 일이 떠올랐다. 여덟 살 나던 해인가? 퇴계가 울고 있으니까 어머니가 마실에서 돌아오다가 물었다.

"왜 그러느냐?"

어린 퇴계는 눈물 어린 눈으로 어머니를 올려다보며 말했다.

"어머니, 형님 손에서 피가 흐르고 있습니다."

숙부가 그 말을 듣고는 소리쳤다.

"할반지통(割半之痛)이로다!"

할반지통이란 서로 아끼는 형제애가 지극하여 자기 몸을 찢는 듯한 아픔을 느낀다는 말이다.

그렇게 퇴계는 형제를 자기 몸처럼 여겼는데 이제 그 형이 차디찬 시신이 되어 자신의 품에 안겨 있었다.

어느 날은 벼슬을 하던 이해가 귀향해 퇴계와 하룻밤 같이 잔 일이 있었다. 이해의 숨소리가 이상했다. 퇴계는 형님에게 심화병(心火病)이 있다는 걸 바로 알아차렸다.

헤어진 후 퇴계는 형님에게 이런 편지를 썼다.

형님.

형님께서 잠을 못 이루시는 것을 보았습니다. 열이 심해 그렇습니다. 일에 시달린 탓입니다. 병이 깊은 것 같사오니 치병에 힘써야 할 것입니다……. 우선 용천혈(湧泉穴) 마찰법을 시행하시면 조금은 완화될 것이오나 의원을 찾아 본격적인 치료를 해야 할 것입니다.

발바닥 가운데에 용천혈이라는 혈이 있습니다. 모든 맥이 모이는 곳이 그곳입니다. 열은 모두 마음에서 오는 것(心火)입니다. 그 열에 신수(腎水)가 잠기는 것입니다. 풍열이든, 상한 열이든, 기열이든, 습열이든, 열이 느껴지면 두 발바닥의 중심을 문지르거나 두 발바닥을 서로 맞대어 비비십시오. 그러면 피로가 풀릴 것입니다. 그러면 열뿐만 아니라 종기도 나을 것이고, 모든 병에 효험이 있습니다. 저도 몸에 쌓인 열이 많아 그때마다 이 방법을 쓰고 있습니다. 심화가 가라앉고 신수가 위로 솟습니다. 물이 불을 끄는 이치와 같은 것입니다. 그 조화 무궁하오니 형님도 이 방법을 써보십시오.

……

퇴계는 자신의 몸이 약했기에 의학에 조예가 깊었다. 가족의 건강을 챙길 정도로 의학에 조예가 깊었던 퇴계는 단지 의술만으로는 병을 구완할 수 없다는 사실에 절망했다. 그럴 만도 했다. 전염병이 창궐할 때마다 마을 사람들이 할 수 있는 것은 산으로 대피하는 방법밖에 없었다. 전염병 소식이 사라져야 집으로 돌아올 수 있었다. 약을 지어먹지 못할 정도로 생활이 궁핍해서이기도 하지만 약을 쓴다 하더라도 꼭 병이 낫는 것이 아니었다. 의학으로 해결하지 못하는 병도 수없이 많았다. 그중에서도 가장 고약한 것이 억울하게 숨이 끊어지는 병이었다.

퇴계는 이해의 초상을 마치고 이듬해에야 장례를 마칠 수 있었다. 마을에 전염병이 돌았기 때문이었다. 퇴계는 형님의 원통한 사정을 상세히 기록하며 다음과 같은 시를 지었다.

음침한 무지개 밝은 해를 찔렀도다
미친바람이 착한 이에게 와 부딪쳤으니
뜻을 좇지 않았다면 빛난 업적 이룰 수 있었겠는가
하늘에 치솟은 이 원한, 이 기운 사라지지 않으리라
간의 피를 쪼개어 만세에 고하노라
분함도 훨훨 날려 보내고
반드시 유학 위해 통쾌한 업적 이룬 일을 알 날이 있으리라

퇴계는 그 후 산속에 은거하며 두 해 동안 세상에 나가지 않았다. 산간에 묻혀 살겠다던 그에게 형의 죽음은 충격 그 자체였기 때문이다.

가끔 시묘살이를 하고 있는 조카가 있는 여막으로 가보면 신음소리가 흘러나오고는 했다. 사정을 알아보았더니 여막에 습기가 많아 조카의 발이 썩어가고 있었다. 당장 시묘를 중지시켰지만 효심이 깊은 조카는 말을 듣지 않았다.

"효도도 몸이 있어야 하는 법이다."

"그만 둘 수 없습니다."

"죽은 네 아버지가 너를 구하지 못했다는 소리를 듣게 할 참이냐!"

그제야 조카는 눈물을 흘리며 시묘를 그만 두고 발을 치료했다.

안동행

1

두 필의 말이 앞서거니 뒤서거니 줄기차게 내달렸다. 붉은 석류를 보았던가, 붉은 꽃을 보았던가? 연못의 백련을 보았던가, 홍련을 보았던가? 녹음 속에 잠들었던 꾀꼬리의 노랫소리를 들었던가? 몇 번이고 먼 산이 가까워졌다가 멀어지고 긴 강줄기가 굽이치다가 가물거렸다. 가끔 농부들의 노랫가락 소리를 듣기도 했다.

어느새 경기도 광주의 남한강안.

햇살이 고왔다. 율곡과 곽문은 꽃이 무더기무더기 핀 산기슭을 타고 말을 몰았다. 산기슭 이쪽에 도란도란 농가가 앉아 있었다. 큰 산도 보이지 않고 어디 청류가 쏟아질 계곡도 없을 것 같았다. 길이 험해서인지 길손들도 별로 보이지 않는다.

그들은 국밥으로 요기를 하자며 주막을 찾았다. 주막은 마을 끝에 있었다. 똥개가 수챗구멍에 코를 박고 있다가 말을 메고 들어서는 두 사람을 멍하니 바라보았다. 꼬리를 흔드는 걸 보니 반가운 모양이다.

"주모?"

때 기름이 낀 살평상에 엉덩이를 걸치고 앉으며 곽문이 주모를 찾았다.

방안에서 색경을 놓고 가르마를 타고 있던 오십 대의 뚱뚱한 여인이 바라지를 열어보다가 빗을 놓고 발딱 일어나 나왔다.

"어서 오세요."

"마을이 왜 이렇게 텅 비었소?"

"아이고, 장승제와 당산제 지낸다고 모두 당산으로 몰려가 그렇구먼요."

"당산제?"

곽문이 되묻는데 율곡이 신발을 벗고 살평상으로 올라앉았다.

"당산제나 장승제는 정월대보름에 지내는 게 아닌가?"

율곡이 혼잣말처럼 말하자 곁에서 듣고 있던 주모가 되받았다.

"본시는 그런데 고장마다 틀리지요. 이곳에서는 마을에 액운이 돌면 언제라도 하구먼요. 물론 정월대보름에 한 번씩 치르고요."

올해도 어김없이 당산제를 치렀는데 여름이 오면서 마을에 돌림병이 심하게 돌았다. 아이들이 죽어나가자 민심이 흉흉해졌다. 어느 날 스님이 지나가다가 이곳의 지세가 너무 세서 그렇다고 했다. 어떡해야 되겠느냐고 물으니 보(洑)를 세우라고 했다. 지금까지 세운 장승의 기갈이 세지 못하다고 했다. 그래서 큰 장승을 마을 입구 양측에 세워 기를 눌렀다. 왼쪽은 여장승, 오른쪽은 남장승. 나무가 아니라 자연석인 선돌에다 사람의 얼굴을 새기고 몸체에는 장신(將神)이라고 음각을 했단다.

주막을 나와 마을을 빠져나오려는데 엄청나게 큰 느티나무 앞에 마을 사람들이 모여 있는 게 보였다. 주모 말대로 당산제를 올리는 모양이었다.

곽문과 율곡은 말을 몰고 그리로 향했다. 수백 년이 넘었을 당산나무에 금줄을 두른 모습이 먼저 보였다. 정성스럽게 마련한 제상이 그 앞에 있었다. 많은 사람들이 주변을 에워싸듯이 하고 장승제를 지켜보고 있었다.

마을 어귀를 지나치면서 살펴보니 남장승은 높은 관을 쓴 수염 달린 할아버지의 모습이고 여장승은 그 곁에서 환하게 웃고 있었다. 그 앞에는 짚으로 짠 오쟁이가 매달려 있었다.

남천(南川, 이천)을 지나 예성(충주)에 닿은 것은 그로부터 하루가 지나서였다.

낯선 주막에서 모기에 뜯기다 보니 몸이 천근만근인데 초저녁에 잠깐 잠이 들었을 뿐 율곡은 내내 잠을 이룰 수가 없었다. 율곡은 얼핏 잠이 들었다가 꿈이 어지러워 잠에서 깼다. 곽문의 코고는 소리가 신경에 거슬렸다.

율곡은 일어나 글을 읽기 위해 서책을 펼쳤다. 하지만 글이 눈에 들어오지 않았다. 율곡은 서책을 덮고 말았다. 일지 겸 사건요지를 정리해야 할 것 같았다. 홍문관 부교리의 임무가 주어졌기에 매일 쓰다시피 해온 것이지만 주막에서 어지러운 꿈자리에 시달리다가 호롱불 밝히고 쓰자니 처량하다 싶었다.

글을 쓸 때마다 느끼는 것이지만 써놓고 보면 뭔가 미진함이 남았다. 언제쯤 이런 글을 쓰지 않아도 될까 싶지만 맡은 일이니 피할 수도 없는 노릇이었다.

자야겠다고 생각하며 율곡이 대충 치우고 드러눕는데 이상한 소리가 감지되었다. 옆방에 젊은 내외가 든 모양이었다. 율곡은 눈을 감았다. 정을 나누는 소리가 점점 거칠어져갔다. 율곡은 팔짱을 끼고 돌아누웠다.

사랑이란 그런 것이지. 꿀처럼 달콤하고 달빛처럼 은은한……. 내게도 저렇게 목 타는 열정이 있었던가?

갑자기 아내의 모습이 떠올랐다. 아내는 어머니 신씨와는 전혀 다른 사람이었다. 어머니가 지극히 조용한 사람이었다면 아내 권씨는 조신과 음전하고는 거리가 멀었다. 어딘가 덜렁대는 듯한 성질의 소유자였다. 어머니가 살아 계셨다면 결코 맞아들일 사람이 아니었다. 첫날밤 알아보았었다. 서모의 성화에 밀려 결혼이라는 것을 하고 보니 아내는 어딘가 모자라 보이고 철딱서니가 없었다. 첫날밤부터 돌아누워 버렸더니 서모가 그럴 수 있느냐며 울고불고 하는 바람에 첫날밤을 치렀다. 다음 날 장모가 찾아왔다. 장모께 인사를 드리려 신방돌을 오르다가 율곡은 깜짝 놀랐다. 아내의 목소리가 문밖까지 흘러나오고 있었기 때문이었다.

"아이고, 네 서방을 보니 정말 꽁생원 중에 꽁생원이겠더구나. 내가 본 첫인상이 맞았어."

"그런 말 마! 그 사람, 그래 보여도 할 짓 다해. 꼭 아버지처럼 밤새도록 날 안고 놓아줘야 말이지. 아기처럼 내 젖에 달라붙어 옹알이도 해."

그러고 보면 안사람은 정신이 온전한 사람이 아니었다. 제사상 앞에서 곶감을 먹고 싶다며 달라고 했을 때 난감해하다가 집어준 것은 그녀가 제사상을 엎을까 싶어서였다. 정신연령이 열 살 정도밖에 되지 않았다.

율곡은 나직이 한숨을 쉬어 물었다. 집을 나올 때 며칠 들어오지 못할 것이라고 하니까 대뜸 하는 말이 "나도 갈래"였다. "어딜 간다는 게요?" 하고 묻자 "아잉, 나도 간다니까" 하며 보챘다. 억지로 떼놓고 왔지만 사촌 형수가 잘 돌보고 있는지 모를 일이다. 결혼하던 그해던가, 그 다음 해던가? 성주에 있는 장인 노경린을 찾아뵙고 외할머니가 계신 강릉으로 돌아가는 길에 마음의 심사를 달랠 길 없어 평소 존경하는 퇴계 선생을 찾아간 것도 그 때문이었다.

그런데 이상했다. 퇴계 선생을 만나고 돌아온 날 밤이었다. 꿈을 꾸었는데 이상한 꿈이었다. 검은 대나무가 자라던 오죽헌이 아니었다. 예전에 술이홀현이라고 불리던 파주였다. 분명히 파주라는 생각이 들었다. 세월이 많이 흐른 것 같았다. 위패와 영정을 모신 사당이 보이고 가족묘가 보였다. 율곡 자신의 묘는 부모님들의 묘보다 위에 자리하고 있었다. 그렇다면 자식이 부모보다 크게 입신양명했다는 말이 된다. 그런데 이해가 되지 않는 것은 아내 곡산 노씨였다. 꿈자리가 갑자기 뒤바뀌더니 전쟁 통이었다. 왜구들이 물밀듯이 밀려들어와 노략질을 하는데 다시 가족묘가 보였다. 아내 노씨가 신주를 받들고 묘지로 들어왔다. 묘지 근처로 왜구들이 여인네들을 끌고 와 몹쓸 짓을 하고 있었는데 그들을 향해 노씨가 벽력같이 소리치는 것이었다.

"이 금수만도 못한 놈들! 어찌 섬나라 종자들이 이 땅에 들어와 이토록 무도하게 군단 말이냐!"

분명히 덜 떨어진 아내가 아니었다. 당차고 꼿꼿한 사대부가의 대어미다운 모습이었다.

왜구가 그 모습을 멍하니 바라보다가 저년은 뭐냐며 칼을 들고 달려와 내리쳤다.

노씨가 목에서 피를 펑펑 흘리며 신주를 놓치지 않으려고 허우적거리다가 숨을 거두었다.

다시 꿈자리가 바뀌었다. 어느 사이에 율곡은 무덤 속에 아내와 함께 누워 있었다. 그러다 아내와 함께 밖으로 나가 신도비를 보았더니 나라에서 아내가 장하다고 정려문을 세웠다고 했다.

"세상 오래 살고 볼 일일세."

율곡은 무덤 속으로 돌아와 아내에게 말했다.

아내 노씨가 웃었다.

"우리는 이미 죽었습니다. 예전에 돌아가시면서 저에게 그러시지 않으셨습니까. 내가 왜 학문을 했는지 그 이유를 모른다면 상대하기도 싫으니 죽어서라도 내 곁에 오려거든 글을 깨치라고. 그래 당신 곁에 이렇게 오기 위해 글을 읽었지 뭐예요."

그때 어머니의 모습을 보았다. 오죽헌. 그 대청마루. 그림을 그리던 어머니. 그 자태, 그 미소……

율곡은 아내의 모습에서 어머니의 모습을 보며 꿈을 깨었다.

그러나 선몽인지는 모르겠으나 현실은 여전하였다. 이곳으로 오기 전에도 아내는 그대로 덜 떨어진 행동을 하고 있었으니.

율곡이 다시 한숨을 쉬는데 곽문이 잠이 오지 않는지 구시렁거리며 일어나 앉았다.

"에이, 잠이 도망가버렸네. 웬 모기가 나한테만 달려든데? 제기랄! 잡니까?"

율곡은 대답하지 않았다. 눈을 감고 숨을 죽이고 있자 곽문이 허리춤을 벅벅 긁어대더니 돌아앉았다.

"안 자는 거 알아요. 자는 사람이 한숨을 그렇게 오지게 쉴까?"

"왜 안 자고 그래?"

돌아누운 채로 한마디 했더니 곽문이 큭큭 웃었다. 자신이 생각해도 어이가 없다는 웃음소리였다.

"나도 외로워요."

"외로워?"

그제야 율곡이 돌아누우며 물었다.

"난 뭐 사람 아닌가요?"

"그럼 장가가면 되지."

"장가는 혼자 갑니까?"

"동구 밖으로 나가봐. 수세베기라도 걸릴지 알아?"

혼인한 남자가 이혼하거나 아내를 쫓아내려 할 때 자신의 옷고름이나 겉저고리의 앞섶을 삼각형으로 떼어서 여자에게 주어 이혼의 증거로 삼았는데, 이러한 행위를 수세베기라고 했다. 이를 들고 있는 것을 처음 본 남자는 그 여자를 아내로 맞아야 했다.

"아이고, 내 팔자에……. 그리고 감당할 자신 없습니다. 내 한 몸 건사하기도 힘든데 수세베기? 허허, 참."

"그럼, 평생 그렇게 늙을 거야?"

"모르지요. 운이 좋으면 장가라도 갈 수 있을지. 그러나저러나 말이 나왔으니 말인데 성균관에 갔을 때 말입니다. 사성이 하던 말……."

"뭐?"

"영 이해가 안 되더라고요. 유생들이 찾아와 물었다고 했잖아요. 노자의 영향을 받은 공자가 리학경인지 뭔지 하는 경을 저작했다는 소문이 있다고. 그것이 어딘가에 묻혀 있다고 하던데 그걸 아느냐고."

"아, 그거?"

"그거라니요? 그게 무슨 말입니까?"

"나도 기 사형에게 듣고 안 것이야."

"그러니까 그게 무슨 말이냐고요. 알 거 같기도 하고 모를 것 같기도 하고. 정말 노자에게 감복한 공자의 저작이 어딘가에 있단 말입니까?"

"모르지. 그래서 퇴계 선생님도 찾아 나섰다는 말이 도니까."

"미쳤군요."

"그런데 심상치 않아. 요즘 도교인들이 리기 문제를 자기네들 것인 양하고 있다고 하거든."

"자기 것인 양한다? 그게 무슨 말입니까?"

율곡은 눈을 감았다.

"그러니까 뭐요? 자기들 것인 양한다니?"

갑자기 곽문이 발악하듯 물었다.

"그들은 리기의 정점을 도교 양생법의 최상승법이라고 주장하고 있다 그 말이야."

"네에?"

곽문이 그게 무슨 말이냐는 표정으로 되물었다.

"사실이야. 기 사형이 그렇게 말했으니까."

"그러니까 뭡니까? 양생법의 최상승법이라면 환정법?"

"몰라. 나도."

율곡은 그렇게 말해 놓고 입을 다물어버렸다. 그를 멀뚱히 보고 있던 곽문이 다시 물었다.

"도교가 성립될 무렵 이미 음양가나 양생법에 정통한 이들이 있었는데 무슨 말입니까?"

그랬다. 도교인들은 리기 사상이 저들 법인 양한다고 했지만 사실 환정법의 모태는 노자가 아니라 소녀경일 것이다. 물론 노자의 영향이 없다고는 할 수 없지만, 중국을 다스리던 황제와 어느 보통여자[素女]의 대화에 근거해 소녀경이 만들어졌다고 율곡은 알고 있다. 일설에 의하면 수나라 때 양상선이라는 사람이 썼다고 한다. 그것을 근거로 당나라 때 손사막이 라는 사람이 천금방(千金房)이라는 이름으로 완성한 것이라고 전해졌다.

당시 중국에서는 성을 의학처럼 취급했다. 그렇다면 그 안에서 불로장생을 찾으려 했던 것이 분명하다. 그것이 황제의 방중술(房中術)로 발전했고, 그것을 통해 사람을 살리기도 하고 생명을 연장시킬 수 있다고 믿었던 것이다. 도가의 도장경은 그렇게 성립되었고 그것이 노자의 품속으로 들어간 것이다.

이는 불교의 변천사와 별로 다르지 않다. 불교인들이 초기 불교인 소승불교를 거쳐 부파불교, 대승불교를 지나 밀법에 이르러 최상승의 법을 얻었듯이, 도교 역시 단(丹) 수련을 거쳐 관(觀)의 이치에 이르고 드디어 너와 내가 없는 환정의 세계에 든다는 말이었다.

환정의 세계가 양생법에서 비롯되었다면 그들은 양생의 법에서 기의 정점을 보았다고 주장한다는 말이지 않은가?

"도대체 그들이 누굽니까?"

어이가 없는지 곽문이 새삼스럽게 물었다. 아무리 생각해도 도교인들이 그럴 리 없다는 생각이 들었기 때문이었다.

"말하지 않았나? 도가의 수도장인 영보원 무리라고. 의외로 그들의 논리는 정연하다고 해."

"정연해요?"

"일단 리와 기는 하나가 아니라고 보는 점에서는 퇴계학파의 주장을 따르는 것 같아. 하지만 더 깊이 들어가 보면 어이가 없어. 그들은 양생의 핵심은 기를 다스림에 있고, 기의 정점이 신선사상이요, 바로 환정의 세계라고 주장하고 있어."

"하하, 참! 정신 나갔네요. 진실한 도교인이라면 그럴 리 있습니까?"

"그렇잖아도 중국의 도교 본원에서는 도교의 본질을 호도하지 말라고 경고하고 있다고 해. 하지만 영보원 쪽에서는 막무가내라고 하니……."

"하하하."

곽문이 어이없어 웃자 율곡도 마주 웃다가 고개를 절레절레 내저었다.

"몸을 운용하는 것은 기다? 생각해보면 그렇기도 해. 세상에 그 짓 할 때만큼 강한 성질이 어디 있겠나? 천지가 부서져나가고 일체가 부서져나간다. 저 소리를 들어보라고. 엄청나지 않은가? 벌써 두 번째이니 말이야. 그 무서운 힘, 그 힘에 의해 세계는 존속하기도 하고 멸하기도 하지."

옆방에서 남녀 소리가 더 크게 들려오자 곽문이 발을 들어 벽을 차려다가 그만 두었다.

"그래서 노자는 도가의 머리에 환정법을 올려놓았다는 겁니까? 성애 속에서 기를 잡기 위해? 성을 잡아 잡도리하기 위해? 으하하하. 거 정말 재밌다. 환장할 정도로."

"세상에 그만큼 재밌는 게 또 있을까? 바로 그것이 양생법의 골자라면."

"그게 사실이라면 참으로 무서운 일입니다. 어리석은 사람들은 당장 꾀이고 말 게 아닙니까? 얼핏 생각하면 기의 정점은 양생이요 그것이 곧 성애라는 등식으로 이해될 터이니 말입니다. 그들은 그래서 공자께서 결국 그 세계에 이르는 도가의 경전을 써 남겼다고 떠들고 다닌다는 말이네요."

"그렇잖아도 유가의 사대부들도 그들의 주장에 현혹되어 미쳐가고 있는 실정이야. 거기에다 공자께서 저작한 경이 어딘가에 숨겨져 있다는 말이 나돌고 있으니까 말이야."

"이제야 무슨 말인지 이해가 되네요."

"그래서 퇴계 선생님도 움직이기 시작했다는 것이야. 물론 그분이야 리학(理學)의 조종으로 삼았던 우탁(禹倬) 선생과 포은 정몽주 선생께서 남기신 것이라고 하니까 찾으려는 것이겠지만. 더욱이 그분은 도가의 통이 거든."

"통?"

"유가에 몸담고 있지만 도가에도 도가 튼 사람이란 말이지. 공부를 하느라 몸이 부실해 젊었을 때부터 도교사상에 관심을 가지셨지. 그러니 도가 쪽 사정을 잘 알 것 아닌가?"

"저도 그 말은 들었는데, 그래서 퇴계 선생님이 리학경을 먼저 찾으려고 한다는 말인가요?"

"그분은 도가의 양생경에 영향을 받은 활인심방(活人心方)이라는 양생서까지 저작하셨지 않은가?"

"활인심방은 저도 보았습니다."

"도교의 교리는 노장(老莊)의 무위자연 사상을 중심으로 불로장생을 추구하는 한편, 유교, 불교의 윤리와 의례를 융합하여 성립되었기에 더욱더 전파력이 클지 몰라. 유림들이 열심히 공부를 하다 보면 쉬이 건강을 잃기 마련이니 말이야. 그래서 퇴계 선생님도 관심을 가졌을 테고."

두 사람은 옆방의 정사가 끝나고서야 새벽녘에 어떻게 잠이 들었다.

율곡이 아침에 눈을 떠 보니 곽문이 목침을 가지고 나가 평상에서 새우처럼 웅크리고 자고 있었다. 옆방 소리에 신경 쓰다가 잠이 들었을 것이다.

바람의 얼굴

1

분명히 임금의 모후였다. 모후는 칼을 들고 있었다. 평생을 모후에 가려 정사를 제대로 보지 못하던 명종 임금이 자신의 목에 칼을 대며 소리쳤다.

"내가 임금이다. 저 여자가 아니라 내가 이 나라의 주인이다."

퇴계는 눈을 떴다.

여기가 어딘가?

주위를 둘러보았다. 추국청이 아니었다. 고신 받는 무리도 없었다. 모후 도 없었고 임금도 없었다.

내가 왜 이러나? 왜 계속 어지러운 꿈자리에 시달리나?

얼굴도 본 적 없는 늙은 여귀신은 누구이고 임금의 모후는 왜 갑자기 보이는 것일까? 내가 나약해진 것인가? 가야 할 길이 아직은 먼데.

대낮인데도 방안이 심해처럼 깊어 보였다.

이국필의 집. 이곳에 온 지 얼마나 된 것일까?

꿈자리가 기억의 골방 속을 어지럽혔다.

참으로 이상도 하지. 왜 기억하지 않으려 할수록 기를 쓰고 머릿속을 맴도는 것일까? 생각지 않으려 해도 떠오르는 기억의 편린들.

퇴계는 두 눈을 감고 어금니를 물었다. 기억의 조각들을 붙잡기 위해서 였다.

차라리 그게 나았다. 어쩔 수 없이 살아나는 기억을 자꾸 밀어내다보면 그것은 불길이 된다. 걷잡을 수 없는 불길처럼 무섭게 타오르게 된다. 그리하여 드디어는 전신을 삼켜버린다. 그럼 얼마간 기억 속에 빠져 있어야 한다. 그러느니 차라리 맞서는 게 났다. 맞서버리면 불길이 저절로 꺼진다는 걸 퇴계는 알고 있었다. 그럼 비로소 바라볼 수 있게 된다.

퇴계는 자신이 청승맞다는 생각이 들었다.

다 늙어 남의 집에 앉아 이러고 있으니. 가야 할 터인데, 가야 할 터인데…….

그러면서도 퇴계는 피하지 않고 기억의 모서리를 잡으려고 애를 썼다.

아버지.

언제나 기억의 머리맡에는 아버지가 있다. 태어난 지 일곱 달 만에 돌아가신 아버지. 그랬기에 형편없었던 집안.

어머니.

그때 어머니의 나이 겨우 서른둘이었다. 젊은 나이에 남편을 잃고 홀로 큰살림을 꾸려나간다는 것은 참으로 어려운 일이었다. 서른둘의 과부에게 사람들의 시선이 고울 리 없었다. 남편 잡아먹은 여자. 어머니는 그것까지는 감수해도 자식들이 호래자식이라는 소리를 들을까 언제나 노심초사했다. 세상은 그녀의 마음 같지 않았다. 편견과 질시가 언제나 뒤따랐다.

어느 날 어린 황은 동무들과 놀다가 그들의 꾐에 빠지고 말았다. 뒷산 동굴 속에 부엉이 집이 있다기에 들어갔다. 부엉이가 값나가는 것들을 많이 물어다놓았다고 했기 때문이다. 그가 동굴로 들어가자 그 사이에 동무들이 소지품을 뒤져 서책과 붓을 가지고 가버렸다.

동굴에는 부엉이 집은커녕 위험한 물구덩이만 가득했다. 동굴을 나오다가 물구덩이에 빠져 죽을 고비까지 넘겼다. 황은 생각할수록 동무들이 괘씸했다. 동굴 밖으로 나와 보니 서책과 붓까지 없어졌다. 그제야 속았다는 것을 알았다. 황은 동무들을 찾아다녔다. 동무들에게 서책과 붓을 달라고 하자 여기 있다며 발 앞으로 내던져버렸다.

황의 눈에서 불이 쏟아졌다. 도저히 참을 길이 없어 동무들과 엉겨 붙어 싸웠다.

어머니가 집에서 누에를 치고 있다 돌아보니 황이 씩씩거리며 들어왔다. 옷이 흙투성이고 얼굴에 상처까지 났다.

"왜 그러느냐?"

어머니가 묻기 무섭게 아들의 울음보가 터졌다.

"왜 그러느냐고 묻지 않느냐?"

그래도 아들은 말하지 않았다.

잠시 후 동무의 부모들이 황의 집으로 득달 같이 달려왔다. 그들이 앞세우고 온 동무의 이마에서 피가 나고 있었다.

그제야 어머니는 아들이 동무들과 싸웠다는 것을 알았다.

"애를 어떻게 키우기에 이리 사납단 말이오?"

"미안합니다. 그런 애가 아닌데……."

사태를 짐작한 어머니가 빌자 황은 참을 수가 없어 벌떡 일어났다.

"저 자식이 날 먼저 속였단 말이에요."

"이놈 보게?"

동무의 어머니가 눈을 뒤집자 어머니가 아들을 나무랐다.

"너 왜 그러느냐? 그만 두지 못하겠니?"

"전 죄 없어요."

그러자 동무의 어머니가 달려들었다.

"너 이놈, 잘못했다고 빌어도 용서할까 말깐데 죄가 없어? 이놈아, 눈이 있으면 보아라. 이마빡에서 이렇게 피가 나는데도 죄가 없다고?"

황은 동무 어머니를 노려보았다.

"나도 피 나요. 저 자식이 주먹으로 내 콧등을 쳤단 말이에요. 봐요."

황이 코를 막은 풀 뭉치를 빼내자 코피가 주르르 흘러내렸다.

그래도 동무 어머니의 화는 가라앉지 않았다.

"이놈아, 네가 먼저 주먹질을 했다면서?"

"날 먼저 속였다니까요."

"아이고, 할 말이 없네. 아비가 없다더니만 애를 어떻게 가르쳤기에……."

그날 어머니는 더 말이 없었다. 새하얗게 질려 말없이 방으로 들어간 어머니는 어둠 속에 앉아 있었다. 동무의 어머니가 혼자 악을 쓰다가 돌아가고 난 뒤 황이 머뭇거리며 안방으로 들어갔다.

어머니는 들창 아래 앉아 있었다. 들창으로 흘러들어온 달빛이 어머니의 어깨에 내려앉아 있었다. 가끔 그 어깨가 흔들렸다.

"어머니" 하고 황이 울먹거렸다.

잠시 후 침중하게 가라앉은 어머니 박씨의 음성이 흘렀다.

"황아."

"예."

"네가 이 어미에게 다시 그런 말을 듣게 한다면 다는 날 못 볼 줄 알아라."

달빛에 젖은 어머니의 가냘픈 어깨를 보며 황은 몸을 떨었다. 그때 황은 결심했다. 결코 어머니에게 실망스런 아들이 되어서는 안 된다고.

퇴계의 어머니 박씨는 남편의 삼년상을 마치자 제사일은 장가간 맏이 잠(潛)에게 맡기고 그 옆에 방을 지어 거처하면서 누에를 쳤다.

그녀는 생계를 꾸려나가면서 아이들을 엄히 가르쳤다. 아비 없는 자식이라는 소리를 듣게 할 수 없다는 생각에 남편이 있을 때보다 더 독하게 자식들에게 신경 썼다.

그렇기에 황은 그 나이 또래의 아이들과 달랐다. 누가 시키지 않아도 아침에 일어나면 스스로 머리를 빗질하고 몸을 단정히 하고 어머니에게 문안 드렸다.

그런 아들을 보며 박씨는 태몽을 떠올리고는 했다. 그를 가졌을 때 꿈에 공자가 대문에 와 있는 모습을 보았기 때문이었다.

황이 거처하는 자리 한쪽 벽에는 당나라 시인 백낙천의 시구가 걸려 있었다. 황이 써 걸어놓고 항시 읽는 시였다.

> 번거로움을 막는 데는 고요함보다 나은 것이 없고
> 못난 것을 막는 데는 부지런함보다 나은 것이 없다

救煩莫如靜 救拙莫如動

숙부는 그런 황의 태도를 칭찬하고는 하였다.

"될성부른 나무는 떡잎부터 알아보는 법. 너는 나중에 반드시 우리 가문을 빛내리라."

집안이 가난했으므로 황에게 글을 가르쳐줄 사람이 없었다. 글을 가르칠 만한 숙부는 벼슬길에 나가 있었고 서당에 나갈 돈은 없었다. 열세 살인 셋째 형과 열한 살인 둘째 형은 숙부 송재공이 진주 목사로 나가면서 데려가 진주 월아산 청곡사에서 공부하고 있었다.

그에게 천자문을 가르쳐준 이는 이웃집 훈장 노인이었다. 어쩌다 글을 가르쳐보니 하나를 배우면 열을 알았다. 황의 총명함에 놀란 훈장이 그를 가르치기 시작한 것이다. 황은 예습과 복습을 철저히 해 훈장을 결코 실망시키지 않았다. 훈장이 어린아이의 열정에 머리를 내저을 정도였다.

그렇게 어린 퇴계는 이웃집 노인네에게서 천자문을 깨우쳤다.

황이 열두 살 되던 해에 숙부인 송재 이우가 벼슬을 사직하고 고향으로 왔다. 황은 송재공으로부터 문의(文意)를 깨쳤다. 리학(理學)과 학문하는 방법을 완전히 터득했다.

송재공은 사대부답게 매우 엄격했다. 어린 조카가 아무리 똑똑해도 섣불리 칭찬 같은 것은 하지 않았다. 더 노력하라고 하면 그만이었다. 하루는 황이 쓴 시를 보고 눈에 보이는 세계를 그대로 읊어내는 자를 천박한 서생이라고 한다며 꾸짖었다. 또 하루는 황이 논어집주를 한 자도 빠뜨리지 않고 틀리지도 않고 외워 왔다. 그래도 송재공은 황에게 칭찬 대신 "더 열심히 하거라" 하고 말할 뿐이었다.

그러던 어느 날 황이 운명적으로 공자의 말과 부딪쳤다. 평소 아무렇지도 않게 읽던 공자의 글이 그날따라 황의 가슴에 와 박혔다. 지나간 꿈자리가 사나워 아침에 괜한 심통을 부렸기 때문인지도 몰랐다. 자고로 군자는 속을 보여서는 안 된다고 하였는데 사소한 일로 삶에 고달픈 어머니에게 투정을 부렸고 주위 사람들에게는 누를 끼쳤다.

논어의 학이(學而) 제육(第六)에 이런 글이 있었다.

공자께서 말씀하셨다. 젊은이들은 집에 들어오면 부모에게 효도하고, 밖에 나가서는 이웃 어른을 공경하며, 행동을 삼가고 신의를 지키며, 널리 여러 사람과 사귀되 어진 이와 가까이 할 것이다. 이런 일들을 행하고 남은 힘이 있거든 비로소 글을 배운다.

그 글을 읽자 황은 울컥 눈물이 쏟아졌다. 마땅히 사람으로 태어났으면 행해야 할 도리가 여기 있다는 생각이 들었기 때문이었다.

그날 그는 다짐했다. 앞으로는 결코 이 글에서 벗어나는 짓을 하지 않겠다고.

황은 어느 날 자장편(子張篇)을 배워나가다가 문득 다시 운명의 힘에 이끌렸다. 참으로 거대한 의문이 떠올랐다. 리(理)라는 글자를 발견했던 것이다.

황이 송재공에게 물었다.

"이 글에서 모든 사물에서 마땅히 그래야 할 것을 시(是)라고 했는데, 그럼 그것이 리입니까?"

"그것은 한마디로 설명될 성질이 아니다. 리를 알려면 먼저 인(仁)을 알아야 하기 때문이다."

그때부터 시작된 리의 문제.

리라는 거대한 화두는 그렇게 어린 황의 가슴 속에서 싹 터 자라기 시작했다. 그것은 바로 유가의 핵심인 인을 찾아가는 길이었다.

송재공은 앞으로 가문을 널리 빛낼 아이라는 뜻에서 황에게 광상(廣顙)이라는 별명을 지어주었다.

"이마가 넓은 아이라는 뜻이 아닙니까?"

황이 묻자 송재공이 웃으며 말했다.

"어떠하냐? 너의 이마를 세상의 이마로 바꾸어봄이?"

"세상의 이마?"

"그때 세상은 너의 나라가 되리라."

열두 살에 그렇게 문리를 얻은 황은 타고난 지적 호기심으로 인해 누구보다도 학문을 사랑하는 사람으로 성장했다. 그는 도연명의 시를 좋아했고 그의 인격을 흠모하여 도시(陶詩)를 암송하여 익히고 짓기도 했다.

2년 뒤인 열네 살 무렵, 숙부 송재공의 훈급이 삭탈되자 황은 벼슬이 무상하다는 생각에 더욱 깊이 도연명의 시에 빠져 들었다.

그의 나이 열다섯 살. 계곡에 나갔다가 물속의 가제를 보게 되었다. 자신도 모르게 한 구의 시를 지었다. 석해(石蟹)라는 시이다.

가제[石蟹]

돌을 지고 모래를 뚫으니, 저절로 집이 되네
앞으로 갔다가 뒤로 달리니 작은 발이 많더라.
평생 한 움큼 산의 샘 속에서 사니
강과 호수에 파도치는 물이 얼마인지 알지 못하네

負石穿沙自有家 前行却走足扁多

生涯一掬山泉裏 不問江湖水幾何

생각에 잠겨 있던 퇴계가 몸을 일으켰다. 손자 안도의 모습이 보이지
않았다. 퇴계는 안도를 부르려 하다가 그만 두었다. 필시 이국필이 함께
달려올 것이었다.

그에게 누를 더 끼치기 전에 가야 할 터인데.

매한불매향 ①

1

율곡과 곽문은 예성을 지나 예천을 거쳤다. 율곡은 바로 안동으로 내달리고 싶었지만 단양으로 가 두향을 만나보고 넘어가기로 곽문과 의견을 모았다.

그들이 단양에 닿은 때는 술시 무렵. 여름 해가 길다지만 아직도 해가 서산에 걸려 있었다. 율곡은 주막이라도 찾아 들어가 쉬고 싶었지만 두향부터 찾아보기로 했다.

두향이 있다는 명월관은 단양의 문인들이 가장 많이 찾는다는 취화정에서 얼마 멀지 않은 곳에 있었다. 마을에서 좀 떨어진 언덕바지 위.

그들이 꽃담을 돌아 대문 앞에 서자 어두워지지도 않았는데 거문고 소리가 들려왔다. 비가 오려는 것인지 대문 앞에 매단 홍등을 흔들며 샛바람이 스쳐갔다. 안으로 들어서자 술 냄새와 지분 냄새가 향기롭기까지 했다. 하늘이 네모로 보이는 ㅁ자 집이었다. 하늘 아래 동산이 있어 앵두나무

천지다. 그 중앙에 우물이 있었다. 화단을 둘러가며 봉당이 있고 봉당 위가 전부 대청이요 그 안쪽이 방이다.

방 안에 어여머리를 한 기녀들이 보였다. 여기 저기 술상을 받은 남자들과 거나하게 취한 사람도 있었다. 취해서 함부로 고함을 지르며 몸을 가누지 못해 기둥에 손을 대고 서 있는 사내도 있고, 봉당에서 막 집 안으로 들어서려는 사내도 있었다. 우물가에서 채소를 씻고 있는 노파는 아마도 기방에서 음식을 차리는 기방할미일 것이다. 푸른 치마, 녹색 저고리를 입은 기생이 남자 하나를 떠나보내는 것 같더니 치맛말을 확 둘러치며 다가왔다.

"어서오시와요, 서방님들……."

앞에 와 선 기녀를 보니 이제 열여덟이나 되었을까? 귀밑 잔털이 보송보송하다.

"술 마시러 온 게 아니라 사람을 찾아왔네. 이곳에 문향이라는 여자가 있다던데" 하고 곽문이 말하자 기녀가 고개를 갸웃거리다가 그런 여자는 없다고 했다. 곽문이 다시 "주인 좀 불러보지" 하자 기녀가 어딘가를 향해 소리쳤다.

"어머니! 어머니!"

이내 눈부시게 화려한 복색을 한 늙은 기녀가 문을 밀고 나왔다. 그녀는 나오면서 손부터 내저었다.

"아이고, 왜 초저녁부터 설레발을 치고 난리냐?"

"어머니, 이분들이 문향이라는 여자를 찾는다고 하는디……."

자기도 모르게 두향이를 문향이라 했다는 생각이 든 곽문이 얼른 말을 바꾸고 나섰다.

"아, 그게 아니고 두향, 두향이야."

늙은 기녀가 다가왔다. 율곡이 보니 육십 대 중반의 늙은이였다. 얼굴에 주름이 자글자글했다. 주름진 얼굴에다 염치없이 밑화장을 진하게 하고 눈썹을 그리고 새빨간 연지까지 발랐다. 어느 산기슭에 초가라도 짓고 들어앉아야 할 나이의 영락없는 초랭이였다.

"문향? 아니 두향이를 찾는다고 하시었소?"

초랭이(늙은 기녀를 가리킴)가 율곡을 향해 물었다. 겉모습은 일찍이 물러나야 할 노기였지만 눈빛만은 살아 있었다. 음성에도 색기가 느껴졌다.

"그런 사람 없다고 해도……."

어린 기녀가 끼어들었다.

"이집 주인 되시는 모양이오?"

율곡을 가로막고 곽문이 나섰다. 어린 기녀에게 함부로 하대할 때와는 달리 곽문이 예를 차렸다.

늙은 초랭이가 곽문을 향해 시선을 돌렸다.

율곡은 노기에게 하대하지 않는 곽문의 태도를 의식하면서 초랭이의 말을 들었다. 기녀라고 해서 무시하지 않는 곽문의 인품이 느껴졌다.

"그렇소. 그런데 뉘요? 두향이를 찾게?"

초랭이는 면도 없는데 이상하다는 표정이었다.

"한양 포청에서 조사 나온 사람들이외다."

말이 길어질 것 같다고 생각한 곽문이 정중하게 말을 잘랐다.

"한양 포청에서?"

되뇌는 초랭이의 목소리가 튀었다.

"사건이 나서요. 혹 두향이란 기녀가 그 일과 관계가 있나 조사 중이오."

초랭이는 한동안 얼이 빠진 표정으로 곽문을 쳐다보다가 곁의 기녀에게 일렀다.

"가서 안방 치우거라."

기녀가 "예" 하고 대답하고는 쪼르르 달려갔다.

"먼 길 오신 것 같은데 몰라 뵈었구먼요. 우선 방으로 드시지요."

율곡과 곽문이 초랭이의 뒤를 따라 방으로 들었다. 방이 퍽 화려할 것 같았으나 의외로 술집 냄새가 풍기지 않았다. 그 흔한 병풍도 치지 않았고 장롱 하나 두지도 않았다.

"두향이라니요? 두향이가 여기 있다는 걸 어떻게 알았소?"

마주 앉기가 무섭게 초랭이가 곽문에게 물었다.

"다 아는 수가 있지요."

곽문이 두리번거리며 말을 받았다.

"어떻게 알았는지 모르겠지만 두향이가 죄라고 지었습니까?

초랭이가 세운 무릎 위에 손을 놓으며 물었다.

"지금은 조사 중이라 죄가 있는지 없는지 모르겠소만 그 여자 지금 어디 있소?

곽문이 애써 말에 가시를 세웠다.

"지금 여기 없구먼요."

"없다?"

곽문이 되물었다.

"이 집 나간 지가 언제인데⋯⋯."

초랭이가 중얼거리듯 말했다.

무엇인가를 숨기려는 듯한 기운을 느낀 곽문이 고개를 갸웃하다가, "이

집에 없다는 말이오?" 하고 물었다.

"있을 리가 없지요. 새파랗게 젊은 것들이 넘쳐나는 판에 늙어가는 초랭이를 누가 거들떠본다고……."

율곡이 생각해보니 노기의 말이 맞는다 싶었다.

잠시 곽문이 생각하다가, "혹시 예전에 이곳 단양 군수로 있던 이황 선생을 기억하시오?" 하고 물었다.

초랭이가 눈을 크게 떴다.

"이 사또 말씀이오?"

곽문이 눈을 빛내며 고개를 주억거렸다.

"안동에 사시는?"

초랭이가 확인하듯 다시 물었다.

"그렇소."

곽문이 대답했다.

"제가 왜 그분을 모르겠소?"

"아시오?"

"그분 모른다면 단양 사람 아니지. 그런데 그분을 왜 갑자기 찾소?"

"한양에서 사건이 하나 났는데 그분과 두향이라는 기녀가 연관이 있을 것 같아서 말이오."

율곡이 초랭이의 눈치를 보다가 대답했다.

"그분과 두향이 큰 죄라도 지었단 말씀이오, 시방?"

"그것이 아니고 연관이 있지 않나 해서 조사 중이오."

역시 율곡이 대답했다.

"무슨 연관? 으음, 그러니까 시방 그 훌륭한 사또 나리와 두향이를 의심

116

해 이곳까지 왔다 그 말이오?"

"그게 아니라니까 그러오?"

곽문이 나섰다. 곽문의 부정에 초랭이가 고개를 홰홰 내저었다. 술장사 하면서 배운 것이 눈치여서 이미 그녀는 감을 잡고 있었다. 이어지는 말 속에도 역정이 묻어났다.

"그분이 무슨 죄를 지어 이리 오셨는지 모르것소만 그분은 그럴 분이 아니라오."

그걸 어떻게 아느냐는 듯이 곽문이 눈을 치떴다.

"내 평생 술장사를 했소만 그런 사내는 본 적이 없다오. 이곳으로 부임하 시던 그 모습이 을매나 의젓하고 점잖으시던지. 사또가 부임해 오면 관기 들이 동구 밖까지 점고를 나가기 마련인데 그것마저 받지 않은 분이오. 사또로 계실 동안 단양을 위해 얼마나 노력했는지……. 물 귀한 이곳에 내리 삼 년 동안 비 한 방울 내리지 않아 다 굶어 죽어가는 판에 우리를 살게 해준 분이 바로 그분이오. 이곳 단양은 본시 물이 많은 곳인데 가뭄이 웬 말이냐며 탁오대 바위 여울목에 복도소(復道沼) 둑을 만든 분도 그분이 오. 그 후로 흉년이 없어졌으니 하늘이 내린 사람이 아니고 무엇이겠소? 그분, 이곳 사또 그만 두고 풍기인가 어디 사또로 가신다고 하자 울지 않는 사람이 없었고, 오죽 했으면 두향이가 식음을 전폐하고 죽었다가 살아났겠소."

말을 듣고 있던 두 사람의 시선이 허공에서 뒤엉켰다.

잠시 후에야 곽문이 꼬투리를 잡았다.

"소문은 들었소. 그분이 이곳 사또로 있을 때 두향이라는 관기를 아꼈다 고. 그 두향이가 이곳에 있던 두향이오?"

곽문의 말에 여인이 시선을 내리깔고 있다가 눈치를 살피며 고개를 끄덕였다.

"맞소."

"두 사람의 정이 깊었던가 보오?"

곽문이 다시 물었다. 율곡은 속으로 쿡 웃음이 터졌다.

한갓 기녀에게 예를 차려야 하는 저놈의 속이 오죽할까?

초랭이가 고개를 끄덕였다. 그리고는 열린 문밖을 향해 고함을 질렀다.

"화설아, 부채 좀 가져오니라. 요즘 날씨 왜 이러는지 모르것다. 저녁답에는 보리누름에 늙은이 얼어 죽을 것 같더니, 웬 조화 속인지, 어이 오살맞게 덥네."

초랭이가 두 손으로 적삼을 들썩거리다가 무릎을 세우고 그 위에 손목을 놓았다.

율곡은 화려한 치마단 밑으로 들어난 눈부시게 흰 버선코가 참 곱다는 생각을 했다.

산까치 한 마리가 둥지를 찾아가는지 산중턱을 향해 까악까악 울고 갔다. 기녀가 초가지붕에 호박이 넝쿨 채 그려진 손부채를 방안에다 밀어놓고 갔다. 초랭이가 얼른 부채를 주워 바람을 일으켰다.

"그때 두향이라는 기녀의 나이가 몇 살이었소?"

잠시 사이를 두고 있던 곽문이 침묵을 깼다. 방문을 비집고 기어들어와 있던 석양 한 자락이 그의 무릎께에서 설핏하다가 모습을 감추었다.

초랭이가 부채질을 하며 잠시 기억의 골방을 기웃거렸다.

"아마 그때 스무 남짓도 되지 않았을 것이오. 열여덟이었나?"

"이 사또는?"

"마흔이 넘은 나이었소."

"허어, 마흔이 넘은 벼슬아치와 열여덟의 관기라……."

초랭이가 곽문을 쏘아보았다. 그게 뭐 흉이나 되는 것이냐는 표정이 역력했다. 하기야 관기는 객지를 떠돌아야 하는 지방 관청 벼슬아치들의 외로움을 달래주기 위해 노래 부르고 춤을 추는 기생이다.

"그리고 어찌되었소? 이 사또가 풍기 군수로 가자 두향이가 그 뒤를 따랐소? 죽다가 살아났다면 이 사또가 다시 와 데려가기라도 한 게요?"

율곡이 초랭이의 눈치를 살피다가 물었다.

초랭이의 시선이 율곡에게로 옮겨졌다. 비록 늙기는 하였지만 내려앉은 눈꺼풀 속의 눈빛이 의외로 맑았다. 검은 눈동자가 오디처럼 검었다.

"기생 신분으로 그럴 수야 없었지요. 기적에서 빼주질 않았으니까. 그리고 사또 어른이 기녀를 끌고 다닐 분도 아니고."

"이곳에서 계속 기녀짓을 했단 말이오?"

곽문의 물음에 초랭이가 고개를 내저었다.

"아니오."

"그럼?"

"그분을 모시던 몸을 더럽힐까 기적에서 빼달라고 했지만 빼주지 않자 그분이 지어준 이름인 문향으로 살겠다며 절로 들어가 한동안 숨어 살았소."

"그때 두향이라는 기녀 이름을 버렸다는 말인데, 그럼 지금까지?"

곽문이 날카롭게 물었다.

초랭이가 할 말을 잃고 우물거리다가 언성을 높였다.

"그 아이가 정이 많아 그렇지 죄를 지을 아이는 아니오. 도대체 한양서 무슨 죄를 지었다는 거요?"

"아직 죄를 지었다고는 하지 않았소. 조사 중이라고 했지. 소문에 들으니 이곳의 두향이라는 기녀가 이 사또가 한양으로 올라가자 따라 올라갔었다고 합디다?"

초랭이가 곽문을 뜨악하게 쳐다보았다.

"아니오?"

곽문이 다잡았다.

더 숨기지 못할 것 같다는 생각이 들었는지 초랭이가 고개를 끄덕거렸다.

"맞소."

"그 사정 좀 상세히 들읍시다."

곽문이 사이를 주지 않고 다잡자 초랭이가 잠시 망설이다 입을 열었다.

"풍기 사또로 가신 지 이태나 되었을까? 갑자기 그분이 한양 올라가는 길이라며 들렀습디다."

"그래서요?"

"두향이가 보고파 왔노라고 하시기에 아랫것을 갸가 숨어 있는 절로 보냈다오. 그길로 두 사람이 만났는데 사또가 먼저 떠나고 두향이 얼마 후에 뒤따라 한양으로 갔다오."

율곡이 생각해보니 그길로 두향이는 대사성이 된 퇴계의 뒤를 따라 성균관 비복청으로 신분을 숨기고 들어간 것 같았다.

"말을 들어보니 한양에서 두 사람이 만난 것 같은데 그 후 어떻게 되었소?"

율곡이 자신의 추측을 증명이나 하려는 듯 물었다.

"얼마 후인가 두향이 홀로 내려왔습디다."

"홀로?"

곽문이 되물었다.

"이 사또는 그길로 고향으로 내려갔다가 다른 벼슬을 받았다고 하더구먼요."

"그 후로 두 사람은 만나지 않았다는 말이오?"

"그라요."

"그러면 그때 절로 들어간 것이오?"

율곡이 물었다.

초랭이가 고개를 가로 저었다. 그녀는 한숨을 포옥 쉰 뒤 말을 이었다.

"관청에서 잡으러 오니까 그분을 모시던 몸을 더럽힐 수 없다고 돌로 자신의 얼굴을 찍어부렀소. 두향이는 이미 죽었다며. 그 바람에 한쪽 눈을 잃었지."

곽문과 율곡의 시선이 다시 허공에서 뒤엉켰다.

"자기 얼굴을 제 손으로 찍었단 말이오?"

곽문이 믿지 못하겠다는 음성으로 물었다.

"독한 것……."

생각하기도 싫다는 듯이 초랭이가 씹어 뱉었다.

"허허, 기방에서 효부 나셨네."

곽문이 헛웃음을 쳤다.

초랭이가 그런 곽문을 향해 못마땅한지 눈초리를 세웠다.

율곡이 곽문에게 그러지 말라고 눈치를 주었다.

그 모습을 지켜보고 있다가 초랭이가 불쑥 내뱉었다.

"내가 기방에서 평생을 보냈어도 그렇게 지독한 사람들은 본 적이 없소.

이 사또 좌우명이 뭔 줄 아시오. 내 아무리 무식해도 그 정도는 알고 있소. 매한불매향(梅寒不賣香)."

"매화는 춥더라도 향기를 팔지 않는다?"

곽문이 뇌까렸다.

"문향이라는 이름을 이 사또가 준 것도 그 때문이었소. 매화는 보는 것보다 듣는 것이라며. 그래서 두향이 년이 기적에 오른 두향이라는 이름을 버린 것이오."

율곡은 눈을 감았다. 언젠가 지인으로부터 퇴계가 매한불매향이라는 구절을 평생의 화두로 삼았다는 말을 들은 적이 있었다.

그럼 두향이라는 기녀로 인해 그것을 평생 자신의 화두로 삼았다? 매화로 인해 두 사람의 사이가 질기게 맺어진 것일까?

"그래, 그 후 어떻게 되었소?"

곽문이 초랭이에게 물었다.

"두향이가 스스로 자신의 얼굴을 돌로 찍어 눈이 멀자 새로 부임한 사또가 너무 놀라 그제야 기적에서 그녀를 빼버렸소."

"그럼, 지금은 어디 있습니까?"

율곡이 가까스로 충격에서 벗어나 초랭이를 달래듯 물었다.

"강선대 곁에 초막을 짓고 홀로 살고 있지요."

초랭이의 음성에서 물기 같은 게 느껴졌다.

율곡은 잠시 눈을 감았다 뜨며 그녀의 말을 되씹었다.

"초막?"

초랭이가 고개를 주억거렸다.

곽문과 율곡은 할 말을 잃고 고개를 떨어뜨렸다.

칼에 새겨진 글귀

1

퇴계는 그만 가야겠다고 생각하며 몸을 일으키려고 했지만 몸이 말을 듣지 않았다. 어서 가야 할 텐데 하는 생각은 생각뿐이었다.

언제였던가? 생각은 뻔한데 몸이 움직이지 않던 때가?

퇴계는 자신도 모르게 손을 품속으로 가져갔다. 단단하게 만져지는 칼의 감촉.

퇴계는 그것을 밖으로 꺼내들었다. 푸르고 흰 수정석이 박힌 칼집이 번쩍거렸다. 살며시 칼을 쓸어보았다. 칼날이 번쩍 빛을 발했다. 도신(刀身)에 드러난 이름이 선명했다.

林巨正.

지그시 눈을 감았다. 언젠가 그가 올 것이라는 것을 알고 있었지만 지금도 그날만 생각하면 퇴계는 몸이 떨렸다.

밤이었다. 별도 없는 밤이었다. 그날도 퇴계는 멍하니 형님의 무덤이 있는 곳을 바라보고 있었다. 달이 없어서인지 방 안에서 비치는 불빛이 너무 미약했다.

막 돌아서려는데 쿵 하는 소리가 토담가에서 일었다. 무슨 소리인가 하고 시선을 돌리자 담을 넘은 시커먼 것이 뚜벅뚜벅 가까이 다가왔다. 죽창에서 비치는 불빛에 걸어오는 사람의 모습이 희미하게 드러났다.

키가 육 척이고 머리가 삼팔식이었다. 옆머리는 밀어버리고 앞 머리카락만 남기는 삼팔식은 백정이나 하는 머리다. 그리고 보니 무명베옷에 동정도 없고 옷고름도 없었다. 백정이 분명했다.

"누군가?"

퇴계가 물었다.

우락부락한 사내가 불쑥 퇴계 앞으로 얼굴을 들이밀었다.

순간 퇴계는 깜짝 놀랐다. 백정 돌이의 아들 임꺽정이었다.

"자네?"

사내는 시퍼런 도끼를 들고 있었다. 그가 그것을 들어올렸다.

"있었구면."

그가 말했다.

"무슨 일이냐?"

"무슨 일?"

임꺽정의 퉁방울 같은 눈이 허옇게 뒤집어졌다.

"몰라서 묻는 것이야?"

"몰라서 묻다니?"

"어허, 적반하장일세. 이놈의 양반탱이야, 네놈 때문에 울 아버지가 곤장을 맞아 다 죽어간단 말이다. 어떡할 거여?"

"무슨 소리냐?"

"덕을 베풀었더니 그런 식으로 은혜를 갚아? 양반네들은 그런 기여? 응?"

"도대체 무슨 말을 하는지 모르겠구나."

"그래도 양반네치고는 사람답다고 하더니 사람은커녕 제대로 양반 행세를 하고 있는 것이 아닌가? 소문을 들으니 네놈이 이 나라를 망쳐놓고 있다고 했다. 네놈의 어설픈 주장에 파당이 생기고 서로 옳니 그르니 싸우고 있다고. 나는 무식해 그게 뭔지 모르겠다만 그럼 네놈만 없애면 사대부고 양반이고 다 없어질 게 아니냐?"

"이놈, 무엄하다. 어디 백정 주제에⋯⋯."

"하하하, 이놈의 영감탱이가 미쳤구나. 나잇살이나 잡수어서 천지분간도 못하는 것이 아닌가? 그것이 너희들 속성이냐?"

"이놈, 네놈이 무엇 때문에 내게 이러는지 모르겠으나 그러니 상놈이라는 소리를 듣는 게다."

"내가 소를 잡는 백정이라서가 아니고?"

"직업에는 귀천이 없다."

"호오, 입에 발린 소리. 그리고 보니 소문이 맞구나. 사람들이 네놈이 성인이 못되어 환장했다고 하더라. 성인의 꿈을 꾸는 사대부 나부랭이라고. 직업에 귀천이 없다면서도 네놈은 형님의 시신을 찾으러 와서 내 집에 들어오지도 않았다. 그럼 거짓말이지 않느냐? 우리가 잡은 소고기를 제상에 올려 효성을 보이면서도 소를 잡는 우리들은 천것이라 하니 세상에 이런 어긋난 법이 어딨느냐? 그게 양반이고 사대부라면 너희들이 이뤄놓은 세상이 존재할 이유가 없는 것이다. 그래서 엎으려고 이렇게 찾아온 것이다. 우선 내 아버지의 원수인 네놈의 목부터 베어야겠다."

임꺽정이 도끼를 쳐들었다.

퇴계가 위기감을 느끼고 뒤로 물러섰다.

임꺽정이 "하하하" 하고 크게 웃었다.

"그래도 죽기는 겁나는 모양이구나. 너희들을 족쳐보니 별것 아니더구나. 별것이 아닌 것들이 불쌍한 백성들 등을 후려쳐 골수를 빼먹고 있어. 공자, 맹자 어쩌고 하면서 그들을 팔아 제 잇속을 채우고 지식놀음이나하고. 공자, 맹자의 졸개야, 그놈들에게 빌붙어 이 나라를 얼마나 더 망쳐야 속이 시원하겠느냐? 생각해보아라. 너희 같은 놈들 때문에 그들이 창 들고 칼 들고 쳐들어올 필요가 어디 있느냐? 공자, 맹자가 붓 한 자루 들고 저 바다를 건너오면 너희 같은 벼슬아치들이 큰절하며 나라를 내어줄 터인데. 그래서 내가 이리 온 것이다. 네놈이 그들의 수장이라고 하니 네놈부터 죽이기 위해서 말이다. 자, 이 도끼나 받아라."

임꺽정이 도끼를 치켜들고 막 내려치려는데 대문이 삐꺽 하고 열렸다. 평소 퇴계의 집에 드나들던 영천군수 허시(許時)와 제자 이문량(李文樑), 황준량(黃俊良)이 새끼줄에 엮은 생선 두 마리와 술 한 병을 들고 들어섰다.

도끼를 내려치려던 임꺽정과 그들의 눈이 딱 마주쳤다.

"무슨 일인가?"

이문량이 소리쳤다.

임꺽정이 당황해 세 사람을 향해 도끼를 휘둘렀다.

그제야 그들이 우왕좌왕하며 흩어졌다.

그 사이에 임꺽정이 담벼락에 훌쩍 올라섰다.

구석자리에서 지게 작대기를 집어 들고 달려오던 황준량이 그를 향해 고함을 질렀다.

"누구냐?"

임꺽정이 도끼를 어깨에 척 걸치며 허공을 향해 크게 웃었다. 그러고는 입꼬리를 꼬았다.

"샌님들, 오늘은 그냥 간다만 내 꼭 다시 오지. 너희들을 단숨에 요절내고 말 것이야. 특히 영감탱이, 오늘은 운수가 좋은 줄 알아라. 날 잊지 말아야 할 것이다. 꼭 네 목을 가지러 올 테니까. 하하하."

그렇게 말하고 임꺽정이 훌쩍 담을 뛰어내려 사라져버렸다.

그제야 제자들이 "아이고, 선생님" 하면서 달려왔다.

"이게 어떻게 된 일입니까?"

황준량이 물었다.

"뭔가 오해를 하고 있는 모양이다."

다음 날 퇴계가 제자 조목더러 임꺽정에 대해 알아보라고 했더니 그길로 마을을 떴다고 했다. 절뚝거리는 아비를 업고 사라졌다는 것이다.

그제야 퇴계는 모든 사정을 알고 무릎을 쳤다.

아하, 나의 무심이 한 가문을 박살내지 않았는가?

마을을 떠난 임꺽정에게서는 그 후 연락이 없었다. 소문을 들으니 산으로 들어가 산적이 되었다는 말이 있었다. 소외받는 이들과 무리를 지어 도둑질이나 일삼다가 산으로 들어가 은신하면서 관군을 괴롭히고 있다고 하였다. 조정에 상납되는 공물을 뺏어 서민들에게 나눠준다고 했다. 그러니 민중들의 호응이 대단하다고 했다.

멀쩡한 사람들을 사지로 몬 것 같아 퇴계는 내내 속이 좋지 않았다. 꿈을 꾸면 도끼를 휘두르던 임꺽정이 보였다. 도끼를 들고 달려드는 그를 피해 일어나면 온몸이 식은땀으로 홍건이 젖어 있었다. 임꺽정이 늘 눈을 부라리고 자신을 지켜보고 있는 것 같았다.

소위 선비라는 자가 그까짓 백정에게 겁을 집어먹고 떨고 있다니, 퇴계는 스스로가 한심한 생각이 들었다. 그래 다시 세상으로 나갔다. 그런데 그게 더 큰 화를 몰고 왔다. 정치적 생애에 심각한 위기가 닥친 것이다.

1547년에 일어난 양재역 벽서사건을 빌미로 당시 상소를 올린 퇴계를 뒤늦게 잡아들였다. 고문으로 죽은 이해의 동생이라는 점이 문정왕후의 광기에 기름을 부었던 것이다.

하기야 명종의 결단이 문정왕후의 시기를 살 만도 했다. 임금은 모후 문정왕후와 삼촌 윤원형을 견제하고 왕권을 안정시키기 위하여 이양(李樑)을 이조판서로, 그 아들 이정빈(李廷賓)을 이조전랑으로, 퇴계를 성균관 대사성으로 기용했다.

그러나 명종은 결국 믿던 도끼에 발등이 찍혔다. 이양의 무리가 임금의 신임을 믿고 파벌을 형성했다.

그들이 무법하게 조세를 거두어들여 잇속 채우기에 여념이 없자 명종 임금은 사림 출신의 관료들을 외직으로 추방했다. 이에 사림의 반발이 예사롭지 않았다. 그들을 쓰다듬고 안은 사람이 바로 유림의 태두 퇴계 이황이었다.

평소 퇴계의 학문과 인품을 흠모하던 임금이 퇴계가 문초를 당한다는 소식을 듣고 추국청으로 달려왔다. 이미 모후의 광기는 극에 달해 있었다. 도제조나 제조, 의금부 판사 등이 모후의 서슬에 뒤로 물러나 있었다.

퇴계와 함께 잡혀간 이들이 죄인 아닌 죄인이 되어 피를 흘리며 압슬형 (壓膝刑)에 초주검이 되어 있었다.

퇴계가 실토를 않자 모후는 발을 굴렀다.

"상감에게 한 시대가 흥하는 데는 반드시 그렇게 될 만한 이유가 있는 법이라고 했느냐? 광무제(光武帝)의 예를 들었다면서? 외척의 손에 정사를 맡겨놓자 결국 망했다고 하였느냐?"

퇴계가 모후의 말을 들어보니 자신이 홍문관 부교리로 있을 때 외척에 휘둘리던 임금을 향해 한 말이었다. 퇴계는 잘 됐다 싶었다. 죽는 한이 있더라도 그동안 하지 못했던 말이나 하고 죽자는 생각에 퇴계는 그녀를 향해 얼굴을 똑바로 들고 입을 열었다.

"그렇소이다. 창업한 임금들이 친히 규모를 세웠지만, 그 자손들은 이를 지키지 못하고 나랏일을 그르쳤다고 했소이다. 장제(章帝)도 어진 임금이었으나 그때부터 외척이 세도를 부려 나라가 망했다고 했소이다."

장제는 후한의 3대 황제로 광무제가 창업한 후한을 안정시켰으나 외척과 환관과 관리가 득세하는 시기이기도 했다.

"여봐라. 안 되겠다. 칼을 가져 오너라. 아주 요절을 내고 말리라."

모후가 칼을 들고 퇴계를 향해 다가들자 젊은 임금이 앞을 막아섰다.

퇴계가 눈을 떠보니 임금이 둥그러니 떠오른 해를 등지고 섰다. 자신의 앞을 막고 있는 것이다. 퇴계는 가물거리는 의식 속으로 파고드는 자신을 막아선 임금의 피맺힌 고함소리를 들었다.

"어마마마, 이러지 마십시오. 무슨 죄가 있다고 이러십니까? 언제 적 사건을 이제 다시 들춰내 무고한 이를 죽이려 하십니까? 이황은 낙향했다가 이제 올라온 몸입니다. 온계 이해와는 형제간이요, 미암과는 사제지간이었을 뿐 벽서사건에 그가 연루되었다는 건 천부당만부당한 일입니다."

"주상, 왜 이러시오? 저자가 그들과 결탁한 증거가 여기에 있소이다.

보시오."

모후는 입수한 벽서를 임금을 향해 흔들었다. 그리고 그것을 임금을 향해 내던졌다. 모후가 던진 벽서가 임금의 발 앞으로 떨어졌다. 내관이 달려와 그것을 주워 상감에게 올렸다.

여자 임금이 위권을 잡고 간신 이기 등은 아래에서 권력을 농락하고 있으니 나라가 망할 것을 서서 기다리는 격이다. 어찌 한심하지 않은가.

상감이 눈을 감았다. 하기야 그때나 지금이나 선비가 조용히 있을 만한 시대는 아니었다. 그렇다고 퇴계가 주동이 되어 사람들을 부추겼다는 것은 말이 안 되는 소리였다. 퇴계를 죽이기 위해 퇴계의 필체와 유사한 이를 택했을 것이다. 임금은 퇴계의 필체가 아니라는 걸 알고 있었다. 그리고 무엇보다 그는 그럴 인물이 아니었다. 한사코 벼슬을 받지 않으려 했고 건강을 이유로 고향으로 내려가 은거하기를 원하던 이였다.

상감이 감고 있던 눈을 치뜨며 소리쳤다.

"과인이 모를 것 같습니까? 모두가 어마마마의 간교한 술책이라는 것을. 윤원형, 이기, 정언각이 누굽니까? 정순붕이 누굽니까? 과인은 그들의 무고를 받아들였습니다. 그리하여 송인수를 죽였고, 이약수를 죽였습니다. 이언적, 노수신, 백인걸을 유배 보냈습니다. 어디 그뿐입니까? 셀 수도 없이 많은 이를 죽였습니다. 그런데 그것도 모자라 이제 와 또 누구를 죽이시려는 것입니까? 그렇게 앞을 막아서며 칼을 들이대시니 이 나라의 충신이 하나라도 살아남겠습니까? 제발 아들을 위한다는 거룩한 핑계는 대지 마십시오. 복성군의 어미와 그를 죽이고, 선왕을 죽이고, 김안로를 죽이고,

이제 벽서사건을 다시 들추어내어 살아남은 사람을 줄줄이 엮어 죽이려 하는 게 아닙니까? 언제까지 이러실 것입니까? 안 됩니다. 저분은 죄가 없습니다. 저분은 이 나라에 없어서는 아니 될 인물입니다. 만약 저분을 죽이려 한다면 저부터 죽이고 넘어가야 할 것입니다."

칼날 같은 모후의 입술이 떨렸다.

"주상, 아직도 모르시겠소이까? 바로 저 인간이 우리의 앞을 막아서고 있다는 걸. 세 치 혀를 놀려 백성을 선동하는 무리의 수장이라는 걸 모르시겠소이까, 주상! 생각해보오. 주상이 어떻게 그 자리에 앉게 되었는지 생각해보시란 말이오. 왜 그리 나약한 것이오?"

"과인을 나약하게 만든 것은 어마마마가 아니십니까? 과인의 입을 봉하고, 과인의 귀를 멀게 했으며, 과인의 눈을 감긴 사람이 누구입니까? 바로 어마마마가 아니십니까? 과인을 먼저 죽이십시오."

그녀의 눈에서 불이 터졌다.

아니었다. 어제까지의 어진 임금이 아니었다. 어미가 원하는 일을 종이에 적어 보내면 군말 없이 청을 듣던 임금이 아니었다. 어미의 청이 받아들여지지 않으면 불러다 반말로 욕을 해대고 종아리를 때리거나 뺨을 때려도 눈물만 흘리던 예전의 임금이 아니었다.

"정말 비키지 못하겠소?

"못 비킵니다. 과인을 죽이고 저분을 죽이십시오."

"여봐라. 저 죄인을 참하라!"

금부의 군사들이 퇴계를 향해 칼과 창을 들고 달려들었다.

임금이 금부도사의 칼을 빼들며 소리쳤다.

"이놈들, 그분의 몸에 칼끝이라도 대보아라. 너희 놈들을 가만 두지 않으리라. 물러서라.”

“주상!”

모후가 소리쳤다.

임금이 어금니를 지그시 씹다가 고함을 내질렀다.

“내가 상감이다. 내가 이 나라의 임금이다. 내가 조선의 왕이란 말이다. 저 여자가 왕이 아니라 내가 왕이란 말이다.”

“주상 미쳤소이까?”

“물러서십시오. 더 이상은 안 됩니다. 벌써 내 나이 몇입니까? 이후로 친정을 단행할 것입니다. 더 이상은 어마마마의 손에 이 나라를 맡겨놓지 않을 것입니다. 이후로 어마마마의 수렴청정을 거둘 것입니다. 그리고 그 죄를 물을 것입니다.”

“주상, 지금 무슨 말을 하는 게요? 내게 죄를 물어? 이 어미를 죽이기라도 하시겠다는 말씀이오?”

임금이 시퍼렇게 모후를 쏘아보았다.

“그렇습니다. 나라를 위해서라면 어미인들 왜 죽이지 못하겠습니까? 백성을 위해서라면 칠조(七祖)를 부정할 수 있습니다.”

“주, 주상!”

임금이 순식간에 칼을 돌려 잡아 자신의 목으로 갖다 대며 소리쳤다.

“내 이 나라의 주인으로서 어미의 목에 칼을 들이대는 패륜을 어찌 저지를 수 있겠습니까? 차라리 제가 죽겠습니다. 어미 앞에서 스스로 목에 칼을 대고 죽어가는 불효를 보이게 되었으니 용서하십시오.”

“주, 주상! 왜 이러시오?”

“과인이 덕이 모자라 그 어미가 국정을 망쳤으니 첫 번째 책임은 과인에게 있습니다."

"좋소이다. 내, 내가 물러서리다."

"허나 약조하십시오. 수렴청정은 오늘로서 끝이라는 걸 말입니다."

그녀의 눈가에 서늘한 정기가 모였다. 살기였다.

"주상, 자신 있소이까? 감당할 수 있겠느냐는 말이오?"

"감당은 과인이 할 것입니다."

"어디 두고 봅시다."

모후는 차디차게 몸을 돌렸다.

수렴청정이 끝났다. 어미 앞에서 자신의 목에 칼을 들이대는 불효를 보이고서야 임금은 친정을 시작했지만 모후는 그런 아들을 비웃듯 계속해서 국정을 좌우했다.

그녀의 정치역량은 자기 집안의 권력 독점을 유지하는 데 집중되고 있었다. 권력의 독점은 부패를 낳았고, 부패는 백성의 피폐로 이어졌다.

그러는 사이 임금은 한숨을 쉬며 암행이나 즐겼다. 밤이 되면 신하를 데리고 이집 저집을 기웃거렸다. 백성들의 고단한 삶을 직접 느끼고 싶었기 때문이었다.

매한불매향 ②

달이 떴다. 길가의 풀잎이 발에 감겼다. 산기슭을 돌아서자 강물 소리가 들려왔다. 희미한 달빛에 강바닥이 보였다. 느질거리는 뱀의 몸뚱이처럼 강은 어둠과 달빛과 하나가 되어 넘실거리고 있었다.

초롱을 들고 앞서가던 초랭이가 산으로 올랐다. 지지한 잡목숲이 앞을 가로막았다. 길도 나 있지 않은 길을 초랭이는 초롱을 들고 기를 쓰고 올라갔다.

얼마나 올랐을까? 갑자기 덩그렇게 서 있는 큰 바위가 앞을 가로막았다. 그 바위를 의지해 지은 초막 하나가 보였다. 억새로 지붕을 이은 곳이었다.

인기척이라고는 없었다.

초랭이가 초막 앞에서 "문향아, 문향아" 하고 부르다가 대답이 없자 고개를 갸웃했다. 두향이라고 부르다가 그녀에게 타박이라도 들었던 것일까? 술집에서는 자연스럽게 두향이 어쩌고 하더니 의식적으로 문향이라는 이름을 쓰고 있었다.

초랭이가 초막의 거적을 들쳤다. 율곡이 거적 안쪽을 얼핏 살펴보니 사람 하나가 누울 수 있는 공간이 보였다. 나머지는 잡다한 살림살이들이 채우고 있었다.

율곡이 가까이 다가가려고 하는데 초랭이가 거적을 내리고 주위를 둘러보았다.

"없소?"

율곡이 다가가며 물었다.

"요즘 며칠 보이지 않는다 했더니 정말 어딜 간 모양이요."

율곡이 주위를 둘러보았다. 초랭이가 든 초롱의 불빛 때문인지 오히려 주위 어둠이 더 짙어진 것 같았다.

곽문이 초막 주위를 살피다가 돌로 아궁이를 만들어놓은 곳에 얹힌 검은 솥을 발견하고는 그리로 다가갔다.

솥뚜껑을 열어보던 곽문이 초랭이가 든 초롱불의 불빛에 속을 비춰보다가 소리쳤다.

"아이구, 이게 무슨 냄새야? 밥이 썩었네."

율곡은 고개를 갸웃했다.

그럼 퇴계 선생과?

율곡은 이내 고개를 내저었다.

웬 억측인가? 퇴계 선생이 기녀를 못 잊어 이곳으로 왔다? 그리고 그녀와 함께 사라졌다?

이건 말이 안 되는 소리였다.

율곡은 초랭이를 먼저 돌려보내고 밤이 이슥하도록 문향이를 기다렸다. 밤하늘의 별이 고왔다. 풀벌레 소리가 자장가처럼 들렸다.

바위 위에 정화수를 떠놓고 두 손을 합장하고 고개를 숙인 여인이 보였다.

율곡이 번쩍 눈을 떴다. 꿈이었다. 깜박 졸았던 모양이었다.

주위를 둘러보니 초랭이도, 기도를 드리던 여인도 없었다. 달이 보였다. 벌써 달이 머리 위에 있었다.

"어이, 추워."

곽문이 몸을 더 움츠리고 율곡의 등짝으로 붙었다.

율곡은 달빛이 희뿌옇게 내려앉은 주위를 둘러보았다. 그리고 곽문을 깨워 산을 내려왔다. 마을을 한 바퀴 돌고 나서야 동구 밖에서 주막을 하나 찾아내었다. 국밥과 막걸리로 속을 달래고 방을 하나 얻었다.

율곡은 그제야 겨우 잠을 청했다. 눈을 떠보니 새벽이었다. 곽문은 평상에서 자고 있었다. 추운지 새우처럼 등을 잔뜩 구부린 채였다.

둘은 다시 산으로 올랐다. 그녀가 있을 리 없었다.

"제기랄."

곽문이 이곳저곳 살피다가 투덜거렸다.

"만나기는 그른 것 같은데요. 안동으로 가지요."

"우선 말이나 찾자."

산에서 내려와 기방으로 들어서자 늙은 초랭이가 그럴 줄 알았다는 듯이 두 사람을 방으로 들이고 밥상을 내왔다. 그녀는 퇴계 선생과 문향이가 한양에서 무슨 짓을 저질렀는지는 묻지 않았다. 그들은 결코 죄지을 사람들이 아니니 물을 필요도 없다고 생각하는 모양이었다. 그래도 사람이라 의문이 날 터인데 속이 깊은 여자였다. 그들이 말을 몰고 기방을 나설 때까지도 물음이 없었다.

"고맙소. 주인장" 하고 율곡이 인사하자 웃으며 잘 가라고 할 뿐이었다.

낙민

1

열린 창 너머로 꽃잎들이 분분히 떨어지는 게 보였다. 좀 전까지 곁에 앉아 이마의 땀을 닦아주던 안도는 꽃잎이 떨어져 내리는 창밖의 풍경을 내다보고 있었다.

기침 소리가 들리더니 이국필이 들어왔다.

"볕에 오래 앉아 계시더니 병이 나신 게 아닙니까?"

"이 사람아, 이 정도에 병이 난다면 그게 죽은 몸이지 산몸이겠는가?"

퇴계가 일어나 앉으며 말했다.

"좀 어떠십니까?"

"잠깐 쉬었다 간다는 게 그만 누를 끼쳤네 그려."

"아이고 무슨 말씀을……. 스승님이 그렇게 말씀하시면 제가 어찌 머리를 들겠습니까?"

"고마우이."

"아무 염려 마시고 몸이나 추스르십시오."

"조금만 더 지체했다 가겠네. 가볼 곳이 있어."

"지금 내자가 마죽을 만들고 있습니다. 그거 드시고 약을 드릴 테니 그냥 편히 누워 쉬십시오."

이국필의 말이 끝나자마자 문밖에서, "들어가도 되겠습니까?" 하는 여자의 목소리가 들려왔다.

"들어오세요."

이국필이 말했다.

문이 열리고 이국필의 아내가 개다리소반을 들고 들어섰다. 흰 마죽이 한 사발 얹혔고 열무김치와 간장종지가 정갈하게 얹혀있다.

퇴계가 여인을 향해 형식적인 인사를 했다.

여인이 그런 소리 마시라며 상을 놓고 나갔다.

퇴계가 수저를 들자 이국필이 일어나 안도를 데리고 나갔다. 안방으로 데려가 밥을 먹일 참이었다.

퇴계는 멀거니 소반 위의 죽을 내려다보았다. 가슴이 따뜻해져왔다.

이곳이 낙민(洛閩)인가?

죽을 뜨고 있자니 퇴계는 울컥 목이 메었다.

본부인 허씨를 사금골에 매장하고 상도 끝나지 않았는데 퇴계는 그만 병이 들고 말았다. 어린 젖먹이는 울어대고 죽이라도 쑤어 먹여야 할 텐데 몸을 움직일 수가 없었다. 마침 집안에는 아무도 없었다.

달그락달그락 그릇 부딪치는 소리가 부엌에서 들려오기에 겨우 몸을 움직여 나가보았더니 아들 준이 부엌 아궁이에 고사리 같은 손으로 불을 넣고 있었다.

퇴계가 "뭐 하느냐?" 하고 묻자 멍하니 쳐다보다가, "아버지" 하고 부르며 달려와 안겼다.

"뭐하고 있었어?"

"죽."

젖 대신 아기에게 먹일 죽. 어린것이 죽을 끓이고 있었다.

그럴수록 퇴계는 아내가 더욱 생각났다. 한양으로 올라가 세 번 과거에 떨어졌을 때마다 힘이 되어주던 사람. 언제나 웃음을 잃지 않던 사람. 스물둘에 진사시에 합격했을 때 누구보다도 기뻐하고 행복해하던 사람. 그러나 생활은 끝없이 가난했다. 융통성 없이 박봉으로만 살아가자니 둘째를 낳고도 산후조리를 제대로 시킬 수 없었다. 그게 화근이었다. 아내가 시름시름 앓다 눈을 감자 퇴계는 세상이 캄캄했다.

어느 날 퇴계가 눈물을 흘리며 아내의 모습을 먹물로 그리고 있으니 아들이 다가와 보고는, "어머니!" 하면서 엉엉 울었다. 그런 기억 때문인지 아들 준만 생각하면 퇴계는 가슴이 아팠다.

준은 마음 씀씀이가 그렇게 비단 같은데 이상하게 공부에는 소질이 없었다. 어떡하든 성균관으로 끌어올려 공부를 시키고 싶었지만 대놓고 공부 따위는 하지 않겠다고 서찰에 쓰고는 했다. 그럴 때마다 퇴계는 당장에 안동으로 달려 내려가고 싶었지만 그럴 수 없는 형편이라 대신 서찰로 나무랄 수밖에 없었다.

벼슬살이를 하느라 제대로 챙기지 못하는 이 아비를 용서하여라. 너는 요즘 무슨 책을 읽고 있느냐? 혹여 학업을 그만두고 게으름을 피우며 세월을 보내고 있지는 않느냐? 세월은 흐르는 물과 같은 것이다. 정신을 차리고 부지런히 공부해야 한다. 사람들이 학력은 없으면서도 큰 허물을 저지르지 않는 것은, 그 자질이 그다지 잡박(雜駁)하지 않기 때문이다. 만일 타고난 성품이 잡박한 데다 또 고치고 바로잡는 공부도 하지 않고 경솔하게 함부로 행동한다면, 그 허물이 쌓이고 쌓여 이루 말할 수 없이 크고 많아질 것이다.

그렇게 서찰로나마 교육을 잊지 않았는데도 어머니의 사랑을 별로 받지 못해서인지 준은 영 공부에 열의를 보이지 않았다. 그러던 어느 날 맏아들 준이 청천벽력 같은 소식을 전해왔다. 공부에 뜻이 없음을 분명히 밝힌 것이다. 퇴계는 다음과 같은 서찰을 보냈다.

공부에 뜻이 없다니 무슨 말이냐? 집에 있으면서 하는 일 없이 세월만 보낸다면 나중에는 공부를 포기하게 될 것이다. 내가 너희들의 곁에 있지 않다고 학업을 피해선 안 된다. 지금 공부하지 않으면 언제 하겠느냐? 나는 밤낮으로 너희들이 성공하기를 빌고 있다. 천만 번 마음을 다잡아라. 주위에 뜻 있는 선비들을 보거라. 그들이 언제 아버지가 곁에서 감독하면서 꾸짖어야 공부하더냐. …… 공부에 왕도는 없다. 오로지 요긴한 것은 부지런함에 있으니 늘 쓰고 외우고 짓는 일에 공을 들여라. 입지가 돈독한 이들과 서로 도우며 본받아가며 열심히 공부하여야 한다. ……

입지만이 모든 것을 이룰 수 있다고 여러 번 가르쳤으나 어느 날 아들은 과거를 보지 않겠다고 선언하였다.
퇴계는 다시 깜짝 놀라 다음과 같은 서찰을 보냈다.

과거를 보지 않겠다니? 너의 편지에 시험을 보아도 붙지 않을 것이니 한양으로 올라와 시험을 봐야 무슨 소용이 있겠느냐고 했는데 참으로 안타까운 일이다. 그렇다면 시험을 치른다고 해도 소용없는 일이다. 생각해보아라. 다른 이들은 한양으로 올라와 과거에 들었는데 너 홀로 시골구석에서 허송세월하고 있을 것이냐? 그래서 지난번에 친구들과 절로 들어가 공부하라고 했던 것이다. 그래도 네가 과거를 보고 싶지 않다고 했으니 이것은 다른 이유에서가 아니라 네가 본래 뜻을 세우지 않았기 때문인 것이다. 만약 네가 입지를 세웠다면 다른 이들이 포부를 펼치려고 하는데 너 홀로 과거를 보지 않겠다고 할 수 있겠느냐? 네가 비록 할 일이 많다고 해도 입지가 되어 있다면 책 읽을 틈을 낼 수 있을 터인데 여전히 분발하는 마음이 생기지 않았으니 실망이다…….

아들 준이 결혼해 안도를 본 것은 지산와사에서였다. 그곳은 퇴계가 권씨와 함께 살던 곳이다. 한양으로 집을 옮기면서 준에게 주었는데 그곳에서 아들 안도를 본 것이다. 나중에 준은 형편상 처가로 들어가 살았다.

퇴계는 녹을 먹는 벼슬아치임에도 아들에게 작은 집 하나 장만해주지 못하는 처지가 언제나 안타까웠다. 아들의 편지를 보고 나면 여러 날을 마음이 편하지 못하였다. 있을 만한 데가 없어서 처가에 있자니 그 어려움이 오죽 심할까 싶었다. 그러나 퇴계는 그런 고생도 참고 견디는 자처지도 (自處之道)를 알아야 한다고 일렀다. 스스로 분수를 알고 천명을 기다려야 한다고 일렀다. 함부로 망령스럽게 거동하여 남의 비웃음과 조롱을 받는 실수를 저지르지 않도록 하라 일렀다.

아들아, 형편이 어려워서 할 수 없이 처가로 들어가 살게 되었다고 하니 다 아비의 죄이다. 너의 고생이 막심해 보이나 지금 어떤 방편이 없으니 참으로 안타깝다. 하지만 빈궁은 선비의 떳떳한 일이거늘 너무 부끄럽게 여기지 마라. 가난과 궁핍은 선비의 다반사이다. 어찌 마음에 거리낄 것이 있겠느냐? 네 아비는 이래서 평생 남에게 비웃음만 받고 있다. 너에게까지 그 지경이 되게 하다니……. 그러나 어려움을 참고 견디면서 하늘을 믿고 인간이 할 도리를 잘 지켜 순리에 맞게 대처하는 것이 옳다. ……

잠시 생각에 잠겨 있던 퇴계는 수저를 놓고 천천히 상을 물렀다. 이제 가야 할 시간이 되었다고 생각하면서.

도산서당

1

율곡과 곽문이 단양을 떠나 영주에 닿은 것은 미시 무렵이었다. 옛 기억을 더듬어 상가(喪家)를 찾았다. 내세우길 좋아하는 집안답게 동네 전체가 상가 같았다.

율곡이 망자 앞에 제향부터 하고 웃어른들을 찾아 인사를 올린 다음 상감의 명을 받은 몸이라 일렀더니 어서 일을 보러 가라 등을 떠밀었다.

율곡은 머리를 쓰다듬던 망자의 손길을 추억하며 말을 몰았다. 안동으로 가는 길 내내 마음이 편치 않았다.

인생이란 그런 거지 뭐.

이런 생각을 하고 있었지만 곡소리 내며 제대로 울어드리지도 못하고 도망치듯 상가를 빠져나온 것이 율곡은 영 마음에 걸렸다. 주막에서 몇 잔 마신 술에 속까지 좋지 않았다. 쓰린 속을 안고 예천을 거쳐 안동에 닿기가 무섭게 주막을 찾아 해장국으로 속부터 달랬다.

율곡과 곽문은 주막을 나와 몇 번을 물어서야 도산서당 가는 길로 접어들 수 있었다.

도산서당으로 가려면 강을 따라가야 했다. 좀 더 걸어 들어가자 마을이 나타났다. 마을의 끝머리쯤에서 시작된 메밀밭이 한동안 길게 이어졌다. 그 메밀밭이 끝나는 지점에 또 하나의 마을이 있었다. 탱자나무로 울을 친 집들과 이끼 긴 돌담 속의 집들이 이십여 채. 낙화생 밭과 마을이 평행으로 이어지다가 끝나고, 마을과 마을을 잇는 통나무 다리가 나타났다. 대나무 숲에서 나온 노인네들이 낙화생 밭쪽으로 가는 걸 보며 다리를 건넜다. 마을에 들어서니 시장이 서는 곳이란 생각이 들었다. 인근에서 모여든 사람들이 물건을 내다 파느라 이곳저곳에 법석되고 있었다. 길옆으로는 야채 파는 시전, 과일 시전, 주막, 쌀집, 고기전, 육고간이 즐비하게 서 있었다.

마을을 지나자 갑자기 비가 쏟아지기 시작했다. 빗줄기는 무성한 숲을 때리며 멈출 줄을 몰랐다. 덤불숲이 깔린 계곡이라 그들은 키가 큰 낙엽송 밑으로 들어가 일단 비를 피했다. 비안개에 젖은 산정이 운치 있게 계곡을 물들이며 흘러가고 있었다. 때때로 노쇠한 졸참나무 숲 너머로 비에 젖은 까마귀들이 불결한 털을 털어대며 이리저리 건너뛰고 있었다. 축축하고 퀴퀴한 냄새가 금세 콧속으로 흘러들었다. 비에 젖어가는 숲 냄새와 말에게서 나는 노린내였다. 그들은 그 냄새를 맡으며 비가 멎기를 기다렸다.

비가 그쳐 다시 가다가 말이 힘들어했으므로 중간에 내려 걸었다. 바람이 소나무 사이를 지나느라 소리를 내었다. 강물은 유유히 흐르고 있었다. 신작로를 따라 동북 방향으로 얼마나 올라갔을까? 서당이 가까워지면서 오른편으로 시야가 트였다. 송림 사이로 강안이 점점 넓어졌다. 굽이굽이

굽은 길을 따라갔다.

어느 순간 서당의 추녀 끝이 보였다. 도산서당은 앞으로 구불구불 이어진 깊숙한 곳에 앉아 넓은 낙동강을 내려다보고 있었다. 영지산의 한 줄기가 동쪽으로 나온 도산(陶山). 옹기를 굽는 산이라 해서 도산이라고 했다던가? 산이 두 번 이루어졌기에 또산이라 하였고 그러다 도산이 됐다던가?

길을 묻다가 알게 된 것이지만 도산서당은 영지산을 조산(祖山)으로 하고 도산을 주산으로 한 채 그 무릎 위에 안겨 있었다. 왼쪽은 청량산에서 흘러나온 동취병(東翠屛)이, 오른쪽에는 영지산에서 흘러나온 서취병이 감싸고 있었다. 사방의 산봉우리와 계곡들이 모두 손잡고 절하면서 사방으로 둘러 안은 것 같은 형세였다. 산세와 수세(水勢)와 야세(野勢)가 합당한 곳을 택한 이의 신심이 한눈에 느껴지는 곳에 서당은 그렇게 자리하고 있었다.

서당을 마주보고 한숨 돌리고 섰노라니 율곡은 자신이 처음 이곳에 왔을 때가 떠올랐다. 이십 대였다. 막 장가를 들고 신방에도 들지 않은 채 평소에 흠모하던 퇴계 선생을 찾아 이곳까지 왔었다. 젊은 혈기라고 할까?

말에서 내려 잠시 주위를 둘러보고 섰는데 저쪽 모퉁이에서 갓을 삐뚜름하게 쓴 선비 하나가 허겁지겁 달려왔다. 무엇에 쫓기는 사람 같았다.

아나나 다를까? 이내 모퉁이에서 그를 뒤쫓는 사람들이 나타났다. 너덧 명의 사람이 그를 쫓고 있었다.

"그 사람 좀 잡으락카이. 아이고 돌이 아베야. 거 좀 섰그라."

보아 하니 달려오는 사내의 식구들 같았다. 늙은 어머니도 있고, 젊은 여인은 아내가 분명해 보였다. 남자들은 아랫사람 같았다.

뒤이어 한 떼의 사람들이 모퉁이를 돌아 나왔다. 구경꾼인 모양이었다.

앞서 달려오던 사내가 율곡 앞에서 멈칫 섰다. 방금 집안에서 달려나온 듯 채 갓끈도 매지 못했고 저고리 섶도 묶지 않았다. 남의 여자를 넘보다 도망 나온 것이 아닐까 생각하는데 사내가 가쁜 숨을 씩씩거리며 갑자기 율곡을 향해 고함을 질렀다.

"이놈, 비키렷다."

율곡이 멍하니 쳐다보고 서 있자 곽문이 다가왔다.

"뭐요?"

곽문이 율곡 앞으로 나서며 시비조로 물었다. 말들이 허엉 소리를 내며 서로 인사하듯 주둥이를 맞대며 고개를 끄덕이다가 푸들거렸다.

"허어, 신의 앞을 막을 셈인가?"

"신?"

율곡과 곽문이 동시에 되뇌었다.

"이놈들, 보아 하니 한양에서 오는 길이구나?"

"뭐?"

곽문이 어이없어 하며 율곡을 문득 돌아보았다.

"영남파 수장을 찾아오셨구면."

"뭐야?"

곽문이 다시 율곡을 돌아보았다.

"영남파 수장이라니?"

곽문이 되묻자 사내가 고개를 갸웃하다가 다시 물었다.

"왜, 아니야?"

"뭐?"

율곡의 시선과 곽문의 시선이 뒤엉켰다.

영남파 수장?

되뇌는 율곡의 뇌리로 문득 기 사형의 말이 스쳤다. 언제였을까? 기 사형이 찾는다기에 달려갔을 때 그가 하던 말.

"어제 말일세."

"왜요?"

"이상한 말을 듣지 않았겠나. 퇴계 선생의 문인을 만났는데 우리들을 향해 대뜸 기호학파라고 명명하더란 말씀이야."

"예?"

"우리들 사는 곳이 위쪽이니까 그렇게 부르기로 했다는 것이야. 그래서 내 그랬지. 그렇다면 그대들은 영남 사람들이니까 영남학파냐고."

"그랬더니요?"

율곡은 그렇게 묻고 있었지만 뭔가 좀 성급하다는 생각이 들었다. 율곡이 알기에 조선조 초기에는 학문 활동의 중심이 성균관이었다. 꼭 그렇게 못 박을 수 없을지 몰라도 성균관을 비롯한 중앙 학계인 것만은 분명했다. 선비가 중앙에만 있는 것은 아니지만 지방에 근거를 두고 독자적 학맥과 학풍을 수립한 적은 없었기 때문이다. 겨우 영남지방에서 목은 이색과 포은 정몽주와 함께 고려 말의 삼은으로 불린 길재(吉再)의 학풍이 지켜지고 있는 정도였다. 길재는 이색, 정몽주, 정도전, 권근의 정통 적자였다.

이 학풍은 김숙자(金叔滋), 김종직(金宗直), 조광조로 이어졌다. 그리하여 학문의 계보가 형성되었다. 이 계보가 성종조 무렵에 이르러 김종직의 제자들에 의해 영남사림파로 불리게 되었고 그제야 학자들의 집단이 형성되었다. 그러나 엄밀히 이 계보는 일반적으로 영남학파라고 볼 수 없었다. 본격적인 성리학의 이론적 탐구가 이루어지기 전이었기 때문이다.

기 사형이 영남학파라는 말을 했다면 이 시대에 들어 안동의 퇴계 이황에 의해 본격적인 이론적 탐구가 행해지고 있다는 판단에 의해서였을 것이다. 하지만 고개를 갸웃거리는 사람이 없지 않을 터였다. 그들의 사상을 영남 사람만 받는 게 아니기 때문이다.

그런 면에서 그들이 기호학파라고 지칭했다는 학파도 마찬가지였다. 그쪽의 학풍에 동조하는 영남인들도 있기 때문이다.

저들이 소위 기호학파라고 지칭한 학풍은 엄밀히 김시습, 서경덕으로부터 내려온 것이다. 저들과 이론적 대립의식을 명확히 하게 된 것은 요즘 들어 기 사형을 앞세워 퇴계학파의 사상을 비판하면서부터였다. 기 사형이 퇴계 문인들의 사상을 비판하자 퇴계 문인들이 일원론을 비판했고 그때부터 파의 대립이 본격화된 것이다.

그러니까 지금은 두 학파가 생성되어가고 있는 과정에 있다고 봐야 옳았다. 영남학파나 기호학파라고 하기보다는 일원학파, 이원학파, 아니면 주리파, 주기파라 불리고 있는 정도의 단계였다.

그런데 영남학파의 수장?

율곡은 순간 의아한 생각이 들었다.

시선을 들자 마침 뒤따라오던 사람들이 그 사내를 잡고 있었다.

"아이고, 돌이 아베야 또 와 이라노?"

곽문이 그제야 사내를 잡고 어쩔 줄 몰라 하는 사람들을 쳐다보았다.

사내를 잡은 사람들이 곽문과 율곡에게 허리를 굽혔다.

"험한 말 들었다믄 용서하이소. 이 사람 그런 사람이 아닌데 신기가 들어서 그마……."

"신기?"

율곡이 되뇌었다.

"갑자기 과거 공부하다 무병이 들어서 그렇심더."

무병이라면 무당을 말하는 것일까 하고 율곡이 생각하는데 사내를 잡은 사람들이 그를 돌려세웠다.

"가자. 돌이 아베야. 신당을 차리든 박수무당이 되던 가자. 집으로 가자."

"안 가."

사내가 부르르 몸을 떨다가 눈을 뒤집으며 율곡을 돌아보았다.

"그 사람 지금 집에 없어. 돌아 가. 안 그러면 꽃 같은 여인네들에게 홀리고 말걸."

"뭐? 뭐라고 하는 거야?"

곽문이 대꾸하자 사내를 잡은 사람들이 억지로 그를 끌고 갔다.

"가자. 가자. 시븐득한 소리 하지 말고 돌이 아베야 집에 가자."

사내가 끌려가면서 몇 번이고 눈을 뒤집고 율곡을 돌아보았다.

사내가 사라지고 나자 곽문이 별사람 다 보겠다며 말에 올랐다.

"과거 공부하다 미쳐버린 것 같네요."

"그러게."

"근데 용하기는 용하네요. 우리가 한양에서 온 걸 어떻게 알고……. 그리고 꽃 같은 여인네라니?"

"촌사람 같지는 않아 보이니 그렇겠지. 가자."

주위의 풍광이 눈에 익었다. 변한 것은 없어 보였다.

율곡은 감회어린 표정으로 서당 주위를 살펴보았다. 처음 이곳에 왔을 때는 눈비가 내렸다. 길은 질척거리고 몹시 낯설었다.

그러고 보면 바로 여기가 영남파의 산실이었다. 이 산실을 지키는 태두는 분명 퇴계 선생이다. 그러나 더 깊이 들어가면 사조는 우탁 선생이라 할 수 있을 것이다.

고려 충렬왕 때 과거에 급제해 영해사록(寧海司錄)으로 임명된 사내가 있었다. 그즈음 영해에서는 팔령(八鈴) 신을 지극히 모시고 있었다. 사내가 그 고을 팔령 사당에 이르렀다. 주민들이 제사를 지낸다고 난리였다. 사연을 알아보니 팔령신에 재물을 바쳐 제사를 지내지 않으면 화를 입는다고 하였다. 주민들의 피해가 이루 말할 수 없다는 것이다.

사내는 팔령신 중 일곱 개의 방울을 부수어 모조리 바다에 쳐 넣었다. 마저 남은 방울 하나를 없애려고 하자 요괴가 나타났다. 요괴는 제발 살려 달라고 빌었다. 사내가 보니 눈이 먼 백발 노파였다. 사내는 그녀를 불쌍히 여겨 살려주었다. 이것이 지금의 당고개 서낭신이고, 그 사내가 바로 우탁이었다. 우탁은 그 후 여러 번 승진하여 성균좨주(成均祭酒)를 역임하기도 하고 감찰규정(監察糾正)을 지내기도 했다.

충선왕이 충렬왕의 후궁 숙창원비(淑昌院妃)를 간음하자 우탁은 흰 옷을 입고 거적자리를 메고 도끼를 어깨에 걸치고 대궐로 들어섰다. 감히 그 누구도 그를 말리지 못했다. 임금 앞에서 상소문을 들고 읽고 있던 신하가 그를 발견하고는 몸을 떨었다.

이내 그의 불호령이 떨어졌다.

"군주를 가까이 모시는 신하들이 그릇된 주상을 바로잡지 못하고 일이 이 지경에 이르렀으니 그 죄를 아는가?"

우탁의 추상같은 극간에 신하들은 하나같이 벌벌 떨었다. 임금도 부끄러운 기색을 나타내었을 뿐 그를 제지하지 못했다.

충렬왕이 죽은 후 충선왕은 선왕의 후궁 숙창원비를 숙비로 봉해 자신의 부인으로 맞아들였다. 도저히 있을 수 없는 일이 벌어지자 임금의 간청에도 불구하고 그는 모든 것을 버리고 낙향해버렸다.

우탁은 역동선생(易東先生)이라고도 불렸다. 매우 합리적이고 사변적인 학자였다. 낙향한 그는 그 후 자신의 학문을 완성했는데, 그의 법은 정몽주가 받았고 조광조를 거쳐 퇴계에게 이어졌다.

율곡의 생각이 다시 가지를 쳐나갔다.

그분을 사조로 모시는 퇴계 선생이 이제 와 리학경을 찾아 나섰다?

그렇다면 퇴계 선생도 그 경이 우탁 선생이 남긴 리학경이라고 확신했다는 말이다. 도가 쪽 사람들이 그 경이 자기들 것이라며 교모하게 이용하고 있다는 걸 알고는 일어섰다는 말이다.

도교의 경전은 도장경(道藏經)이다. 중국 역대 제왕들의 지원 아래 도사들이 모여서 편찬했다. 그러므로 엄밀히 말해 노자의 저작이 아니고 노자 사후에 저작된 것이다. 그들의 주장을 방중술이나 참동계 쪽에서 찾아봐도 6-7세기에서 10세기경에야 그 윤곽이 일어난다. 그런데 도교 측은 도장경이 자기들 것이라며 찾으려 하고 있다는 말이다. 그저 막연히 노자의 영향을 받은 저작이니까 자기들 것이라는 것이다. 그러니 유가 쪽에서는 그런 소리 마라, 그 경은 공자 말년에 저술하여 남긴 것이니 우리 것이다, 이렇게 우기는 것이다. 그렇다고 해서 물러설 그들이 아니지만.

퇴계 선생도 그에 대한 답을 하였다.

"이 나라의 리학은 리학경을 남긴 우탁 선생, 그 법을 받은 정포은 선생을 조종으로 삼고 김한훤 선생, 정암 조광조 선생을 우두머리로 삼는다. 그러나 그분들의 저술은 구할 수 없어 지금 그 공부의 깊고 얕음을 살필 수 없다. 요사이 정도전의 맥을 이은 이언적 선생의 회재집을 보니 그는 학문의 바름과 학식의 깊음에서 근세의 제일인자이라 하겠다."

퇴계는 가정(嘉靖) 황제가 죽고 융경(隆慶) 황제가 등극하였다는 것을 알리기 위해 칙사가 왔을 때도 우리나라의 심학 연원을 우탁, 정몽주, 정도전, 권근, 길재, 김숙자, 김종직, 김굉필과 정여창, 이언적으로 상정할 정도였다.

그렇다면 리학경은 전해져오다가 정암 선생 대에 와 기묘사화를 거치면서 사라져버렸다는 말이다. 그리고 정암 선생이 살아 있다는 소문이 돌자 그 경이 다시 불거진 것이다.

그런데 도가 측 주장이 맞는다면 이 나라에 어떻게 그 경이 오게 되었는지가 율곡은 의문이었다. 그것이 탁본이거나 필사본이라면 가능할지도 모른다. 그런데 도가 측은 그 경이 진본이라고 하였다. 성균관 사성도 그렇게 말했다. 공자가 저작한 진본이라서 성물로 통한다고.

기 사형의 말을 듣고 난 후 율곡은 실제로 이렇게 말하는 사대부도 만난 적이 있었다.

"일설에 공자가 노자에 미치자 공자의 제자들과 따르는 이들이 공자가 가지고 있는 도교에 관한 글들을 모두 없애버렸다는 말이 있습디다. 공자의 리학경이 조선에 들어온 것은 공자를 받드는 무리를 피해 뜻 있는 제자들이 조선에 숨겼기 때문입니다. 그래서 오늘날 살아남을 수 있었다는 것입니다."

그 사대부는 내로라하는 사람이 그것도 모르느냐는 듯이 말하였다.

율곡은 때로 소격서가 부활하여 그 안에 리학경이 걸리는 모습을 상상해보곤 했다. 진시황의 눈을 피해 리학경을 이 나라에 숨겼다는 생각을 하면 웃음이 나왔다. 그럼 공자가 진시황의 박해를 미리 알고 칠서벽경 속에 리학경을 넣어두기라도 했다는 말인가?

이런 일도 있었다. 어느 날 기 사형이 칠서벽경을 들먹였다.

"공자가 벽 속에 남긴 칠서 말이야. 후세인(後世人)들이 칠서를 칠서벽경(七書壁經)이라고 하는데 그 칠서가 아니라는 것이야."

"예?"

이건 또 무슨 말인가 했더니 기 사형이 다시 이렇게 말했다.

"실제로는 칠서가 아니고 팔서(八書)였으며, 칠서라고 한 것은 죽간에다 옻칠을 하고 숨겼다 하여 칠서벽경(漆書壁經)이라고 했다는 것이야. 그래서 천자문에 적어놓았다는 것이지."

"그리고 보니 저도 그 말은 들은 것 같습니다. 하지만 팔서였다는 것은 금시초문이군요. 그러니까 공자가 칠서를 벽 속에 넣을 때 리학경을 함께 넣었다 그 말 아닙니까?"

"그래. 도가 쪽 사람들의 말은 명대의 오충허(伍沖虛)가 그랬듯이 공자도 노자의 영향을 받아 리학경을 썼는데 그걸 넣었다는 것이지. 그들의 말에 의하면 노자는 도덕경을 저작한 후 말년에 세 권의 위대한 저작을 남겼다고 해. 그 첫 권이 도덕경을 더 자세히 정리한 도덕총집, 둘째 권이 일원장생불사도, 셋째 권이 유불도합총기. 그중에서 진시황에 의해 도덕총집과 유불도합총기는 불타버리고 공자가 소장하고 있던 둘째 권 일원장생불사도만 살아남았다는 것이야. 바로 그것이 리기의 문제를 다뤄 장생불사할 수 있는 세계를 기록한 경전이라는 것이지. 노자의 영향을 받은 공자는 그것을 새로 저작하여 리학경이라 이름 짓고 남겼다는 것이야."

"그러니까 그 경이 우리나라로 건너와 우탁 선생의 손에 들어갔고 대를 거듭하여 정암 선생의 손에 들어갔는데 기묘사화 때 죽지 않았을지도 모르는 그의 손에 있을 것이다?"

기 사형이 고개를 주억거렸다.

율곡이 생각에 잠겨 계속 걷노라니 문득 성균관에서 만난 사성이 생각났다. 그는 퇴계가 조광조를 만나러 간 것이 아니라 성물을 찾으러 갔을지도 모른다고 말했다.

그럴까? 정말 퇴계 선생은 리학경을 찾아간 것일까? 그럴까? 그러나 어디까지나 그것은 소문일 뿐이지 않은가? 소문이 아니라 진실이라고 해도 그렇다. 칠서벽경, 그래서 우리에게 공자의 경이 전해졌다?

율곡은 픽 웃음이 나왔다.

성종 때 이맥(李陌)이 쓴 태백일사(太白逸史)에 이런 말이 있다는 것을 모르는 바 아니었다.

"노자(老子) 이이(李耳)는 성이 한(韓)씨요, 동이족이다. 기원전 518년인 계미에 노나라 사람 공구(孔丘)가 주나라에 가서 노자 이이에게 예를 물었다. 이이의 아버지는 성이 한이고 이름은 건(乾)이며, 그의 선조는 풍인(風人)이다. 서쪽으로 관문(關門)을 나가 내몽고를 경유하여 아유타에 이르러 그 백성을 교화하였다."

율곡은 처음 그 글을 읽었을 때 자신도 모르게 배를 잡고 웃었다.

노자의 이름이 '이이(李耳)'라니, 그것은 바로 자신의 이름이었다. 그런데 그 이름이 맑고 밝은 아침의 나라 조선의 아들을 뜻하는 말이란다. 그 풀이가 묘했다. 율곡이 그대로 풀어보았다. '이(李)는 목(木)의 자(子)' 즉 조선의 아들이라는 뜻이 되긴 했다.

그런데 왜 자꾸 웃음이 나오는지 모를 일이었다. 그런 식으로 맞추어나가다 보면 공자도 노장도 모두가 이 나라 사람이 되었다. 더욱이 국수주의 자들은 도교의 원류가 우리나라라고 떠들어대고 있었다. 도교가 우리의 신선도라는 증거는 그 속으로 조금만 깊이 들어가 보아도 알 수가 있다고 했다. 얼마든지 도교의 기본사상이 우리의 신선도와 동일하거나 유사하다는 사실을 알 수가 있다는 것이다.

그들의 말을 듣다 보면 하기야 진시황의 분서갱유가 왜 있었겠는가 싶기도 했다. 천하를 얻은 진시황이 동이족의 신임을 얻으려 하다가 안 되자 만리장성을 쌓기 시작했고, 동이족의 정신적 지주인 공자의 사상을 박해함으로써 일어난 사건임이 틀림없다고 역사서는 기록하고 있기 때문이다. 그렇다면 공자가 동이족이 아니라고 하더라도 그 당시에 우리와 내왕이 있었을지도 모른다는 추측은 가능하다.

설령 노자가 우리나라 사람이라고 해도 그렇다. 바로 오늘, 지금 이 자리에 우리는 서 있다. 그렇다면 엄연히 노자는 우리나라 사람이 아니다. 그런데 왜 우리는 남의 나라 잘되는 것은 하나같이 우리 것이거나 우리들에게 영향을 받았다고 하는지 모를 일이었다.

정말 노자는 우리나라 사람이기 때문에? 그래서 노자의 영향을 받은 공자의 저작이 이 나라에 묻혔다?

어쩐지 국수적인 불순한 의도가 내포되어 있는 것 같아 율곡은 그때마다 마음이 편치 않았던 것이 사실이었다.

그래서 공자의 뜻을 받든 이가 은밀히 경전을 이곳으로 가져와 숨겼다?

이건 세 살 먹은 아이가 들어도 웃을 소리였다.

2

담을 돌아 출입구로 나가자 사립문이 보였다. 그 옆에 유정문(幽貞門)이 라는 현판이 걸려 있었다.

"유정문?"

곽문이 중얼거렸다.

"이거 어디서 들어본 말인데요?"

곽문이 율곡을 돌아보며 말했다.

율곡이 글귀를 보다가, "주역 이괘(履卦)에서 본 글 같은데……" 하고 말했다.

"맞아요. 이도탄탄 유인정길(履道坦坦 幽人貞吉)이라……. 도를 실천하는 길이 탄탄하니, 숨은 선비가 마음을 곧고 바르게 가지면 길하리라, 그 말 같은데요?"

"그렇군. 그곳에서 딴 글귀를 더러 대문 앞에 써놓기도 하니까."

사립으로 들어서다가 사람 그림자가 느껴지지 않아 율곡이 목을 뺐다.

"계십니까?"

"이리 오너라" 하고 불러야 할 터인데 서당이라 그러지를 못하고 이렇게 부르고 보니 멋쩍은지 곽문이 픽 웃었다.

다시 불러보라고 율곡이 눈짓을 하는데 곽문이 산기슭을 바라보며 입을 벌리고 있었다.

율곡이 그가 보고 있는 곳을 향해 시선을 돌렸다. 얼마 멀지 않은 고갯마루였다. 길섶에 바위가 있었다. 산기슭에 나무 한 그루가 서 있었고 그 아래 바위가 있었다. 황토색 바위였다. 그 바위 위에 한 여인이 앉았고 처자 하나가 서서 웃고 있었다. 처자의 옷차림은 곱고 아름다웠다. 미색이었다.

아아, 참으로 아름답구나.

이런 생각을 하며 바위에 앉은 여인을 바라보다가 율곡은 깜짝 놀랐다. 얼굴이 흉측하게 일그러져 있었다. 한 쪽 눈과 콧등 주위가 온통 흉터였다.

두 사람은 도저히 어울려 보이지 않을 것 같았으나 무슨 말인가를 정답게 나누며 서당을 내려다보고는 하였다. 얼마 멀지 않은 거리인데도 그들은 전혀 이쪽을 의식치 못하고 있었다. 하기야 사립 곁에 서 있는 이름 모를 나무가 무성해 그 가지가 늘어져 율곡의 모습이 가렸으므로 보이지 않을 수도 있었다.

"모녀간 같군요."

곽문이 그들에게 눈을 붙박은 채 말했다.

"그렇게 보이는군. 예사 인물이 아니야. 그런데 저 어미는 딸에 비해 몰골이 말이 아니군그래."

"가만 저 여자?"

"왜?"

"단양 기방에 들렀을 때요. 그 늙은 기생 말입니다."

"그녀가 왜?"

"두향이라는 여자가 스스로 제 얼굴을 찍었다고 하지 않았습니까?"

"뭐?"

율곡의 눈이 바위에 앉은 여인의 얼굴에 붙박였다. 윤곽이 잘 포착되지는 않으나 그럴지도 모르겠다는 생각이 번개처럼 뇌리를 스쳤다. 그러나 입은 그 사실을 부정하고 있었다.

"설마?"

"맞는다면요?"

"맞아?"

"못 잊어서 이곳을 서성거리고 있는지도 모르잖아요."

"그래?"

"그렇지요."

"그럼 저 처자는?"

율곡의 물음에 곽문이 제풀에 놀라 율곡을 멍하니 돌아보았다.

"딸?"

율곡이 뇌까렸다.

"둘 사이에 딸이 있었다?"

"가봅시다."

말을 몰고 몸을 움직이자 바위에 앉았던 여인이 처자의 손을 잡으며 일어났다. 그들은 그곳을 벗어나 고갯길을 내려갔다.

"빨리요."

율곡이 머뭇대자 앞서 가던 곽문이 보챘다.

산기슭 고갯마루에 올라섰으나 좀 전에 고갯길로 내려간 그들의 모습이 보이지 않았다.

"어떻게 된 것이야? 보이지 않으니."

"그러게요. 하늘로 솟은 것도 아니고 땅으로 꺼진 것도 아니고."

길섶 이곳저곳을 살펴보았지만 그녀들의 모습은 여전히 보이지 않았다.

"분명히 헛것을 본 것은 아니지요?"

"그럴 리가 있나."

두 사람은 계속 이곳저곳을 기웃거리다가 서당 사립 앞으로 내려왔다.

율곡은 꼭 무엇에 홀린 것 같았다.

사립 앞에서 곽문이 또 목을 뽑으려다 문득 율곡에게 고개를 돌렸다.

"왜?"

율곡이 이상해 물었다.

"마을 입구에서 만난 그 미친 사내 말입니다."

"신병 들렸다는 사람?"

"그 사람이 그러지 않았습니까? 꽃 같은 여인네들에게 홀리겠다고."

"그래. 그랬지."

"허, 용하네."

율곡은 확인이나 하려는 듯 그녀가 보이던 고개로 시선을 던졌다. 그녀들이 있던 곳에 바람이 들었는지 나뭇잎이 몸을 흔들고 있었다.

율곡은 곽문에게 어서 주인장이나 불러보라고 했다.

"이리 오너라."

곽문이 두어 번을 불러서야 한 스님이 나왔다.

곽문이 멈칫했다.

유생이 거주하는 공간에 웬 스님일까 해서였다.

"어떻게 오셨습니까?"

낯이 선지 스님이 먼저 물었다.

"한양에서 퇴계 선생님을 찾아온 사람들입니다. 이곳이 도산서당 맞습니까?"

"그렇습니다만?"

율곡의 물음에 스님이 대답했다.

곽문이 잠시 뜨악한 표정을 지었다.

스님이 이내 눈치 채고는 웃으며 물었다.

"한양에서 어쩐 일로?"

"포청에서 일하는 사람들입니다. 사건이 발생해 퇴계 선생님께 뭘 좀 여쭐 것이 있어서요."

"그러시군요. 그런데 선생님은 출타하시고 계시지 않습니다."

문득 마을 입구에서 만난 신병 들린 사내의 말이 율곡의 머릿속을 다시 스쳤다.

율곡이 희한해하며 생각에 잠겼는데, "어디 멀리 가셨습니까?" 하고 속을 숨긴 곽문의 음성이 들려왔다.

"그렇습니다."

스님이 대답했다.

스님의 대답을 들으니 율곡은 참 난감했다. 이곳에 퇴계 선생이 있을 것이라 확신하지는 않았지만 막상 없다고 하자 맥이 탁 풀렸다.

"아무튼 드시지요. 한양에서 오시느라 힘드셨을 텐데……."

율곡과 곽문은 얼떨떨한 모습으로 스님 뒤를 따랐다.

완락재(玩樂齋)라는 현판이 보였다.

"오르시지요."

스님이 그렇게 말하고 신방돌에 신발을 벗고 마루로 올랐다. 뒤따라 두 사람이 마루로 오르자 중앙에 큰방이 보였다. 장판을 새로 간 것인지 콩기름 냄새가 코를 찔렀다. 방바닥이 반질반질했다. 벽지도 새로 간 지 얼마 되지 않은 것 같았다.

스님이 구석방으로 안내했다. 부엌에 딸린 방이었다. 중앙 방은 바닥에

콩기름을 먹여 손님을 받을 수 없어 스님 자신이 머무는 방으로 안내하는 것 같았다.

방안은 지극히 소박했다. 앉은뱅이책상과 낡은 책장 하나가 구석에 놓였을 뿐 장롱도 없고 그 흔한 묵화나 글씨도 없었다. 승복 몇 벌이 걸려 있는 것으로 보아 스님이 거주하는 공간이 분명했다.

그들에게 자리를 권한 스님이 서책이 놓인 앉은뱅이책상에서 요령을 들어 흔들었다.

누군가 건물을 돌아오는 발자국 소리가 났다. 이내 문이 열리고 비쩍 마른 유생이 모습을 나타내더니 정중히 허리를 굽혔다.

"찾으셨습니까?"

"차를 좀 내오너라."

"예, 스님."

유생이 사라지고 나자 스님이 합장하며 자신을 소개했다.

"정일(靜一)입니다."

정일?

율곡이 되뇌었다.

"이곳의 살림을 맡고 있지요."

율곡과 곽문의 눈길이 마주쳤다.

먼저 스님을 향해 입을 연 것은 곽문이었다.

"이곳이 도산서당 맞지요?"

스님이 물음의 의미를 알아채고는 희미하게 웃으며 고개를 주억거렸다.

"맞습니다."

"그런데 누구십니까?"

"누구냐고요? 조금 전에 제 법명을 말씀드리지 않았습니까? 중입니다."

"어떻게 스님이 우리를 맞느냐 그 말입니다."

"아, 서당에 스님이 웬일이냐는 말이지요?"

"그렇지 않습니까?"

스님이 고개를 주억거렸다.

"그럴 만한 사정이 있습니다."

"사정이요?"

"차차 말씀 드리지요."

스님이 말을 잘랐다.

잠시 후 차가 들어왔다.

율곡이 맛을 보니 둥굴레차였다. 율곡은 문득 어릴 적 생각이 났다. 율곡은 열이 많아 여름이면 땀을 많이 흘렸다. 어머니는 둥굴레가 좋다는 말을 듣고 산에서 둥굴레를 캐오곤 했다. 언제나 추석 턱 밑에 산에 올랐는데 산에서 나오는 약제는 채취해야 할 때가 있기 때문이다. 가을걷이가 끝나면 둥굴레 가지가 사라져버리기 때문에 꽃대가 있을 때 찾아야 했다. 캐온 둥굴레를 아버지는 음지에 말렸다. 꼭 누에가 살아 꿈틀거리는 것 같았다. 장복을 했더니 베개와 요를 적시던 땀이 거짓말처럼 사라졌다.

"차 맛이 좋군요."

율곡이 생각에 잠겨 차를 음미하다가 말했다.

방 안으로 들어온 햇살을 멀거니 보고 있던 곽문이 시선을 들어 처마 밑을 바라보았다. 해가 처마 끝에 걸려 눈부시게 빛나고 있었다. 새 한 마리가 허공을 날다가 그 햇살 속에 묻혀버렸다.

곽문이 눈이 부셔 고개를 숙이는데 스님이 조심스레 찻잔을 놓고는 시선을 들었다.

"좀 전에 한양 포청에서 나오셨다고 했는데 포청에서 어인 일로 여기까지?"

"아……, 네."

율곡이 무릎 위에 올라와 웃고 있는 햇살을 밀어버리듯 자세를 고쳐 앉으며 말을 받았다.

"한양에서 살인사건이 일어났습니다."

"살인사건? 그런데 선생님은 왜?"

"도교 쪽 사람이 알 수 없는 이유로 죽임을 당해서요."

"도교 쪽 사람이요?"

"그렇습니다. 그 시신 곁에 퇴계 선생님의 글이 떨어져 있어서 확인 중입니다."

말을 끝내면서 율곡이 스님의 안색을 살폈다. 잘생긴 얼굴이었다. 파르라니 깎은 머리에 눈이 맑고 깊었다. 콧대가 반듯하게 섰고 입술이 그린 듯했다. 가끔 스쳐지나가는 웃음기가 부드러웠다.

"글이라니요?"

스님이 되물었다.

매처럼 날카로운 곽문의 시선이 스님의 얼굴에 꽂혔다.

"어떤 글인지 모르겠으나 그럴 리가 있습니까?"

스님은 퇴계 선생을 전혀 의심하지 않는 눈치였다.

"그래서 직접 확인해보러 이렇게 왔습니다."

율곡이 말했다.

"이곳까지 오신 것을 보니 예사롭지가 않은데 선생님이 개입되었다는 증거라도 있습니까? 단지 글 때문인가요?"

"퇴계 선생님이 개입되었다는 확실한 증거는 없습니다. 그곳에 선생님의 글이 떨어져 있다는 것밖에는요."

"그 글을 좀 볼 수 있겠습니까?"

율곡은 잠시 망설였다. 스님이 어떤 사람인지 알 수 없거니와 선뜻 내어 주고 싶지가 않아서였다.

"그 글을 가져오지 못해서……."

율곡이 말끝을 얼버무렸다.

"그래요? 그 글이 선생님의 글이 확실한가요?"

"그렇습니다. 혹 도척이라는 분을 알고 있습니까?"

율곡이 물었다.

스님이 잠시 생각하다가 고개를 내저었다.

"처음 듣는 이름입니다."

"그럼 도교의 양생법을 아십니까?"

율곡의 물음에 스님의 미간이 움찔했다.

"양생법? 그, 그렇습니다만?"

"혹, 선생님이 도가 쪽에 관심을 보이신 적이 있는지 궁금한데요?"

스님이 멀거니 율곡을 쳐다보았다. 왜 그런 질문을 갑자기 하느냐는 표정이었다.

"그 글이 도가에 관련된 것이라 물어본 것입니다."

"그러니까 선생님이 도가 쪽 글을 쓰셨다?"

"맞습니다."

"그럴 리가요."

"그래서 확인이 필요합니다. 유림의 수장이 도교 쪽 글을 쓰다니……."

"그런데 그 글을 가진 사람이 누군가에게 살해당했다 그 말인가요?"

"그렇습니다."

"그 범인이 선생님이다 그 말씀인가요?"

율곡이 손을 내저었다.

"아, 아닙니다. 아직은……."

"아직 이라니요?"

"수사상 말하기가 좀 그렇습니다."

"아무튼 그래서 선생님을 의심하여 여기까지 오셨다 그 말씀이군요?"

"그렇습니다."

"궁금하군요, 그 글이. 하지만 아닙니다. 선생님이 도교 쪽 글을 쓰다니
요."

스님은 전혀 의심 없이 말했다. 그만큼 퇴계 선생을 믿고 있는 눈치였다.

"퇴계 선생님이 한양으로 가실 때 말입니다. 그때 함께 계셨습니까?"

잠시 침묵하던 율곡이 운을 뗐다.

스님이 잠시 생각하다가 입을 뗐다.

"선생님이 이곳을 나가실 땐 제가 없었습니다."

"그래요?"

"제 사승이 돌아가셔서 본찰에 들어가 있었습니다. 달포나 있다가 와보
니 한양에서 선비 하나가 내려온 뒤 선생님께서 한양으로 출타하셨다고
하더군요. 그러고 보니 선생님이 한양에 계신다는 소식을 듣지 못하셨군
요? 여기까지 내려오신 걸 보면."

"한양에서 선비 한 분이 내려왔다고요?"

곽문이 스님의 말을 듣고 있다가 물었다.

"누구인지는 모르겠습니다."

"그래요? 그럼 그 선비를 만났던 분을 볼 수 있을까요?"

곽문의 물음에 스님이 고개를 내저었다.

"선생님이 이상하다며 찾는다고 떠나고 없습니다."

"그러니까 그분도 퇴계 선생님을 찾아 한양으로 올라가셨다는 말씀입니까?"

"그렇습니다."

"그분이 누구십니까?"

"선생님의 제자 되시는 이덕홍 공입니다."

"이덕홍?"

곽문이 이덕홍이라는 이름을 되씹었다.

눈치를 챈 스님이 이내 말을 이었다.

"아직 벼슬길에 나가지 않은 분이십니다. 근 십 년 이곳에서 선생님을 모시고 있었지요."

"아, 그렇군요."

이번에는 율곡이 말을 받았다. 율곡은 잠시 생각하다가 물었다.

"다른 분은 계시지 않나요? 서당이 조용하군요."

스님이 고개를 저었다.

"지금은 휴학기간이라 서당이 비어 있습니다."

"퇴계 선생님이 한양 어디로 가셨는지 모르시겠습니까?"

"물론입니다. 저도 본사에서 돌아와 서당을 지키고 있던 학생으로부터 들었으니까요. 그 학생도 전라도로 어제 떠났습니다."

"혹시 조광조 선생님을 아십니까?"

곽문이 문득 물었다.

"조광조?"

스님이 되뇌다가 빙그레 웃었다.

"기묘사화 때 돌아가신?"

"예, 맞습니다."

"누가 그분을 모르겠습니까?"

"퇴계 선생님이 그분에 대해서 무슨 말씀이 없으시던가요?"

"조광조 선생님에 대해서요?"

"예."

"글쎄요……."

스님이 잠시 생각하는 표정이더니 이내 고개를 주억거렸다.

"언제인지는 모르겠지만 이런 말을 들은 것 같습니다. 때가 되면 그분에 대한 행장을 써야겠다고. 아니, 그러고 보니 이미 쓰신 거 같네요. 예순넷 되던 해던가?"

"그래요?"

이번에는 율곡이 되물었다.

"그런데 왜 그러십니까?"

스님이 물었다.

율곡은 잠시 망설이다가 결심을 굳혔다.

"이번에 선생님이 성균관에 드시어 하룻밤을 주무시고 새벽에 떠날 때 하신 말씀이 그분을 만나려 가신다고 하더랍니다. 조광조 선생 말입니다."

"네? 무슨 소립니까? 그분 돌아가신 지가 언젠데 그분을 만나러?"

스님은 어이가 없는지 말도 채 맺지 못했다.

"조광조 선생에 대한 소문을 모르십니까?"

율곡이 내친김이라 다잡듯 물었다.

"소문? 무슨 소문요?"

"요즘 들어 기묘사화 때 돌아가신 조광조 선생의 혼백을 보았다는 사람이 나오고 또 직접 그분을 보았다는 소문이 돌아서 말입니다."

"예? 조광조 선생을요?"

"예, 조광조 선생이 포은 선생님으로부터 전해진 리학경을 안고 경을 외우고 있는 모습을 본 사람들이 있어서요. 게다가 퇴계 선생님이 성균관에 드셔서, 그 때문에 한양에 올라왔노라고……."

"선생님이요?"

"예, 조광조 선생을 만나기 위해 올라오셨다고 하더랍니다. 그리고 새벽같이 나가셨다고 해요."

"그럴 리가요."

스님이 고개를 홰홰 내저었다. 지금 무슨 말을 하고 있느냐는 표정이 역력했다.

"그래서 우리들도 혹 선생님이 조광조 선생님을 만나기 위해 가시면서 무슨 말이라도 남기셨을까 하고 이렇게 온 것입니다."

"그러나저러나 새벽에 나갔다면 어디로 가신 것인지?"

스님이 고개를 갸웃했다.

그 모습을 보며 율곡은 지그시 어금니를 물었다. 왜 자꾸 죽었다는 조광조가 입에 매달리는지 모를 일이었다. 헛된 소문이라고 생각하면서도 혹시 살아 있다면, 하는 생각이 거머리처럼 머리 한쪽에 달라붙어 있었다.

갑자기 침묵이 감돌았다.

율곡은 문득 좀 전에 사립 앞에서 본 여인들의 모습이 생각났다.

"좀 전에 보니 요 고갯길에 모녀가 보이더군요."

"모녀?"

스님이 되뇌었다. 그 음을 절단하듯 새 한 마리가 까우욱 울며 지나갔다.

"예, 모녀간 같아 보였습니다. 어미로 보이는 여자는 얼굴에 흉터 자국이 크게 있더군요. 딸로 보이는 처자는 아주 미색이었습니다."

스님이 알겠다는 표정을 지으며 고개를 끄덕였다.

"어쩌다 한 번씩 이 주위를 맴도는 사람들입니다."

"맴도는? 혹시 단양에서?"

곽문이 성질 급하게 물었다.

스님이 어떻게 아느냐는 듯이 눈을 크게 떴다.

"두향이라든가 문향이라든가 하는?"

곽문이 다시 묻자 스님이 고개를 주억거렸다.

"알고 계시는군요."

"모녀간이 맞습니까?"

율곡이 물었다.

"그건 저도 모르겠습니다. 이상한 것은 문향이라고 하는 그 여자입니다. 선생님이 계시지 않을 때 한 번씩 나타나 주위를 맴돌다 가곤 합니다. 얼마 전부터 처자를 데리고 나타났어요. 처자는 때로 선생님의 본가에 들리는 눈치던데, 어느 날 그녀를 부르는 소리를 들었습니다. 처자 이름이 금보라고 했는데 선생님은 그들에 대해 말씀이 없었습니다. 제가 먼저 물어보기도 그렇고요."

"방금 처자의 이름이 금보라고 했나요?"

모녀간이 맞는다고 생각한 곽문이 율곡을 건너다보다가 스님에게 물었다.

"그렇습니다."

곽문이 그럼 딸이 맞는다는 눈빛을 율곡에게 보냈다.

율곡 역시 고개를 주억거렸다.

그렇구나. 그들 사이에 애까지 있었구나.

율곡은 답답했다. 밖으로 나서면 곧 그녀들이 나타날 것만 같았다.

"서당을 좀 둘러봐도 되겠습니까?"

율곡이 일어서면서 스님에게 물었다.

"그러시지요."

밖으로 나서자 바람이 옷자락을 흔들었다.

율곡은 깊게 숨을 한 번 내쉬었다. 살 것 같았다.

서당 주위를 둘러보았다. 곧 보일 것 같던 그녀들의 모습은 보이지 않았다. 방금 나온 방에서 곽문의 말소리가 들려왔으나 확실하지 않았다.

막 걸음을 떼놓으려는데 곽문이 따라 나왔다.

"왜?"

율곡이 곽문더러 물었다.

"저도 서당이나 한번 둘러보려고요."

"그러자."

곽문도 그녀들을 찾는 것 같았다. 이리저리 둘러보아도 보이지 않자, "돌아간 걸까요?" 하고 곽문이 물었다.

"그렇겠지."

"그녀가 단양 기생이라는 건 밝혀졌군요."

"정말 그들 사이에서 난 딸일까?"

"글쎄요. 그래서 헤어졌다?"

"모르겠다. 서당이나 둘러보자고."

서당은 세 칸三間堂이었다. 부엌 한 칸, 완락재라는 현판이 붙은 중앙의 방 한 칸, 동쪽의 대청 한 칸에 암서헌(巖棲軒)이라는 현판이 보였다. 그리고 서쪽에 부엌방 한 칸이 있었다.

완락재란 글자가 시선에 들어오는 순간 율곡은 주희의 명당실기(名堂實記)가 문득 생각났다. 그곳에 "완상하여 즐기니, 이곳에서 족히 평생 지내도 싫지 않겠다(樂而玩之 足而終吾身而不厭)"는 말에서 취한 것 같았다.

반면에 암서헌은 주자의 운곡시(雲谷詩)에서 따온 것 같았다. 그 시에 보면 이런 대목이 있다.

학문에 대한 자신을 오래도록 가지지 못하였다가,
이제 바위에 깃들어 조그만 효험이라도 바란다

自身久未能 巖棲翼徵效

"역시 퇴계 선생님답네요. 주자절요를 간행한 분이시니……."

곽문도 그걸 느꼈는지 곁에 서서 중얼거렸다.

주자는 중국 남송 사람이다. 그는 유교에 철학적 세계관을 부여하면서 유교를 심성 수양의 도리로 확립하여 새로운 학풍을 제시했다.

마당 동쪽 끝에 작은 연못이 있었다. 정우당이라는 푯말이 연못가에 박혀 있었다. 정우당 동쪽 산기슭에는 샘이 있고, 몽천이라는 푯말이 있었다. 그 곁에 화단을 내놓았는데 매화와 대, 소나무, 국화 등을 심어두었다. 꽃나무 아래에 절우사란 푯말이 보였다. 자연 그대로를 하나의 공간으로 받아들인 듯 조화롭고 아름다웠다.

"이상한 것이 한두 가지가 아니네요."

곽문이 그렇지 않느냐는 표정을 지으며 말했다.

"그 여자들도 그렇지만 스님 말입니다. 차차 알게 될 것이라고 하지만 스님이 서당 살림을 꾸리고 있다니 이게 말이 됩니까? 이런 우리의 심중을 알면서도 스님은 그에 대해서는 입을 열 것 같지 않으니……."

율곡은 아무 대꾸도 하지 않았다.

"이해할 수 없어요. 어떻게 해서 스님에게 서당을 맡길 수 있는지……."

여전히 율곡이 아무 대꾸도 없자 곽문이 다시 입을 열었다.

"고갯마루로 가볼까요? 그녀들이 있을지도 모르잖아요."

"가보아도 없을 것이야. 그냥 서당이나 둘러보자고."

율곡은 말은 그렇게 하면서도 고갯마루 쪽으로 시선을 돌렸는데, 여전히 그녀들의 모습은 보이지 않았다.

3

좀 전까지만 해도 소나기가 쏟아졌는데 햇살이 검은 구름장을 헤치고 얼굴을 내밀었다. 사나운 빗소리가 사라져버린 주위는 섬뜩할 정도로 깊은 정적 속에 묻혀들었다. 무한한 공간 속에 투명한 빛만이 신선하게 뒤덮여 있는 느낌이었다. 눈이 머무는, 검게 그을린 빛으로 잔뜩 뒤덮였던 숲속도 비로 인해 생기를 찾았는지 맑고 투명한 빛으로 되살아났다. 모든 것이 너무나도 뚜렷이 떠올라 있어 마치 한 폭의 미세화를 보는 것 같은 인상을 주었다.

서당의 좌향을 정남으로 한 까닭은 예를 행하는 데 편하게 하기 위해서인 것 같았다. 재(齋)를 서쪽에 두고 헌(軒)을 동쪽에 둔 것만 봐도 그 뜻을 알 수 있었다. 나무와 꽃을 심은 뜰을 마주하며 그윽한 운치를 숭상하기 위함이었을 것이다.

율곡과 곽문은 도산서당 왼쪽에 있는 농운정사와 역락서재(亦樂書齋)를 둘러보다가, 방금 나온 서당 관리인의 거주지에서 하고직사(下庫直舍)라는 간판을 보았다.

둘이 멍하니 먼 산을 바라보고 섰는데 누군가 곁으로 다가왔다. 율곡이 돌아보니 스님이었다.

"아름답지요?"

그는 먼 산에 눈을 붙박으며 율곡에게 물었다.

"그렇군요."

엉겁결에 율곡이 되물었다.

"저 산의 이름을 아십니까?"

"청량산입니다."

"아, 예."

율곡이 보니 산이 높지는 않아도 골이 깊어 보였다. 숲이 울창하고 그 생김새가 천하지 않아 귀골이었다. 숲 어디 벼랑 아래로 떨어지는 폭포 소리라도 들릴 것처럼 푸른 하늘과의 조화가 한 폭의 그림 같았다.

"아름답군요."

율곡이 말했다. 눈길이 그녀들이 있던 언덕길로 갔다. 여전히 바위 위에는 아무도 없었다. 나무그늘만이 드리운 채였다.

"아침 안개가 물러가고 서리가 덮으면 실감이 나지요. 왜 저 산을 청량산이라고 하는지."

"선생님이 현재 거주하시는 곳은 어디입니까?"

율곡이 물었다.

"이곳이지 어디겠습니까?"

"그럼 가솔들은?"

"아하, 손자분이 거처하는 한서암을 말하시는군요. 부자분거(父子分居)의 예를 좇아 동가(東家)를 지으셨는데 그곳이 바로 한서암입니다."

"손자분을 만날 수 있을까요?"

스님이 머리를 내저었다.

"그렇지 않아도 선생님이 돌아오지 않자 한양으로 올라가셨습니다."

"내자가 있을 것 아닙니까?"

"찾아가지 않는 것이 좋을 것입니다. 주위에 친척들이 있고 아들 내외도 있다고 하나 아마 한양 포청에서 내려왔다고 하면 걱정이 앞설 것입니다."

스님은 그렇게 말하고 잠시 청량산을 바라보고 있다가 몸을 돌렸다. 그가 건물 모퉁이로 사라져버리고 나자 곽문이 나섰다.

"그렇다고 안 만나볼 수도 없는 거 아닙니까?"

"글쎄."

율곡이 머뭇거리자 곽문이 다가들었다. 그의 음성은 나직했지만 고집스러움이 느껴졌다.

"생각할 게 뭐 있습니까? 이곳까지 와서, 예상 못한 일도 아니고."

"그렇기는 한데……."

그래도 율곡이 망설이자 곽문이 다시 나섰다.

"한양에서 왔다고 하지 않으면 될 것이 아니겠습니까?"

"그래도 어째 우르르 몰려가기도 그렇고……."

"제가 살짝 동네를 돌아다니며 둘러보고 오겠습니다. 친척들도 만나보고요. 아들과 손자들도 있다고 하니까……. 그녀들도 찾아보고……."

"그게 좋겠군. 스님의 눈치고 있고……."

"그럼 다녀오겠습니다."

곽문이 대답하고는 스님이 사라진 쪽을 흘끔거리며 사립을 빠져나갔다.

어디선가 까악까악 하고 까마귀 우는 소리가 들려왔다. 매미 소리가 잠시 그쳤다가 이어졌다.

잠시 후 스님이 건물을 돌아 나왔다.

"안으로 드시지요. 한양에서 오시느라 시장하실 텐데, 상을 좀 보았습니다."

"그러지 않으셔도 되는데……."

"그런데 한 분은?"

스님이 주위를 살피다가 율곡에게 물었다.

율곡은 "이곳으로 오느라 며칠 씻지 못했다며 개울에 갔습니다" 하고 답했다.

"그럼 안으로 드셔서 먼저 드시지요."

"고맙습니다."

율곡이 깍듯이 인사를 차리자 스님이 인자한 미소를 지었다.

율곡이 방으로 들어서자 개다리소반에 새까만 꽁보리밥 두 그릇과 냉수 두 사발, 김치와 간장 한 종지가 달랑 얹힌 밥상이 보였다.

"이곳 살림이 원체 궁핍해 죄송합니다. 휴학기라 유생들도 고향으로 돌아가고 없어 되는 대로 차렸으니 이해하십시오."

"무슨 말씀을요……."

율곡은 너스레를 떨며 상 앞으로 다가들었다.

시장하던 참이라 밥이 꿀맛이었다. 수륙진미(水陸珍味)라 했던가? 세상의 온갖 맛있는 음식이 이에 비할까 싶었다. 정신없이 밥을 입으로 가져가는데 스님이 물을 가지러 가는 바람에 닫히려는 문을 활짝 더 열었다.

율곡은 혹여 스님이 곽문이 퇴계 선생의 가솔들을 찾아간 것을 알겠지 싶었다. 그리고 자신이 모시던 선생이 지금 누군가에 의해 바람 앞의 등불처럼 흔들리고 있다는 것을 알고 있을까 싶었다.

밥을 떠 김치 한 조각을 걸쳐 입속에 넣으니 혀가 저절로 음식을 감고 돌았다. 지난 해 담은 김장김치인 것 같은데, 신맛이 없고 아삭아삭한 것이 맛이 들 대로 들었다. 어떻게 관리하기에 아직도 김치가 이렇게 살아 있는지 모를 일이었다. 지금은 작년 김장김치가 올라올 시기가 아니었다. 그 솜씨 좋다는 율곡의 장모님이 담가준 김장김치도 겨울이 다 가기 전에 쉬어 빠져 봄이 되기가 무섭게 봄동초 겉절이로 바뀌어 올라온다. 그런데 이곳은 아직도 김장김치로 때를 챙기고 있다니, 스님의 살림 솜씨가 보통이 아닌 모양이었다.

파리 한 마리가 날아와 밥상 주위를 맴돌았다. 율곡은 은근히 신경이 쓰여 파리가 달려들려고 하면 손을 휘저으며 수저를 놀렸다.

"생각나네요. 제가 퇴계 선생님을 처음 만났던 때가. 수곡암 용수사에 있을 때였지요. 제가 오던 해에 이 서당 기와를 올렸는데 법련 스님은 기와가 채 다 올라가는 것을 보지 못하고 돌아가셨지요. 그때 공사 책임자가 이문량이라는 분이었습니다. 제가 그분을 도와 공사를 마저 마쳤지요. 선생님이 한양에서 설계해 보내주신 설계도 옥사도자(屋舍圖子) 대로 작게 단칸으로 지었지요. 그런데 이해하지 못할 것은 선생님의 마음이었어요."

율곡은 스님의 말을 들으며 밥을 먹었다.

"서당은 유가의 공간인데 조직이나 운영을 모두 불교의 선종을 모방하고 있었으니까 말입니다."

"선종?"

율곡은 고개를 들며 짧게 되뇌었다.

"그렇습니다. 운영도 그렇고 강학도 그렇고……. 운영을 저 같은 중에게 맡겼고, 서당에서 덕망 높은 선비를 초빙하기도 하여 그들을 산장(山丈) 또는 방장(方丈)이라고 불렀지요. 선생님이 왜 서당을 저 같은 중에게 맡겼는지는 그분만이 알 일이지만……."

그렇게 말하고 스님은 햇살이 쏟아지는 밖을 내다보았다. 매미 소리가 극성스럽게 들려왔다.

4

상 주위를 맴돌던 파리 한 마리가 더는 못 참겠는지 기어이 밥사발로 내려앉았다.

율곡은 손을 들어 파리를 쫓았다.

말을 끝맺고 잠시 침묵하고 있던 스님이 앞에 놓인 부채를 들어 부치기 시작했다. 율곡은 이 공간 속을 거닐던 노경에 접어든 노학자의 욕심 없는 모습이 눈앞에 그려졌다. 벼슬을 마다한 퇴계 선생의 모습을 그려보고 있는데 문득 스님의 음성이 들려왔다.

"지금도 가끔 계상서당이 생각나고는 합니다. 명당은 그곳이 명당이었다는 생각이 들거든요. 류성룡 선생을 아실런지 모르겠지만, 류성룡 선생이 찾아온 곳도 그곳이고 과거에 아홉 번 장원급제했다는 율곡 이이 같은 이도 그때 찾아왔었으니 말입니다."

"율곡 이이?"

젓가락으로 김치를 집다 말고 율곡이 문득 되물었다.

"그분을 아십니까?"

스님이 물었다.

율곡은 순간 밥을 입에 문 채 잠시 망설였다. 그냥 관직이나 밝히고 궁에서 나왔다고 했으니 자신이 율곡이라는 것을 스님이 알 리 없었다. 그렇다고 이제야 내가 이율곡이요, 하고 나설 수도 없었다.

"예, 이름 정도……."

딴전이나 피우듯 달려드는 파리를 쫓으며 율곡이 대답했다.

"물론 저도 그분을 직접 보지는 못했습니다. 과거를 아홉 번이나 봐 모두 합격했다고 하더군요."

율곡은 무슨 말이라도 해야 할 것 같아서, "그가 정말 이곳에 왔었다는 말입니까?" 하고 물었다.

스님이 고개를 끄덕였다.

"제가 잠시 본사로 올라가 있을 때입니다. 본사에서 돌아오니까 사흘 머물다가 돌아가셨다고 하더군요."

그래서 면이 없는가 하고 율곡은 생각하다가, "참, 퇴계 선생님이 대단하기는 한 모양입니다. 그 유명한 사람이 다 찾아오고" 하고 말하였다.

"그러게 말입니다. 보자, 그러니까 그게 계당서당을 열고 칠 년쯤 지났을 때이니까 퇴계 선생님의 나이 육순을 바라볼 때였을 겁니다. 맞습니다. 그쯤 될 겝니다. 지금도 기억이 나는데, 사흘이나 눈비가 번갈아 왔었습니다. 하루는 그 눈비 속을 뚫고 유생 하나가 찾아들었다고 해요."

"그 선비가 바로 이율곡이었구먼요?"

율곡은 역시 시침을 떼고 물었다.

"그랬던 모양입니다. 두 사람은 만나자 마자 자신들의 주장을 피력하며 논쟁을 했다고 합니다."

"논쟁?"

율곡이 되뇌었다.

"그들의 논쟁이야 뻔하지요. 리와 기가 하나냐 둘이냐, 그걸 두고 싸웠겠지요. 그리고 보면 그때 두 사람은 유교가 생긴 이래 가장 오랫동안 해결하지 못했던 숙제를 풀려고 했던 것인지도 모르지요."

"그 사람 참 당돌하군요."

율곡은 그렇게 말하고 밥을 씹으며 흘끗 문 쪽으로 시선을 들었다. 곽문이 돌아오기 전에 식사를 끝내버린다면 상을 치워버릴 것 같다는 생각이 갑자기 들었기 때문이었다. 그 와중에도 그런 생각이 드는 것이 신기할 정도였다. 그리고 자신의 생각을 들키지 않게 스님에게 어떤 반응이라도 보여야 한다고 생각했다.

그런데 스님이 먼저 입을 열었다.

"놀라운 건 그것이 아니었다고 하더군요."

"네?"

"선생님과 사흘 동안 논쟁을 벌인 젊은 유생이 마지막으로 한 말이 있답니다."

율곡은 무의식중에 물 사발을 들어 호르륵 물을 마셨다.

"젊은 유생 이율곡이 돌아가면서 '기발리승일도(氣發理乘一途)'라는 한마디를 남기고 갔답니다."

"리발기승일도? 그게 뭔데요?"

율곡이 능청스럽게 되묻는데 스님이 고개를 내저었다.

"저는 모르지요. 무슨 말인지."

율곡은 다시 흘끗 문 쪽으로 시선을 돌렸다.

"무슨 말인지 아시겠습니까?"

스님이 되물었다.

"아, 아니, 저도 모르겠습니다."

스님은 율곡을 바라보며 잠시 아무 말이 없었다.

"잘 먹었습니다."

율곡이 속마음을 들킨 것 같아 얼른 상을 물리며 말했다.

스님은 율곡이 상을 물리는데도 상관하지 않았다.

"하긴. 그 젊은 유생은 그렇게 무서운 말을 남기고 떠나갔는데 선생님은 그 후 그에 관해 말 한마디가 없었습니다."

율곡은 물을 조금 더 마셨다.

왜 이렇게 물이 켜는 것일까?

느닷없이 기아에 대한 본능적인 복수는 폭식이라던 말이 떠올랐다. 복수는 시원하게 했지만 물이 켠다는 사실은 잊고 있었다. 우걱우걱 음식물을 입으로 떠 넣기 바빴으니 짜기도 했으리라.

스님이 말을 이었다.

"언젠가 선생님으로부터 노자의 사상에 감복한 공자가 이상한 저작을 남겼다는 말들이 나돌고 있다는 말을 들은 적이 있습니다."

말을 마치고 스님이 슬쩍 율곡의 눈치를 보았다. 아마 그래서 퇴계 선생님을 찾아 이곳까지 온 것이 아니냐는 눈빛이었다.

"잠깐만요."

율곡은 고개를 갸웃하다가 불쑥 말을 막았다. 퇴계가 그 경을 알고 있다는 생각이 들었던 것이다.

"방금 뭐라고 하셨지요?"

"선생님이 아무래도 이상해 여기까지 오셨다고 하지 않으셨습니까?"

"그렇기는 합니다만……."

스님이 율곡의 심중을 눈치 채고 고개를 주억거렸다.

"지금 듣고 싶어 하는 바를 대답하고 있는 겁니다."

순간 율곡은 이 스님이 머리도 영리하지만 대단히 눈치가 빠르고 음흉한 사람일지 모른다는 생각이 들었다.

"그러니까 유림의 태두인 공자께서 노자의 사상에 심취해 리학경을 쓰셨고 그것을 어디에다 남겨두셨다는 것을 알고 계셨다 그 말입니까?"

스님이 고개를 끄덕였다.

"그럼 퇴계 선생님께서?"

"그분에게서 들었습니다."

"그래요?"

"하지만 숨겨진 리학경이 공자가 저작한 것이라는 말씀은 없으셨습니다. 흘러 다니는 말을 들었을 뿐……. 오래 전부터 유림의 태두인 공자께서 어떤 저작을 남기셨고, 선생님이 대사성으로 계실 때 그걸 아시고 그 경전을 찾으려 한다는 말이 있기는 했지만요."

"그랬군요."

"아니 땐 굴뚝에 연기 날 리가 없겠지요. 맞습니다. 문제는 왜 선생님이 몸을 감추고 계신 것인지 모르겠지만 제 생각에는……."

그가 무슨 말을 계속하려다가 입을 다물었다.

율곡의 시선이 그의 얼굴에 붙박였다.

그걸 의식했는지 그가 다시 입을 열었다.

"그 서책을 찾아 나선 것은 아니라는 생각이 드는군요."

"예?"

"선생님은 그런 분이 아닙니다. 조광조 선생은 왕명에 의해 사사된 인물이 아닙니까? 설령 그분이 살아 있다고 하더라도 은밀히 만날 분이지 터놓고 그런 농을 할 분이 아니란 말입니다. 지금껏 그분을 모시고 있었지만 헛소리 한 번 하시는 걸 본 적이 없습니다. 그런데 조광조……. 아닙니다. 헛소문에 휘둘리어 경거망동할 분이 아니십니다."

율곡이 생각해보니 그도 그렇겠다 싶었다. 설령 조광조가 살아 있다고 하여 만나러 간다고 하더라도 경거망동할 분은 분명 아니었다. 더욱이 조광조 선생은 선왕이 사사한 인물이다. 한 나라의 원로가 소문을 잠재우지 못할망정 오히려 앞장서고 있다?

그런데 왜 그런 말을 하고 성균관에서 나왔는지 모를 일이었다. 퇴계 선생을 제거하려는 자들의 음해인가? 그러나 그날 퇴계 선생을 마중한

이는 성균관의 말단에 지나지 않는다. 그도 아니라면 도척을 죽이고 그 글 뭉치를 상감께 올린 자에 의해 화유된 자인가? 그 사람은 이미 만나보았다. 그럼 마지막으로 퇴계 선생을 전송하고 진주로 몸을 숨겨버린 자?

율곡은 한양으로 올라가는 즉시 그자를 알아봐야겠다고 생각했다.

잠시 침묵이 흘렀다. 스님은 말이 없었다. 무엇인가를 생각하는 표정이었다. 하기야 생각하기조차 골치 아픈 문제일 것이다. 어떤 말을 해 선생님에 대한 의심을 풀어줄까 생각하는지도 모를 일이다.

율곡은 다시 소나기라도 한줄기 쏟아지면 시원할 것 같다는 생각을 했다. 사립 쪽으로 시선을 던졌지만 곽문은 올 기미가 없었다.

왜 오지 않는 거야? 주막에 앉아 너스레나 떨며 막걸리나 마시고 있는 거 아니야? 아니, 그녀들을 만났을지도 모르지. 그렇지 않고서야 이렇게 늦을 리가?

바람이 방안을 한 바퀴 휘돌고 잠잠해지자 매미소리가 다시 극성스러워졌다.

율곡은 팔짱을 꼈다. 답답했다. 그래서 더 덥게 느껴졌다. 이 모든 것을 떨쳐버리고 개울가에 나가 옷을 벗어부치고 멱이라도 감았으면 싶었다.

으이구, 망할 놈의 더위. 왜 이렇게 덥담.

기분 때문인지 율곡은 스님의 좁은 미간이 더 답답하게 느껴졌다. 스님은 목주름이 유난히 돋보였다. 그러고 보니 나이보다 주름이 참 많은 사람이었다. 그 주름마다 그만의 엄청난 역사가 숨어 있을 것 같다는 생각을 하는데, 스님이 일어나더니 상을 들고 나갔다.

곽문은 그때까지도 나타날 생각을 않고 있었다.

방으로 돌아온 스님은 여전히 말이 없었다. 이제 무슨 말을 더 물어도 대답할 것 같지 않았다. 율곡은 돌아앉은 채 서책을 만지작거리는 스님을 보고 있자 갑자기 조바심이 났다.

말년에 이르러 불교에 심취해 스님들에게 서당을 맡겼다는 노 유학자. 불교를 부정한 것이 아니라 단지 수행방법을 탓했다는 사람. 그렇다면 노자의 영향을 받은 공자의 입장이 더 마음에 와 닿았던 것은 아닐까? 그래서 그 경을 찾기 위해 모습을 감춘 것은 아닐까?

율곡은 스님을 향해 무엇이든 물어야 할 것 같은데 마땅한 질문이 생각나지 않았다. 그러다 슬슬 장난기가 발동했다. 율곡은 율곡에 대해 물어보기로 했다.

"그 이율곡이라는 사람 말입니다."

스님이 책 읽던 것을 멈추고 돌아앉으며 율곡을 향해 시선을 들었다.

"그렇게 떠난 후 소식이 없었나요?"

스님이 대답 대신 고개를 숙였다.

"참 황당했겠습니다?"

스님은 아무 말 없이 율곡을 보았다.

"이율곡이라는 그 사람, 젊은 사람이 정말 싸가지가 없는 것 같네요."

율곡은 말을 해놓고 아차 했다. 무슨 말이라도 해야 한다고 생각했지만 생각지도 않게 왜 그런 말이 불쑥 나와버렸는지 모를 일이었다.

스님은 그런 말을 할 줄 알았다는 듯 시선을 들며 입을 열었다.

"아닙니다."

스님이 단호하게 말하자 오히려 당황한 것은 율곡이었다.

"사람 마음이란 것이 이상하더군요. 강릉인가 한양으로 올라간 지 한참이 지나 스승님이 보시는 서책 속에서 서찰이 하나가 뒤늦게 발견되었어요. 이율곡 그 사람이 써놓고 간 것이지요."

"서찰?"

"큰 그릇들은 다르다는 생각이 들더군요. 지금도 생생합니다. 그 서찰을 읽고 환하게 웃으시던 선생님의 모습이. 그 후로 율곡 그 사람의 재주를 높이 평가하더군요. 비록 주장은 다르지만 유학에 큰 기둥이 되리라고 말입니다. 그뿐만이 아닙니다. 선생님은 율곡에게 시 같은 답장을 쓰셨습니다."

율곡은 눈을 감았다. 기억이 났다. 오죽교 난간에 기대어 퇴계의 답장을 읽었다.

매미 소리가 성가실 정도로 주위의 고요를 깼다. 한낮의 햇살이 소낙비처럼 쏟아졌다.

곽문이 돌아온 것은 그로부터 한참이 지나서였다. 개울가에 간다더니 말끔해지기는커녕 오히려 더 형편없는 모습이었는데 스님은 표정 없이 그의 밥을 차려주었다.

스님의 전송을 받으며 서당을 나선 것은 오후의 잔양이 얼마 남지 않았을 때였다. 스님이 자고 내일 떠나라고 했으나 율곡과 곽문은 그길로 한양으로 말을 몰았다.

곽문의 말에 의하면 퇴계 선생의 가솔들은 자신의 예상과는 달리 비참하게 살고 있더라고 했다. 벼슬 생활을 오래 했으므로 설마 했는데 살림살이가 구차할 정도였다는 것이다. 곽문이 마을을 돌아다니며 기웃거려보자 도저히 납득이 되지 않더라고 했다. 퇴계 선생의 가솔들은 누에를 쳐 생계를 잇고 있어서 한양에서 높은 벼슬살이 하던 이의 살림이 아니었다고 했다. 퇴계 선생의 아들이 살고 있는 집과 퇴계가 거처하는 곳을 둘러보았는데 하나같이 당우는 내려앉았고 지붕과 서까래는 썩어가고 있었다고 했다. 퇴계의 방에는 멍석이 깔려 있었고, 그의 피붙이 집들도 나을 것은 없었다고 했다.

그 말을 들으며 율곡은 입술을 씹었다. 차라리 곽문을 보내지 않는 게 나았을지도 모르겠다는 생각을 하면서.

마을을 벗어나면서 곽문이 자꾸만 주위를 둘러보았었다. "왜?" 하고 율곡이 물었더니 곽문이 피식 웃었다.

"그 신병 들린 미친 사람에게 한번 물어보고 싶네요. 도대체 퇴계 선생이 어땠느냐고? 아니, 그 범인 말입니다. 도척이라는 인물을 정말 퇴계 선생님이 죽였는지……."

"말도 안 되는 소리."

"누가 모르나요? 답답해서 그렇지. 최소한 그놈이 친자인지 아닌지라도 물어보고 싶네요. 그럼 확 풀릴 것 같은데."

"하긴……."

그렇게 대답하고 말았지만 사실 율곡의 시선도 주위를 더듬고 있었다.

추로지향

1

문이 열렸다. 사람들이 들어서고 있었다. 어느새 이국필이 한양에 있는 제자들에게 연락을 한 모양이었다. 한양에서 내로라하는 문인들이 줄줄이 들어섰다.

"스승님, 여기 어쩐 일이세요?"

하나같이 그렇게 물었다. 제자들을 가르치다 보니 자연히 학맥 아닌 학맥이 만들어지고 있었다. 도산서당에서 10년 남짓 강학하자 그 숫자가 만만치 않았다.

권대기, 김수정, 김시원, 이국필 같은 이들은 계상서당 출신들이다. 하지만 어느 사이에 도산서당 출신들이 주류를 이루고 있었다. 그들 중에서도 두드러지게 나타난 이가 김성일과 류성룡, 정구였다. 그들이 계열을 만들어감에 따라 미묘한 경쟁적 관계를 유지하고 있었다. 류성룡보다 김성일이 네 살 연상이다. 그런데 출사는 류성룡이 3년 빨랐다. 벼슬도 류성룡이

높았다. 그런데 퇴계 문하 입문은 김성일이 6년이나 앞선다. 그러니 김성일이 사형 대접을 제대로 받으려고 할 수밖에 없다.

거기에다 요즘에는 율곡이 날치니까 율곡 역시 퇴계의 제자라고 하는 이들이 생겼다. 오히려 류성룡이나 김성일, 정구보다 율곡이 퇴계의 철학을 부분적으로 수용하여 계승하고 있다는 말이 나올 정도다.

그들은 그 근거까지 제시하였다.

첫째, 이치를 중심으로 하여 선생님의 마음에 대한 논의를 파악하려는 측면이 그렇고, 둘째, 이치와 기질을 함께 하여 파악하려는 측면이 그렇고, 셋째, 기질을 중심으로 파악하는 측면이 그렇다고 하였다. 특히 이 세 가지 중 마지막 요소가 선생님의 철학을 그대로 이어받고 있다는 것이다.

그 말을 들으면서 퇴계는 침묵해버리고 말았다. 수양이나 학문은 어느 길로 가나 그 귀착점은 하나다. 철학도 그렇고 종교도 그렇다. 어떤 이는 둘러가고 어떤 이는 다른 길로 돌아가고 어떤 이는 바로 간다. 그래도 결국 다다르는 곳은 같다.

그렇다면 학문이나 수양은 서로 밀접한 관계에 있고, 그 사회적 태도와 입장이 서로 상호보완적 관계에 놓여 있다는 말이다. 그러므로 누가 누구의 영향을 받았다거나 계승한다는 말은 넓게 보면 어불성설인 것이다. 그것도 다 네 것, 내 것이라는 계파를 따져 고치집을 만들려는 수작이다.

"어서 오시게."

"그냥 누워 계십시오."

들어서려던 사람들이 일어나려는 퇴계를 말렸다.

"아닐세."

"그냥 누워 계세요."

"괜찮네."

퇴계가 일어나 앉으려 하자 안도가 곁에서 도왔다.

"고맙구나."

퇴계는 안도에게 웃어주고는 그들과 맞절을 했다.

안도가 그들에게 인사를 올리자 벌써 이렇게 컸느냐며 하나같이 대견하다는 표정이었다.

퇴계가 그들과 마주하고 앉자 그들의 얼굴에 근심과 슬픔이 어렸다. 그토록 나라를 위해서 수고해온 분인데 그 공덕에 대한 보상도 없이 이렇게 병이 들다니, 하고 생각하는 모양이었다.

그 사이 이국필이 아랫사람들과 함께 차를 준비해 가지고 들어왔다. 안도가 이국필을 도와 일일이 차를 따르고 나자 퇴계의 음성이 이어졌다.

"고맙네. 이렇게 찾아줘서. 다들 공부 열심히 하지?"

"그렇습니다. 스승님."

제자들이 하나같이 대답했다.

"이렇게 몸이 안 좋으시니 어찌하면 좋습니까?"

앞에 앉은 이가 걱정스러운 얼굴로 물었다.

"걱정 마시게. 이곳으로 올라오느라 좀 무리해서 그런 것일세. 시원한 데 누우니 한결 나아졌어. 이제 괜찮아."

"나랏일도 좋지만 건강도 돌보셔야지요."

퇴계가 빙그레 웃으며 고개를 주억거렸다.

"그러게 말이야. 이렇게 누워 있다 보니 이 몸이 참으로 무상하다는 생각이 절로 드네그려."

"몸이 성해야 교화도 있지 않겠습니까?"

맨 앞에 앉은 이가 말했다.

"그렇지."

안도가 빈 찻잔에 차를 다시 돌리자 잠시 얘기가 중단되었다.

차를 돌리고 안도는 할아버지를 쳐다보았다. 비록 깡마르기는 했지만 아름다운 노인네의 모습이 눈에 들어왔다.

제자들 앞에 앉은 할아버지. 당당하다. 본시부터 성인의 상을 타고 나지 않고서야 저럴 수가 없다. 동작 하나하나에 밴 중후함, 기품과 품격. 이마로부터 흘러내려와 차양처럼 일어난 눈두덩, 검은 눈썹의 미려함, 크지도 작지도 않은 콧마루, 입술의 미소, 귓불로부터 목을 타고 이어지는 선, 희지도 검지도 않은 형용할 수 없는……. 누가 말했을까? 그 사람의 마음이 그대로 얼굴에 나타난다고.

안도가 퇴계의 모습을 살피는 동안 퇴계가 갑자기 화두 같은 질문을 던졌다. 그 바람에 안도는 화들짝 깨어났다.

"그대들은 몸이 무엇이라고 생각하시는가?"

"꿈입니다."

누군가 대답했다.

"꿈이라!"

퇴계가 감개무량한 목소리로 되받았다.

"허망의 표상입니다."

또 누군가 대답했다.

"몸은 불꽃입니다. 번뇌와 애욕의 불꽃, 갈애의 불꽃. 우리의 몸은 거기에서 태어났으니 파초요, 언젠가는 시들기 마련입니다."

또 누군가 말했다.

퇴계가 눈을 감으며 무릎을 탁 쳤다.

"그만들 두시게. 오늘은 왜 이렇게 석씨(석가모니)의 냄새가 많이 나는가?"

그렇게 말하고 퇴계는 눈을 떠 좌중을 둘러보며 말했다.

"이곳이 추로지향(鄒魯之鄕)이로세. 공자와 맹자의 고향, 그 고향으로 모여든 사람들. 예절을 알고 학문 활동이 활발하게 이루어지는 이곳이 추로지향이 아니고 어디이겠는가? 선비가 글을 깨우치고 깨달음을 얻으면 되었지 무엇을 더 바라겠는가? 헛된 공(空)에 빠지지들 마시게나. 분수껏 사는 산실에서 예절을 아는 군자들이 벗했으니 더 이상 바랄 것이 무엇이 있겠는가?"

할아버지의 말을 들으며 안도는 자신도 모르게 고개를 숙였다.

아아, 그럼 구름처럼 흩어지고 번개처럼 지나가는 저것은 무엇일까?

도산잡영 ①

1

율곡과 곽문이 안동에서 한양으로 돌아온 지 하루가 지났다. 오던 길에 단양에 들러 문향의 움막에 들렀으나 그녀는 어디로 가버린 것인지 움막은 비어 있었다. 늙은 초령이도 만날 수가 없었다. 한양에 일이 있어 급하게 올라갔다고 하였다.

하는 수 없이 율곡은 곽문을 데리고 그대로 한양으로 말을 몰았다. 둘은 소나기가 퍼부을 때마다 주막으로 뛰어들거나 솟을대문 밑을 찾아 비를 피하였다. 한양은 먼데 마음씨 좋은 주인장이 마실에서 돌아오다가 그들을 집안으로 들였다. 저녁까지 푸짐하게 얻어먹고 났는데도 객지라 잠이 오지 않았다. 사랑채에 누워 열린 문밖의 달을 바라보며 마음씨 좋은 주인장에 대해 이야기하다가 갑자기 곽문이 도산서당을 지키던 스님을 입에 올렸다.

"그 스님을 보고 있으니까 서화담 선생의 비판이 생각나더라구요. 주자가 아무리 뛰어나다 한들, 그는 어디까지나 불교인이다. 그랬잖습니까?"

"하하하……."

율곡이 웃자 곽문도 푸시시 따라 웃었다.

"하긴 주자는 오랜 세월 출가해 스님이 되어 불교 공부를 한 사람이고, 그래서 그가 주장한 성리학인 주자학도 불교 철학이라는 말도 있지."

"그러나 본질적으로 성리학의 세계관과 불교의 세계관은 성격이 다르다는 걸 누가 모를까요?"

율곡은 곽문의 조금 들뜬 듯한 푸념이 인간적으로 느껴졌다. 자신도 이 정도는 알고 있다고 뽐내는 듯한 곽문의 말투가 오히려 솔직하고 인간적으로 다가왔다.

"불교는 부정과 부정의 협곡을 넘어가는 세계니까 그런 건지도 모르겠어요. 현실도, 자연도, 사회도, 궁극적으로 부정되어야 할 세계에 불과하니까. 성리학의 세계관은 그 반대라고 보면 말입니다."

"글쎄?"

그렇게 말하면서 율곡은 곽문이 어쩌면 이번 사건에서 골치 아픈 문제를 붙들고 싸우고 있을지도 모른다고 생각했다. 그리고 한편으로 그 문제로부터 한없이 도망가고 싶어 할지도 모른다고 생각했다.

갑자기 번갯불이 번쩍이는 것 같더니 뇌성이 울고 소나기가 쏟아져 내리기 시작했다. 어느새 몰려온 우연(雨煙)이 비릿한 냄새를 풍겼다. 손가락처럼 굵은 빗줄기가 소리를 내며 쏟아졌다. 시선을 드니 불빛이 닿는 곳에 활엽수들이 보였다. 좀 전까지만 해도 바람 잔 산골처럼 조용하더니만 금세 어디선가 물 쏟아지는 소리가 콸콸 들려왔다.

나방 한 마리가 꽃 살을 헤집다가 비 때문에 허공으로 날아오르는 것 같더니 율곡 눈앞으로 날아와 자태를 뽐내듯 팔랑거렸다.

나방의 자태에 끌려 시선을 옮기면서 율곡은 곽문의 말을 들었다.

"만물의 존재 근거가 리(理)이고 그 운동력을 기(氣)라고 하는데, 과연 그것만 가지고 인간과 사물의 원리적 보편성을 설명할 수 있을까요?"

"그래서 퇴계 선생님은 주자학의 핵심은 일상(日常=日用)이라고 말하셨지."

"일상?"

그 구태의연한 용어를 그대도 쓰느냐는 듯이 곽문이 되물었다.

"우리의 삶, 우리가 보내는 하루하루는 권태롭고 사소하고 하찮지만, 그것 외에 또 다른 세계는 없다는 것이지."

곽문의 입가에 웃음이 물렸다.

"그렇겠지요. 어차피 성리학은 현실이니까요."

곽문은 그답지 않게 냉소적으로 말을 잘랐다.

"현실이기 전에 구원에 대해서 말한 것이지."

그만 입을 다물까 하다가 율곡이 말했다.

"그것은 비단 유교만 그런 것은 아니라는 생각이 드는데요. 불교도 마찬가지고 여타 다른 종교도 마찬가지가 아닌가요? 문제는 우리의 유교입니다. 너무 환상이 없어요. 환상도 만들지 않고 종교도 만들지 않고 낭만도 없는 세계."

"그래. 인색하지, 인색해."

그만 말을 끝내고 싶어 돌아누우면서 율곡이 뿌리치듯 말했다.

"무엇보다 농담 같은 것이 인색하다는 게 유교의 특질인지도 모르겠어요. 그래도 퇴계 선생님이 쉰일곱부터 지난해까지 자신의 시 속에서 가려 뽑아 만든 도산잡영(陶山雜詠)을 구해 읽어보니 숨통이 좀 트이더라구요.

서당 안팎의 모습을 읊은 시가 무려 40제 92수가 되더군요. 하나같이 주옥 같아요. 그 속에 모든 것이 있더군요. 산이 있고, 물이 있고, 눈물이 있고, 인정이 있고, 학문이 있고, 진리가…… . 성리학의 태두가 한 잔 술에 녹아 살아온 지난날을 후회하는 인간적 모습도……."

모든 것은 그렇게 돌아오게 되어 있지. 그 어떤 종교도, 철학도, 사상도, 그리고 우리의 일상도. 예술이라는 둥우리 속으로.

그렇게 말하려다가 율곡은 마음에 없는 말을 하고 말았다.

"그러고 보니 생각나네. 어릴 때 잡영이라는 말을 쓰지 않던 것이. 잡소리를 늘어놓는 것이 그 말인 줄 알았거든. 나중에야 알았지. 우리들의 일상, 그 일상의 낱낱이 잡영이라는 것을."

2

율곡은 한양에 도착해서 바로 성균관을 찾았다. 퇴계가 떠날 때 마중했다는 학록을 찾기 위해서였다.

하지만 지난번에 만났던 사성이 "그 사람, 진주로 내려간 지 얼마나 안 됐으니 조만간은 상경하지 않을 것 같은데요" 하고 말했다.

그를 만나기 위해 진주로 내려갈 수는 없어 율곡은 일단 그의 주변을 탐문했지만 별 신통한 것이 나오지 않았다. 그저 반듯한 사람이었다.

퇴계 선생님은 왜 그에게 그런 말을 흘린 것일까?

그와 한방을 썼다는 학성도 그 말을 들었다고 했다.

"맞습니다. 분명히 퇴계 선생님으로부터 들었다고 했습니다. 조광조 선생을 만나러 간다고. 그곳이 어딘지 모르겠으나 귀신이 나온다고 하는데 괜찮으시겠느냐는 말까지 했다고 하더군요."

정말 퇴계 선생은 조광조 선생을 만나러 간 것일까?

꿈을 꾸면 불이 활활 타고 있었다. 그 불길 속에 퇴계가 있었다. 그는 거침없이 불길을 헤쳐 걷고 있었다. 자신이 반드시 얻어내야 할 것을 찾아서 걷는 것처럼. 그 모습이 마치 꽃길을 걷는 듯했다. 그의 발걸음이 결 좋은 바람처럼 가벼웠다.

불속을 헤쳐 걷는 사람의 모습이 저렇게 희망차 보일 수가 있다니.

율곡이 꿈을 깨고 일어나면 퇴계의 얼굴이 눈앞에서 어른거렸다.

율곡은 문득 한양으로 올라오던 때가 생각났다.

단양에 닿기 전 봉화에도 퇴계의 그림자가 있었다.

봉화 돌고개.

그 고개를 넘어오다 보니 콧등이 시큰거렸다. 바로 퇴계가 형님 이해의 시신을 거둔 곳이 그곳이었다.

죽령에 이르자 거기에도 퇴계가 있었다. 주막에서 막걸리로 목을 축이다 퇴계를 알고 있다는 사람을 만났고 다음과 같은 사연을 들을 수 있었다.

"이 죽령고개는 참으로 사연이 많은 길입니다. 안동에서 한양으로 가려면 반드시 네 개의 고개를 넘어야 하거든요. 죽령, 이화령, 조령, 추풍령."

"조령이라면 문경새재가 아닙니까?"

곽문이 물었다.

"맞소이다. 조령은 아무나 다닐 수 없는 고개이지요. 과거를 보기 위한 선비들만이 다닐 수 있는 길이니까요."

"그래요?"

"그래서 그 고갯길을 팔자걸음으로 한 번만 넘어보면 원이 없겠다는 말이 상것들 사이에 떠도는 것입니다. 사대부 자식들이 과거 보러 다니는 길이니 말입니다."

"그럼 상것들이 다니지 못하는 길인가요?"

"다닐 수야 있지요. 양반네들처럼 팔자걸음으로 걷지는 못하지만. 그런데 언젠가부터 이상한 소문이 퍼졌어요."

"이상한 소문이라니요?"

"조령 고개를 넘어 과거를 보면 합격을 하는데 관운이 짧더라는 것입니다."

"그래요?"

"그러자 선비들이 그 고갯길을 피하기 시작했어요. 더욱이 추풍령은 추풍낙엽처럼 떨어진다고 해서 말조차 듣기 싫어했지요. 그래서 부모들은 꼭 죽령이나 이화령을 넘어 한양으로 가라고 했는데 퇴계 스승님이 처음 과거를 보기 위해 죽령을 넘은 것은 34세 때였습니다."

"어떻게 그렇게 잘 아십니까?"

곽문이 물었다.

"나도 그분에게 글을 배운 적이 있어서요."

행색을 보아 하니 몰락한 양반 같았지만 생김새가 우락부락해서인지 먹물 냄새는 나지 않았다. 퇴계 선생이 워낙 유명해 선비라면 그 정도 사실은 알고 있을지도 모를 일이었다. 그런데 이어 내놓는 말이 꽤 구체적이었다. 정말 퇴계에게 글줄이나 배웠는지도 모를 일이었다.

"나도 대과를 보기 위해 이 고갯길을 넘어갔다 그 말이외다."

"그래요?"

율곡이 되물었다.

"어디 그뿐이겠소? 그 후로도 수없이 이 고개를 넘어 다녔지요. 그런데 어느 날 죽령고개에 앉아 우는 퇴계 선생님을 보았지 뭐요. 내가 물었지요. 왜 우십니까, 하고. 그분은 말없이 하늘을 가리키기만 했어요."

"왜 하늘을?"

곽문이 물었다.

"그걸 내가 어찌 알겠소. 누군가의 말을 들으니 이렇게 말씀하셨다고 합니다. '참으로 맑구나. 어찌 저리 맑을까? 저 하늘 보며 이 고갯길을 처음 넘던 때가 언제였는지. 이 고개를 넘어 벼슬길에 나가 하는 일 없이 봉록만 절취했으니 옛사람에게 참으로 부끄러운 일이다. 언제 이 고갯길을 걸어내려 향리로 돌아가겠는가?' 이렇게 말이요."

김취려라는 지인이 이렇게 말했다고 했다. 김취려는 퇴계의 문인이었다.

"김 공을 아시오?"

율곡이 물었다.

"아다마다."

"실례지만 존함이 어떻게 되십니까?"

"그것까지야 알 것 없다오. 주막 봉노에서 술이나 축내는 신세가 되었으 니……."

사정이 있어도 모질 게 있어 보여 율곡은 더 묻지 못하였다.

그가 김취려에게 들었다는 말은 이랬다.

어느 날 김취려는 한 통의 서찰을 받았다. 퇴계가 보낸 서찰이었다.

　　내년 봄에는 고향으로 내려가리라. 아무도 막지 못할 것이다. 3년간 병을

앓으면서 봉록을 잘도 절취했다. 옛 사람들에게 부끄럽기 그지없구나. 굶어 죽는 한이 있더라고 이제는 돌아갈 것이다. 그 고갯길을 넘어……

이황

얼마 후 또 한 통의 서찰이 전해졌다.

이월 초엿새에 눈보라가 몰아치다

눈 덮인 죽령고개 하늘 높이 솟았어라
세찬 바람이 소 떼를 쫓는 듯하구나
임의 은혜로운 명령 언제나 내리실런지
병들고 외로운 신하 간절히 바라노니

二月初六日大風雪
雪嶺峨峨截半空 陰風如逐萬牛雄 九天恩綍何時下 百病孤臣正渴衷

김취려는 눈보라치는 죽령 고개를 넘으면서 임금의 명령이 거두어지기를 바라며 쓴 퇴계의 시를 받고 눈물지었다. 자신이 안거하던 곳으로 돌아가고 싶어도 돌아갈 수 없는 스승의 처지가 눈물겨웠던 것이다.

"소문이 사실이었군요. 임금이 불러도 무턱대고 나아가지 않는다던, 물러날 때를 정확히 알고 있던 사람이라는……."

율곡의 말에 상대가 고개를 주억거렸다.

"더욱이 이 고갯길에는 상원사 동종의 전설이 전해지고 있소. 안동 문루에 있던 동종이 이곳에서 움직이지 않았다는 전설 말이오. 기녀 두향이와 헤어진 퇴계 선생님이 앉아 발길을 떼놓지 못했다는 곳이 바로 이곳이지요. 물론 소문이지만요."

거기까지 말하고 상대는 일이 있다며 가버렸다.

고개를 넘어오면서 곽문이 말했다.

"궁금하네요. 퇴계 선생님이 이 고갯길에 앉아 발을 떼놓지 못했다던 사연이……."

"그러게."

대답하며 율곡은 죽령의 하늘을 올려다보았었다.

하늘은 구름 한 점 없이 맑기만 했다.

하학상달 ①

1

마당에서 이국필이 장작을 패고 있었다. 아랫것이 있는데도 직접 나선 것으로 보아 사대부라고 해서 책상다리를 하고 앉아 있을 수 없다는 생각을 한 것 같았다.

그 모습을 보고 퇴계가 희미하게 웃었다.

퇴계는 거친 소견으로 자기주장을 세우지 말라고 그를 나무랐던 때가 언제였을까 싶었다. 언젠가 이국필이 자신의 호를 '비언'이라 짓고 선비답게 살겠다고 하더니 그 약속을 지키려고 애쓰는 것 같았다. 비언은 뒤틀린 활을 바로잡는 도지개의 비(棐)와 선비를 가리키는 선비 언(彦)을 붙인 것이다. 이국필은 그 나름의 기개를 갖고 호를 지었다. 가난 속에서도 편안한 마음으로 산다면 그게 참된 인생이요, 안빈낙도가 아니겠는가?

이국필이 장작을 패놓자 아랫것이 아니라 이국필의 내자가 나와 한아름 안고 간다. 그 모습이 아름답다. 값진 옷이 아니라 깨끗하게 빨아 입은 무명옷을 걸쳤지만 대갓집 대어미 못지않다. 이국필 내외는 작은 집 하나 마련하여 욕심 내지 않고 살겠다던 말 그대로 살고 있는 모양이었다.

하학상달(下學上達)이라. 군자는 위로 달하고, 소인은 아래로 달하는 법. 자기 분수를 지키며 살아가는 저 모습이 바로 군자의 모습 아닌가? 학문과 도를 좋아하고 지켜나가는 군자는 날이 갈수록 인격이 완성되어가지만, 재물과 명리에만 마음을 둔 소인은 날이 갈수록 인간성이 허물어지고 타락할 뿐. 그러므로 군자는 점점 고상해지고 소인은 점점 천박해지는 법.

그렇구나. 바로 이곳이 낙민이구나. 그토록 정자(程子)가 찾아다니던 곳. 그리고 그가 욕심 없이 살던 곳. 그 옛날 맹자가 정자를 세운 낙수(洛水)의 땅과 주자가 살았던 민(閩)의 땅이 여기가 아니고 어디이겠는가?

퇴계는 그래서인지 이번의 출가행이 예사롭지 않게 여겨졌다.

먼저 보낸 본부인 허씨가 생각났다.

자신도 아내와 함께 척박한 땅에서 저렇게 정답게 살 때가 있었다. 그때 자신들에겐 그곳이 낙민이었다.

첫 아내는 영주 사람이었다. 푸실이라고도 하고 초곡이라고도 하는 곳에서 태어났다. 김해 허씨. 진사 묵재 허찬(黙齋 許瓚)의 맏딸로 스물한 살 동갑이었다. 아리따웠다.

미인박명이라던가? 맏아들 준이 다섯 살 때 둘째 아들 채(寀)를 낳고 한 달 후, 그녀는 27세의 나이로 세상을 달리했다.

애통함에 퇴계는 무엇을 삼킬 수도 없었다. 목에서 피가 터졌다. 피는 가슴까지 흘러내렸다. 모두가 죽는다고 했다. 어미의 젖도 제대로 물지 못한 핏덩이가 울어댔다. 어린것이 울면 맏아들 준이도 덩달아 울었다. 그들을 쳐다보던 아비도 울었다. 태실이 있는 온혜의 노송정 종택에서 어른들이 와 위로했지만 슬픔은 강물처럼 흘렀다.

그렇게 퇴계는 3년을 보냈다.

삼년상을 치르고 난 다음 날 평소 존경하던 권질(權礩) 어른을 찾았다. 그는 그때 신사무옥으로 9년째 예안에서 귀양살이를 하고 있었다.

권질은 신라왕족의 후손이었다. 안동에서 대대로 살아온 명문가의 손이었다. 그의 아버지 권주(權住)가 연산군의 갑자사화 때 평해로 유배되었다가 사약을 받고 난 후부터 집안이 기울기 시작했다. 아들 대에 이르러 권질이 신사무옥(辛巳誣獄)에 연루되자 집안은 풍비박산 났다. 그때 예안으로 귀양 온 이가 권질이었다. 퇴계는 권질의 아버지 권주를 마음 깊이 존경했다. 그리고 그 아들인 권정과 같은 현량과 출신의 사람을 흠모했다. 그랬기에 예안에 귀양 온 권질을 가끔 찾아 문안드렸던 것이다.

권질에게는 정신이 약간 혼미한 딸이 하나 있었다. 딸이 정신줄을 놓은 것은 어린 시절 숙부와 숙모가 비참하게 죽고 아버지마저 잡혀가자 충격을 받았기 때문이었다.

퇴계가 인사오자 그날따라 권질은 퇴계를 반갑게 맞아들였다. 수인사가 오가고 여러 말 끝에 드디어 권질이 본심을 내보였다.

"이보게, 자네가 상처한 지도 3년이 지났지?"

"그러합니다."

"흐흠, 상처하고 난 뒤 속현(續絃)을 하였는가?"

속현이라는 말은 아내가 죽으면 새 아내를 맞아들이는 것을 말한다.

"아직 하지 못하였습니다."

퇴계는 갑작스런 질문에 잠시 당황하며 대답하였다. 하기야 권질뿐만 아니라 요즘 들어 어머니가 매일이다시피 재혼할 것을 당부하고 있었고 그것이 퇴계로서는 늘 송구스럽던 참이었다.

권질의 부인 전씨는 남편이 귀양 와 있는 적소에서 실성한 딸과 함께 생활하고 있었다.

권질이 딸을 불렀다. 그는 딸에게 퇴계에게 차 한 잔을 대접하라고 일렀다. 딸이 차를 올리고 나가자 권질이 말했다.

"내 딸은 알고 있겠지?"

"네."

"내가 과년한 딸을 자네 앞에 들인 것은 자네가 아직 속현하지 않고 있기 때문일세."

"네에?"

"자네는 내 집에서 일어난 일을 잘 알고 있지 않은가?"

그렇게 말하고 권질은 자신의 처지에 대해 전후 사정을 말한 뒤 다시 이렇게 말하였다.

"내가 적소에 온 지도 벌써 9년째 들었네. 돌아가는 정세로 보아 언제 풀려날지 기약도 없지 않은가? 그런데 혼기를 넘긴 여식이 저러고 있으니 내 죽는다 하더라도 어찌 눈을 감을 수 있겠는가? 더 길게 말하지 않겠네. 내 딸을 맡아달라는 것이네. 아무리 생각해봐도 자네밖에는 믿고 맡길 사람이 없으니 어쩌겠는가? 자네가 처녀를 면케 하여 부디 이 죄인의 원을 풀어주시게나."

자신의 혼미한 딸을 맡기는 권질의 말에 퇴계는 오랫동안 침묵하였다.

권질은 알고 있었다. 퇴계가 어떤 인물인지. 허씨 부인과 살 때도 진정한 부부의 도리를 실천하여 가정의 평화와 남편으로서의 신의를 다했던 인물이었다. 사화로 인해 정신이 나가버린 자식을 데리고 살아줄 이는 퇴계밖에 없었다. 오로지 그만이 하늘이 내린 극기의 시험을 이겨낼 것이었다. 자신에게 주어진 고통을 하늘의 뜻이라 생각하고 자기 자신과 싸워 이겨나갈 수 있을 것이다. 그것이 곧 군자의 도라 생각하고, 자신의 못난 딸을 물리치지 않고 아내로 맞아들여 지극히 보살펴줄 것이다.

과연 권질의 예상은 빗나가지 않았다. 퇴계는 그길로 돌아가 어머니 박씨 부인에게 자신의 심정을 아뢰고 평소 존경하던 이의 핏줄을 안았다.

그때 그에게는 두 아들이 있었다. 후처는 사람 취급도 받지 못하는 세상. 후처에게서 난 자식은 자식 취급도 하지 않으며 자식 또한 아버지라 부르지도 못하는 세상이었다.

그러나 퇴계는 결코 후처라 하여 무시하거나 막 대하지 않았다. 본처에게 하듯 깍듯이 대했다. 그는 부부간의 도리를 지키며 본처에게서 본 두 아들에게도 친어머니 대하듯 하라 일렀다.

아들아
어떤 사람은 계모가 친모와 차이가 있다고 말하지만 이것은 대개 뜻을 알지 못하며 경솔하게 하는 말로써, 사람을 의가 아닌 것에 빠지게 하는 것으로서 들어서는 안 될 것이다. 지금 한양의 사대부가 행하는 장례가 비록 다 예에 합당한 것은 아니지만, 그래도 보아두어야 할 것이 많이 있다. 너희들이 만약 옛 법도에도 미치지 못하고, 또 오늘날에 다른 사람의 나무람을 듣는다면 그 무엇으로 몸을 바로 세우겠느냐?

어떤 이는 그런 퇴계를 손가락질했고 어떤 이는 칭송을 아끼지 않았다.

"아이고, 팔자 한번 얄궂네. 멀쩡한 사람이 돈 여자를 데리고 살다니,

오히려 그 사람이 더 돈 거 아니야?"

"누가 아니래나? 그 인물에, 그 학식에 뭐가 모자라 그런 여자를……."

"그런 소리들 마시게. 남의 말 함부로 하다니. 그 어른, 우리 같은 것들에게 손가락질 당할 사람이 아닐세."

"그려. 사람은 배우고 볼 일이야. 틀려, 우리와는 틀려. 정신줄을 놓아버린 여편네를 데리고 살면서 한 번도 언짢아하는 모습을 본 적이 없다니까."

"어허, 그러고 보니 생각나네. 엊그제인가? 상가에 조문을 갔는데 거기 그분이 참석해 있더구먼. 그런데 이상하더란 말이야."

"뭐가요?"

"그분의 도포자락이 아주 낡아 보였는데 자락 끝에 빨간 헝겊을 대고 기웠어. 아마 도포자락이 낡아 아내에게 꿰매달라고 했던 모양이야. 아내가 흰 도포 자락에 빨간 헝겊을 댄 모양인데 우리 같으면 화를 내고 당장에 물고를 냈을 텐데 나무라지 않고 그냥 입고 나온 모양이야. 그러니 사람들이 하나같이 놀랄 수밖에. 어떤 이는 그분이 그러니까 그것이 예법에 맞는 것인지 확인하려 들더라니까. '선생님 흰 도포에는 반드시 빨간 헝겊으로 기워야 하는 이유가 있습니까?' 그렇게 묻자, '이것은 나의 예법이라오.' 그러더라니까. 그때 나도 코끝이 찡하더이. 대답은 그렇게 하지만 예에 정통한 그분의 심정이 오죽했겠는가?"

"허허허, 맞소. 우리 같으면 가만있었겠소? 대장부요, 대장부. 우리들은 멀쩡한 아내를 평생 박대하였으니……."

오고가는 세상 사람들의 바람 같은 말을 뒤로 하고 퇴계는 어느 날 권씨 부인에게 버선을 지어보라고 했다. 정신이 온전하지 않아 입궁하려고 버선을 찾아도 제대로 준비해 내놓지 못하기 때문이었다.

그길로 권씨 부인은 빗자루를 가져다놓고 끙끙거렸다.

다음 날 임금을 알현하기 위해 옷을 입는데 권씨 부인이 버선 하나를 내놓았다. 버선을 보던 퇴계는 어이가 없었다. 빗자루를 닮긴 하였는데 버선이 아니라 꼭 절구통을 엎어놓은 것 같았다.

퇴계는 고맙다며 군말 없이 신고 나갔다. 부인의 정성이 그저 고마웠던 것이다. 하지만 회목 부분이 맞지 않고 크기만 해 걸음을 제대로 걸을 수 없었다. 그래도 퇴계는 불평 한마디 없이 신발을 끌며 등청했다.

중종이 퇴계의 걸음이 이상해 살펴보니 버선이 이상했다. 버선이 꼭 자루처럼 생겼다. 걸을 때마다 버선이 벗겨질까 퇴계가 안절부절못했다. 부인의 정신이 온전치 않다더니 그런 버선을 신긴 모양이라고 생각한 임금이 참으로 멋진 버선을 신었다고 말하며 웃었다.

"상감마마, 이 세상에 하나뿐인 자루버선이옵니다."

"하하하, 그렇구려. 참으로 보기가 좋소이다."

중종은 그 후 아내를 공경하는 퇴계의 인품을 높이 사 결코 함부로 대하지 않았다.

할아버지 제삿날 퇴계가 상차리기에 여념이 없는데 정신줄 놓은 아내가 대추가 먹고 싶다고 했다.

퇴계는 서슴없이 한 줌 집어주었다. 마침 곁에 있던 형수가 그 모습을 보았다. 어떻게 그럴 수 있느냐고 따졌다. 제의(祭儀)에 까다롭기로 소문난 분이 미친 아내에게 신성한 제물을 집어주고 있었으니 그럴 만했다.

형수가 나무라자 퇴계가 정중하게 허리를 굽혔다. 그리고 이렇게 말했다.

"형수님, 죄송하구먼요. 손자며느리가 먹고 싶다고 하니, 돌아가신 할아버지께서도 귀엽게 보시고 화내지는 않으실 것입니다."

"그래도 그렇지요?"

"용서하십시오. 앞으로 제가 잘 가르치겠습니다."

그러자 이번엔 조카가 나섰다.

"황이 아제, 인간 윤리의 기본이라고 할 수 있는 부부의 도리를 실천하는 것도 좋고, 가정의 화평을 위해 남편으로서의 신의를 다하는 것도 좋은데 유가의 선비로서 지킬 건 지켜야 하지 않겠소? 오늘이 어떤 날인데 조상님께 올린 음식을 조상님이 드시기도 전에 덥석 집어 마누라에게 줄 수 있단 말이요. 정신이 온전하다면 그게 사대부로서 할 짓이오?"

퇴계가 멋쩍게 웃었다.

"이보게 내 할아버지라도 그렇게 했을 것이네."

그날 퇴계의 조카는 제사를 모시고 집으로 돌아와 울었다. 멀쩡한 자신의 아내를 보고 있으니까 갑자기 눈물이 쏟아졌던 것이다. 자신은 아내에게 곶감 한 꼭지 집어준 적이 없었다. 그렇다고 대추 한 줌 쥐어준 적도 없었다. 아내도 얼마나 먹고 싶었겠는가? 그런데 황이 아제는 모자란 아내가 안타까워 체통도 버리고 제상에서 제물을 집어주었다. 황이 아제는 조금 모자란 아내지만 존엄성을 지닌 인간으로서 깍듯이 대접하고 있었다는 생각이 들었다. 그러자 고지식하게 살아온 자신이 불쌍하고 아내가 그렇게 불쌍할 수가 없었다.

어느 날 문중 사람이 술이 취해 정신 줄 놓은 여자와 살자니 언짢지 않느냐고 퇴계에게 물었다. 그는 관아에서 곤장 때리는 일을 하는 사람이었다.

퇴계는 이렇게 대답했다.

"언짢다고 언짢음을 드러내는 것은 군자의 도리가 아니지요. 오히려 그럴수록 상대방을 위해 군자의 도리를 다해야 하지 않겠습니까?"

"으하하, 성인군자가 따로 없구면."

말은 그렇게 했지만 그 후 그 사람은 누가 퇴계의 모자란 아내에 대해 흉이라도 볼라치면 눈을 붉히며 달려들었다.

"한 번만 더 그런 소릴 하면 입을 꿰매버릴 것이야."

그랬던 사람이 어느 날 죽었다. 관아에서 나와 조사를 했는데 그 결과를 알고 퇴계는 깜짝 놀랐다. 조사관의 입에서 한동안 까맣게 잊고 있었던 사람의 이름이 나왔기 때문이었다.

"그가 왜 내 문중 사람을?"

"제 아비가 억울하게 죽었기 때문이랍니다."

"아비가?"

"그런데 이런 말도 했답니다. 제 아비를 죽게 한 사또 역시 죽이겠다고."

아니나 다를까 그 다음날 사또가 도끼에 목이 잘려 죽었다. 너무 어이가 없어 퇴계가 다시 조사관에게 물었다.

"그 무지막지한 놈이 임거정이 확실한가?"

"네, 확실합니다. 그놈이 선생님에 대해서도 말을 남겼답니다. 선생님의 형님 시체를 거두어주었는데 오히려 그게 화가 되어 관아에 끌려가 곤장을 맞았다고. 그 바람에 아비가 앓다가 죽었다고 했습니다."

"이럴 수가?"

"선생님, 일이 이렇고 보니 조심하셔야 할 것 같습니다."

"그렇다고 곤장 때리는 일을 한 사람은 왜 죽이는가? 오죽 했으면 남의 엉덩이에 곤장을 놓을까? 생각해보면 그 사람들도 불쌍한 사람 아닌가? 말이 포졸이지 인생을 포기하고 피 냄새를 맡고 사는 망나니와 뭐가 다를

게 있다고? 소백정이 그걸 모를 리 없을 터인데. 곤장 놓기 싫어하는 자들을 대신해서 그런 짓을 도맡았을 뿐인데, 그런 그를 죽이다니?"

"그러게 말입니다. 비록 남들이 싫어하는 곤장질을 하고 있었지만 이곳에서는 잘 배우기로 소문난 사람이었는데, 선생님도 각별히 조심하셔야 할 것 같습니다."

퇴계는 마음이 아팠다. 한 번의 실수가 엄청난 파장을 몰고 오고 있었다. 속속 임꺽정에 대한 소문이 들려왔다. 그와 뜻을 같이 하는 사람들은 주로 상인이나, 대장장이, 노비, 아전, 역리 등이라고 하였다. 임꺽정은 그런 이들을 이끌고 동에 번쩍 서에 번쩍한다고 하였다. 주로 산간지대에서 활동하지만 점차 따르는 무리가 많아지면서 평안도와 강원도, 안성 경기 지역까지 확대하고 있다고 하였다. 관군들은 그의 동태조차 제대로 파악하지 못하고 있었다. 아전이나 백성들이 임꺽정과 비밀리에 결탁되어 있어서 관에서 잡으려고 하면 그 사실을 미리 알려주기 때문이었다.

관에서는 그를 잡기 위해 선전관(宣傳官)이라는 무장을 내세워 추적하게 했지만 허탕만 치고 있다고 하였다. 임꺽정의 무리가 신발을 거꾸로 신어 관군을 헷갈리게 만든다는 것이다.

결국 선전관은 구월산에서 임꺽정 무리에게 죽었다. 그러자 임꺽정 무리는 거침이 없어졌다. 관청이나 양반, 토호의 집을 습격, 백성들로부터 거둬들인 재물을 다시 나누어주었다. 들리는 소문에 의하면, 그들은 일개 도적의 무리가 아니라고 하였다. 이제 농민 저항 수준의 반란군이 되어간다고 하였다. 민중들이 그의 편이라는 것이다. 그들이 가는 곳마다 백성들이 나와 환호를 지르고 그러니 관군이 힘을 쓰지 못한다고 하였다.

퇴계는 자신으로 인해 그가 잘못되는 것이 안타까웠으나 한편으로 좀도

둑으로 몰리지 않고 백성들을 위해 노력한다는 사실이 예사롭지 않게 생각되었다.

언제 어느 때 그가 도끼를 들고 들이닥칠지 모르지만 설령 그렇다 하더라도 의연히 맞서야 할 것이었다.

이러다 그에게 죽을지도 모른다고 생각하자 퇴계는 먼저 간 허씨와 권씨가 생각났다. 허씨와의 결혼생활은 겨우 6년이었다. 그나마 권씨 부인과는 16년을 살았다. 그녀의 나이 46세, 허씨 부인이 그랬던 것처럼 권씨 부인의 사인 역시 출산이었다. 권씨 부인이 출산하다가 죽은 며칠 뒤 핏덩이도 어미를 따라 세상을 달리했다. 명종 원년(1546년) 7월 2일이었다. 퇴계는 그녀가 살아 있을 때 손님처럼 공경했던 것처럼 죽은 후에도 정성으로 봉양했다. 퇴계는 두 아들에게 계모를 소생모(所生母)와 같이 하라며 이런 서찰을 보냈다.

너희들은 생모의 복을 입지 못하지 않았느냐? 그러하니 이번 상사는 생모의 상사라고 생각해야 할 것이다. 사람들이 계모와 친모를 구별하지만 그것은 무지해서 그런 것이다. 듣지 마라. 다만 너무 신경을 써 기운이 다하여 병이 나지 않도록 해야 할 것이다……

아들들이 올라오자 퇴계는 한양의 서소문 집에서 죽은 부인을 문상하게 했다. 계모를 대접하지 않던 풍속을 과감하게 고쳐 생모처럼 대하게 했다. 적모복(嫡母服)을 입혔고 단양까지 운구해 시묘도 시켰다.

아들들은 생모를 모시듯이 영지산에 묘를 쓰고 시묘살이를 했다. 산기슭에 여막을 지어 전 부인의 아들이 시묘를 살고, 퇴계는 건너편 동바위 곁에 양진암이라는 암자를 지어 일 년이 넘도록 지내며 아내의 명복을 빌었다. 봄이 되면 산 일대가 온통 철쭉으로 꽃동산이 되는 곳이었다.

그러면서 퇴계는 자신에게 불민한 딸을 맡겨준 장인 권질을 극진히 모셨다. 권질은 적소에서 풀려나 집으로 가지 않고 안음현 영승촌으로 가 초당을 지어 지냈다. 마을 앞으로 냇물이 흐르는 한적하고 경치가 좋은 곳이었다. 그가 사는 초당의 이름은 사위 퇴계가 지었다.

사락정(四樂亭).

권질은 그곳에서 소요자적하며 건강을 회복했는데 퇴계는 해마다 정초에 세배를 드리고 회갑잔치까지 지내주었다.

장인이 죽었을 때 퇴계의 관직은 통훈대부였고 승문원의 참교로 있으면서 영접도감 낭청 일을 보고 있었다.

그런데 장인이 죽었을 때 퇴계는 장례 치를 돈이 없었다. 찬이 세 가지 이상 오른다면 불 같이 화를 내던 퇴계의 밥상은 간장 한 종지가 다였으니 말 다한 일이었다. 퇴계의 형이 그걸 알고는 쌀 한 섬을 내놓았다. 그것으로 장례를 치르고 퇴계는 다음과 같은 시를 지었다.

참사람을 몰라보고
이분을 까닭 없이 저승으로 데려갔네
고향에 돌아와서 묘사를 지낸 후
매화 피는 모습을 보고 장인 생각하옵니다

명월야사

1

율곡이 성균관에서 돌아오자 의외로 포도부장이 기다리고 있었다.

"어쩐 일이십니까?"

포도부장이 고개를 내저었다. 지난번과는 달리 행동거지가 많이 부드러워져 있었다.

"사안이 심각하여 상감의 명을 받았다고요?"

포도대장이 말을 전한 모양이었다.

"예, 상감의 명이 있었습니다. 그래, 어떤 진척이 있습니까?"

포도부장이 뒷머리를 북북 긁었다.

"친자를 확인할 수 없으니 정말 답답합니다."

"하긴, 그럴 테지요."

그렇게 말하면서 율곡은 어금니를 지그시 씹었다.

포도부장이 돌아가고 얼마나 지났을까?

갑자기 밖이 소란스러웠다.

문을 열어보니 아랫것을 뒤로 하고 곽문이 들어서고 있었다. 아랫것이 대문을 열어주고는 그의 뒤태를 멍하니 바라보고 서 있었다.

"대문 닫지 않고 뭐하느냐?"

율곡이 소리치는 사이 이미 곽문은 뜰에 놓인 우석(雨石)을 밟고 섬돌로 올라서고 있었다.

"정말 희한합니다."

"뭐가?"

웬 설레발인가 하면서 율곡이 물었다.

"저자거리에서 죽령 고개에서 만났던 과객을 마주쳤지 뭡니까?"

"죽령 주막에서 고개에 얽힌 이야기를 해주던 그 사람 말인가?"

"그렇습니다. 그도 한양에 일이 있어 급히 올라왔답니다."

"혼자?"

율곡이 묻자 곽문이 고개부터 내저었다.

"모르겠습니다. 패거리가 있는 것 같던데……. 말이 여러 필이더라구요. 말구종이 없는 것으로 보아 급하게 올라오긴 한 것 같던데."

"어디서 만난 것이야?"

"시장 막걸리 집에서요."

"또 막걸리 타령을 하고 있었단 말인가?"

"목이 컬컬해 한잔 하는데 그들이 들어서더라구요. 잠시 일행이 어딘가로 사라지기에 퇴계 선생님과 두향에 대해 물었지요. 사실 죽령 고갯길에 얽힌 그 이야기가 궁금했었거든요."

"그래서 해주던가?"

"막걸리 두어 되 날아갔지요. 우리들이 죽령 고개에 있던 날도 그 여자를 봤답니다. 두향이간 문향인가 하는 그 여자 말입니다. 우리들이 가고 나서 저녁에 왔더랍니다."

"어디로? 죽령 고개로?"

"언젠가부터 죽령 고개에 잘 퍼질러 있다가 가고는 했답니다. 상거지 모양을 하고. 그 여자 옛날부터 그 고갯길에 자주 앉아 있었다고 하더군요."

율곡이 곽문을 빤히 건너다보았다. 의심스러우면 하는 행동거지였다.

"상거지? 글쎄 왜?"

"아, 낸들 압니까? 그랬다는데……."

"안 물어봤어?"

"그 여자 아비는 안씨 성을 가진 벼슬아치였답니다. 세조 때라고 하던가? 금성대군이 순흥 안씨 세거지인 순흥현에 내려와 단종복위를 도모할 때였답니다. 그때 그녀의 할아비는 순흥현 벼슬아치였는데 금성대군의 거사에 함께 참여했답니다."

"성삼문(成三問) 등이 중심이 되어 세조를 살해하고 단종을 복위하려고 했던 그 사건?"

"예, 그렇답니다."

"거사가 실패로 돌아가면서 집안이 몰락했다?"

율곡이 넘겨짚었다.

"그녀의 할아비는 목숨을 건져 떠돌다 안동 문루의 종지기가 되었답니다. 지금은 종이 상원사로 옮겨갔는데 그때만 해도 안동 문루에 있었다고 하더군요. 구리 3,300근을 녹여 만든 종이라나 뭐라나."

곽문이 자신이 들은 말을 그대로 전했다.

안동현에 휴도리라는 귀부인이 살고 있었다. 본시 부유한 사대부 집안의 여식이었다. 시집을 가 걱정 모르고 살았으나 때를 모르고 죽어라고 일만 해대는 백성들이 가여워 종을 만들어 안동현에 기증하기로 했다.

휴도리 부인은 좋은 소리가 나는 종을 만들기 위해 내로라하는 종장(鐘匠)을 데려왔다. 가장 아름답고 고유한 소리를 지닌 특유의 종을 만들고자 했다. 종장이 불교를 신봉하는 이라 종 고유의 특색을 살려 만들었다.

몇 달에 걸려 만들고 보니 참으로 아름다웠다. 종의 정상에는 약동하는 용이 있었고 그 옆에는 연꽃이 조각된 음통이 붙어 있었다. 안정감 있게 약간 늘어지다가 배가 부른 모습이 꼭 여인이 아이를 밴 것 같았다. 하체를 살짝 오므린 것이 더욱 그렇게 보였다. 세부적인 묘사도 나무랄 데가 없었다. 두 사람 혹은 네 사람의 주악비천상(奏樂飛天像)이 새겨졌고 천 자락이 휘날리는 모습이 어찌나 섬세한지 눈을 의심할 지경이었다.

그런데 종소리를 들어본 휴도리 부인은 깜짝 놀랐다. 예상했던 종소리가 아니기 때문이었다. 마치 쉬어터진 목소리 같았다.

종장에게 왜 그러느냐고 했더니 종장도 영문을 모르겠다고 했다.

휴도리 부인의 상심은 깊었다.

어느 날 꿈을 꾸니 하늘에서 선녀 36명이 내려와 노래를 불렀다. 그 음이 참으로 아름다웠다. 휴도리 부인이 선녀들에게 왜 지상으로 내려와 노래를 부르느냐고 물었더니 지상으로 내려온 남편을 부르는 소리라고 하였다.

휴도리 부인은 꿈에서 깨어 생각해보았다. 남편을 부르는 소리. 그럼 사랑하는 이를 부르는 소리 아닌가?

휴도리 부인은 종장을 불러 간밤의 꿈 이야기를 들려주었다.

종장이 느껴지는 게 있어 무슨 계시가 틀림없다고 했다.

휴도리 부인이 그 선녀들을 종신(鐘身)에 넣으면 어떻겠느냐고 했다.

종장이 그 선녀들을 다 종신에 새길 수는 없다고 했다.

"그럼 그녀들을 상징하는 게 뭐가 있겠소?"

휴도리 부인이 물었다.

그제야 종장은 눈이 번쩍 뜨였다.

"여인의 상징이 뭐겠습니까? 유두 아니겠습니까?"

"그렇구려."

종장은 그길로 36개의 젖꼭지를 4개의 유곽에다 만들어 넣었다. 그런 다음 종을 울려보니 참으로 아름다운 소리가 울려 퍼졌다. 종소리의 여운은 더할 나위 없이 애절했다. 사랑하는 사람이 들었다면 돌아오지 않고는 못 배길 소리였다.

이 소문이 전국에 퍼졌다.

두향의 할아비는 그때 섬나라의 오랑캐가 몰려와 그들을 막아내는 전쟁에 참여해 있었다. 그들에 비해 군사력이 턱없이 부족했다. 역부족이었다. 간신히 몸을 피해 안동으로 돌아와 보니 아내는 이미 죽어 있었다. 남편이 없는 사이 외간 남자가 범하려 하자 은장도로 자진한 것이다.

그때쯤 단종을 강압하여 왕권을 빼앗아서 왕위에 오른 세조가 단종 복위 운동을 벌이는 여러 충신들을 죽였다. 김종서, 황보인 등이 그들이었다. 세조는 친동생 안평대군마저 처단하고 단종을 노산군으로 강등시켜 영월로 귀양 보냈다.

단종은 결국 열일곱 꽃다운 나이로 삶을 마감하고 말았다.

아내가 죽고 단종 복위 운동에 가담했던 두향의 할아비는 그 계획이
실패로 돌아가자 몸을 숨기고 있다가 안동 문루의 종지기가 되었다. 문루
가 보이는 곳에 아내의 무덤이 있었다. 그는 아내를 부르듯 매일 종을
쳤다.

그 세월은 길지 않았다. 1469년 그 종이 상원사로 옮겨지게 되었기 때문
이었다.

세조는 그때 이상한 병에 걸려 있었다. 잠이 들면 언제나 흉몽이 세조를
괴롭혔다. 세조는 단종을 죽이기는 하였지만 사실 한시도 마음 편할 날이
없었다. 맏아들 의경세자가 단종 폐위 사건 후 극심한 죄책감을 이기지
못해 숨을 거두자 세조는 단종의 어머니 현덕왕후 권씨가 아들을 데려갔다
고 믿었다. 꿈에까지 그녀가 나타나 저주했기 때문이었다. 세조는 참지
못하고 그녀의 무덤을 파헤치는 패륜을 저질렀다. 그러자 현덕왕후가 꿈에
나타나 그를 꾸짖고 얼굴에 침을 뱉었다.

"어허, 참으로 이상한 꿈이구려."

"왜 그러십니까?"

세조의 비가 걱정스레 물었다.

"현덕왕후의 혼백을 다시 보지 않았겠소? 이제 얼굴에 침까지 뱉는구려."

현덕왕후가 침을 뱉은 자리에 피부병이 생기기 시작했다. 낫지를 않았
다. 더 이상 참기 힘들었던 세조는 죽은 원혼을 달래기 위해 상원사를
찾았다. 그는 상원사로 가다가 맑은 물을 보고 목욕을 했다. 그 물에 목욕을
하면 피부병이 나을 것 같았기 때문이었다.

목욕을 하고 있자니 마침 동자승이 지나갔다. 사람들을 모두 물리라
했는데 이상한 일이었다. 세조가 그 동자승을 불러 등의 때를 밀게 했다.

그리고는 동자승에게 오늘 임금의 옥체를 씻었다고 아무에게도 말하지 말라고 했다. 그러자 동자승이 웃으며, "임금께서도 오늘 문수보살을 보았다고 말하지 마세요" 하고 말했다.

세조가 놀라 돌아보니 동자승은 이미 사라지고 없었다.

크게 놀라 상원사에 가보니 모셔진 문수보살상이 바로 그 동자승이었다.

세조는 상원사에 종을 보시하기로 마음먹었다.

"세상에서 가장 아름다운 소리가 나는 종을 구하라."

마땅한 종이 나서지 않았다.

그런 와중에 세조는 안동 문루에 아름다운 종이 있다는 소문을 들었다.

세조는 즉시 그 종을 상원사로 옮기라 명령했다.

안동에서 강원도 오대산 상원사까지의 길은 순탄치 않았다. 영남에서 한양으로 올라오려면 반드시 거쳐야 하는 곳이 죽령이었다. 그 험한 죽령 고개를 넘어야 한다.

수백 명의 사람이 동원되어 종이 죽령 고개에 이르렀다. 그런데 잘 끌려오던 종이 죽령 고개에 이르러 울기 시작하면서 꿈쩍도 하지 않았다. 관에서 사람들이 더 나왔다. 그래도 울기만 할뿐 꿈쩍 하지 않았다.

수천 명이 달라붙었다. 그래도 꿈쩍하지 않았다.

그때까지 묵묵히 지켜만 보고 있던 종지기가 말했다.

"생각해보시오. 이 종은 이곳을 지키던 것이외다. 정든 이곳을 어떻게 쉽게 떠날 수 있단 말이오?"

자신을 그리는 수많은 사람들을 뒤로 하고 갈 수 없어 종이 울며 꿈쩍 않고 있다는 말이었다.

"그럼 어찌하면 좋겠는가?"

세조의 명을 받은 운종도감이 그에게 물었다.

"그냥 두면 될 것이 아니겠습니까?"

"그걸 말이라고 하는가? 어느 영이라고?"

종이 계속 울어대자 눈물을 흘리던 종지기가 할 수 없이 안을 내었다.

"그럼 저 종의 가슴을 떼어 내시구려."

"가슴?"

"저 종에는 사랑하는 이를 애타게 부르는 36개의 가슴이 있소이다. 그 가슴은 하늘의 가슴이요, 이 땅의 가슴이오이다. 그 가슴이 무너지지 않고는 결코 이곳을 떠나지 않을 것이오."

종지기는 그렇게 말하고 눈물을 흘리며 종의 가슴 하나를 상징적으로 떼어 내 본래 있던 안동 문루로 가 묻었다.

가슴 한쪽이 무너지자 드디어 종이 움직였다.

그런데 이상한 일이었다. 그렇게 상원사에 옮겨진 종은 전보다 더 애절하게 울었다.

사람들은 가슴을 빼앗긴 원들이 더 애절하게 우는 것이라고 말했다.

두향의 할아비는 먼저 세상을 떠난 아내를 위해서라도 아들만은 잘 키워야 한다고 생각하며 정성껏 돌보았다. 그런데 얼마가지 않아 종지기로 신분을 속이고 있던 것이 들통 나면서 도망자가 되었다. 그는 단양 곳곳을 흘러 다니며 숨어 살았다. 도담삼봉, 석문, 옥순봉, 하선암, 중선암, 상선암, 사인암, 구담봉 등의 동굴로 옮겨 다니며 아들을 키웠다. 작은 배를 만들어 고기를 잡고 짐승처럼 살았다.

사람의 눈을 피해 살기란 힘든 일이었다. 결국 그는 한양 관아로 압송되어 목이 베였다. 두향의 아비는 한양으로 올라가 성문 밖에 걸린 아비의 목을 훔쳐와 구담봉 아래에다 묻었다. 그리고는 사공이 되어 강선대에서 살았다. 그러나 물에 빠진 사람을 구하다 끝내 죽고 말았다.

두향의 어머니는 남의 집 놉을 돌며 딸 하나를 키웠는데 어느 해 돌연 병으로 죽었다. 그래서 침모가 오갈 데 없는 두향을 기녀방에다 맡겼다.

기방에서 자란 두향은 어느 날 강선대에서 한 사내를 만났다. 그가 곧 퇴계 이황이었다. 퇴계는 그때 역사의 한가운데 서 있었다. 그는 단양을 책임지는 지위에 있었지만 정치적으로 가장 위험한 시기를 보내고 있었다. 3년 전 일어난 을사사화에서 어찌 목숨을 부지했지만 정적들은 여전히 그의 생명을 노리고 있었다. 그가 외직인 단양 사또로 내려온 것도 그 때문이었다.

단양은 참으로 어렵고 피폐한 곳이었다. 그는 부임하자마자 기민(飢民) 구제에 나섰다.

한 달이 지날 무렵 퇴계의 차남 채가 죽었다. 채는 그때 경남 의령에 있는 외할아버지 댁에서 농사를 돕고 있었다. 혼사를 눈앞에 두고 죽은 것이다. 태어나 한 달이 안 되어 어미를 잃은 자식이었다. 거기에다 아비로서의 정마저 주지 못한 자식이었다. 나이 겨우 스물한 살. 퇴계에게는 몸이 찢어질 듯 아픈 세월이었다. 죽음만을 기다리던 세월이었다.

그 처절한 와중에 마음 줄 곳 하나 없던 퇴계를 어린 두향이 안았다. 그의 몸은 이미 노쇠해지고 있었지만 두향은 그의 맑디맑고 슬픈 영혼을 사랑했다. 처절한 상황에 굴하지 않는 정신을 사랑했다. 어려운 상황에서도 진리를 찾아가는 선비를 사랑했다.

그 사랑에 감동한 퇴계는 그녀에게 문향(聞香)이라는 이름을 주었다.

"너를 보면 매화 향이 들리는 듯하니 문향이라 하여라. 향기는 맡는

것이 아니라 들리는 것이다. 너는 이제 두향이가 아니라 문향이다. 매한불
매향(梅寒不賣香)이라, 매화는 춥더라도 향기를 팔지 않는 법이다."

그날부터 두향은 기적에 오른 두향이라는 이름을 버리고 문향으로 다시
태어났다.

단양, 그 아름다운 절경 속에서 문향은 눈물을 흘리며 말하곤 하였다.

"나으리, 바로 이곳은 내 할아비의 넋과 아비의 넋이 서린 곳입니다.
이 물빛, 저 바위, 저 산을 보옵소서."

퇴계가 시선을 들어 문향이 가리킨 곳을 보면 참으로 아름답기 그지없었
다. 무엇이라 표현할 수 없는 기암괴석들. 절벽에는 청송이 곁들여 있었다.
산봉우리는 들쭉날쭉 죽순처럼 깎아 세운 듯했다. 숲이 어우러졌고 고목과
등덩굴이 얽혔다.

그녀의 할아비 머리가 묻혔다는 구담봉(龜潭峯). 절벽 위의 돌이 거북을
닮았다. 물속을 바라보면 왜 구담봉이라 했는지 알 것 같았다. 연못[潭]
같은 물속에 비친 바위, 그 바위가 정말 거북[龜] 무늬를 하고 있고, 어디를
봐도 절경이었다.

도담삼봉. 괴암으로 된 세 개의 봉우리. 석문(石門) 부근, 절벽 위의 측백
나무들, 하선암, 중선암, 상선암의 아름다움. 폭포들, 노송들, 계곡 사이의
바위들, 물속에 비친 바위가 무지개 같다 하여 홍암이라고 했다던가?

특히 사인암(舍人巖). 사인이 누구인가? 유림의 종장 우탁 선생이다. 그
로 인해 유림이 굽이굽이 그 길이 열렸듯이 소백산맥에서 발원한 물길이
운계천을 따라 굽이굽이 열리고 있었다.

무엇 하나 놓칠 것이 없었다. 놓치고 싶지 않았다. 이른 새벽의 물안개,
수면 위로 뜬 도담삼봉, 그 그윽한 풍광. 고요한 물그림자. 장군봉에 올라앉

은 작은 정자 삼도정. 무엇하나 빠지거나 보탤 것이 없으니 하나로 묶었으면 싶었다.

옥순봉은 당시 청풍 땅이었다. 단양으로 끌어들여 한 곳에 묶기에는 불가능한 일이었다. 그윽한 풍광 속에 앉아 시 몇 수로 아쉬운 마음을 달랬는데, 문향의 선조들 넋이 서린 곳이기에 퇴계는 더 안타까웠다. 그렇다고 해서 그럴 수도 없거니와 나라에서 정해 놓은 군계(郡界)를 개인의 사감으로 바꿀 수는 없는 일이었다. 청풍부사를 찾아갈까 해보았지만 그렇게 해결될 문제도 아니었다. 지방관이 국가의 승인 없이 군계를 수정할 수 없는 일이라는 누구보다 잘 알고 있었다.

그러나 보면 볼수록 그 풍광이 욕심났다. 명산이 병풍처럼 둘러쳐 있었다. 그 사이로 연둣빛 강물이 유장하게 흘렀다. 아무리 흠을 잡으려고 해도 흠 잡을 곳이 없었다. 옥순봉과 손잡은 구담봉을 바라보고 있노라면 퇴계는 아쉬움이 절로 묻어났다.

구담봉

푸른 물은 단양과 경계를 이루는데
청풍에는 명월루가 있다 하더이
만나고픈 신선은 왜 기다려주지 않는지
외로이 배를 타고 돌아오네

龜潭峰
碧水丹山界 淸風明月樓 仙人不可待 惝恍獨歸舟

퇴계는 옥순봉 석벽에다 단구동문(丹丘洞門)이라고 새기고 아쉬움을 달랠 수밖에 없었다. 단구는 신선을 뜻하는 말이다. 단구동문, 즉 신선으로 통하는 문이라는 말이다.

퇴계가 두향과 매화 분을 곁에 하고 누우면 달빛이 살며시 들어와 앉고는 하였다. 두향은 달빛 속에서 적삼을 열어 분통 같은 젖가슴을 열었다.

퇴계의 마른 가슴이 그 가슴을 안았다. 그리고 두 사람은 오래도록 이 사랑이 끝나지 않기를 바랐다.

세상이 그들의 사랑을 시샘하기 시작했다. 넷째 형 해(瀣)가 충청도 관찰사가 되었다. 그로 인해 혈족이 같은 곳에서 벼슬할 수 없다는 상피(相避)라는 법 아닌 법이 두 사람 사이로 칼바람이 되어 막아섰다. 더욱이 형님 해는 평소 동생 퇴계와 두향의 결합을 못마땅하게 생각하고 있던 참이었다. 그는 두향이 퇴계의 성품을 흐려놓는다고 생각한 것이다. 그럴 만도 했다. 올곧은 선비가 전라의 몸으로 시를 읊조리니 이해의 귀에 들어갈 만도 했다.

두 사람의 상심은 컸다.

하는 수 없는 일이었다. 그녀는 눈물로 밤을 지새웠고 퇴계는 회자정리(會者定離)라는 말로 자신의 마음을 달랬다.

"어쩌겠느냐? 만나면 헤어지는 것이 인간사이다. 너의 거문고 소리를 듣지 못할 것 같으니 벌써부터 미쳐버릴 것 같구나."

"나 홀로 거문고 앞에 두고 나으리의 화창(話唱)을 들을 수 없다면 차라리 죽는 게 나을 것입니다."

"흘러갈 것이다. 강물처럼 흘러갈 것이야."

"나으리와 함께 다시 강희나루의 물결을 볼 수 없다면 차라리 그곳에 몸을 던질 것입니다."

"문향아, 부디 마음을 다잡자구나. 그리고 아름답게 살아가자구나. 어찌 육신이 멀어진다 한들 우리의 정신이 멀어지겠느냐? 이제 그 아픈 마음도 놓아버리자."

"나으리, 마지막으로 청이 있습니다."

"무엇이냐?"

"나으리의 머리카락 한 올만 제게 뽑아주소서."

"왜 그러느냐?"

"머리카락은 썩지 않는 것입니다. 제 머리카락과 엮어 강선대 바위 밑에 묻겠나이다. 그럼 다음 생에는 우리 다시 만나 부부로 살아갈 수 있을 것입니다."

퇴계가 문향의 손을 잡고 눈물을 흘렸다.

"아아, 내 너를 두고 어이 가리."

문향이 참다못해 울며 매달렸다. 헤어지지 못한다고 매달렸다.

퇴계는 그 옛날 문향의 할아비가 종의 가슴을 베어내듯 자신의 가슴을 베어냈다.

안동 문루에서 울어대던 종이 끌려가듯이 퇴계는 죽령 고개로 향했다. 자신의 가슴 한쪽을 베어놓고. 기녀의 가슴팍에 그 가슴을 묻어놓고.

문향이 떠나는 퇴계에게 마지막으로 분매 하나를 올렸다.

"올 때 아무것도 가져오지 않았는데 어찌 꽃 한 장이라도 가져가겠느냐?"

퇴계는 그대로 떠났다.

문향은 퇴계가 떠나자 강선대로 갔다. 그녀는 퇴계가 남긴 머리카락과 자신의 머리카락을 엮었다. 바위 밑을 헤집는 그녀의 손에 피가 맺혔다.

눈물이 하염없이 흘러내렸다. 그녀는 눈물에 젖은 두 사람의 머리카락을 강선대 바위 밑에 묻었다.

문향이 머리카락을 묻는 사이 퇴계는 죽령 고개에 앉아 있었다. 속절없이 불어온 바람이 퇴계의 도포자락을 흔들었다. 뒤를 돌아보고 또 돌아봐도 눈물짓던 문향의 모습은 보이지 않았다.

아아, 바로 이곳에서 그녀의 할아비가 아내에게 종유를 끊어내어 인연을 끊었다던가? 어디 있느냐? 문향아, 어디 있어?

비로소 알 것 같았다. 그 옛날 안동 문루의 동종이 이 고개에 앉아 요지부동 움직이지 않았던 이유를.

퇴계는 문향의 할아비가 종유를 끊어내던 바로 그 자리에 앉아 문향을 그리며 그렇게 자신의 가슴 속 유두를 끊어내었다.

아, 너를 잊고 갈 수만 있다면 내 가슴 두 쪽이라도 떼어내 묻고 싶구나.

죽어 이별은 소리조차 나오지 않고
살아 이별은 슬프기 그지없네

死別己吞聲 生別常惻測

그렇게 문향을 향한 마음을 고개에 묻고 퇴계는 죽령을 넘어갔다.

퇴계는 그길로 풍기군수를 거쳐 부제학, 공조참판, 예조판서, 우찬성을 거쳤다. 그 사이에도 언젠가는 그녀와 하나가 되리라고 버릇처럼 말하곤 하였다. 퇴계의 마음은 가슴 한쪽이 무너진 상원사의 동종보다 더 애절했다.

퇴계가 관서지방에 출장을 갔다가 평안도 관찰사와 하룻밤 유할 일이 있었다. 관찰사가 퇴계를 생각하여 이름난 기생을 바쳤다. 그러나 퇴계는 눈길 한 번 주지 않고 그 접대를 물리쳤다. 오로지 그의 마음속에는 문향에 대한 그리움이 가득 차 있었다.

그는 마음을 잡고자 가끔 불교의 마음공부에도 신경을 썼다. 절의 선방에서 종소리 속에 앉아 있으면 문향이 그립고 무너진 가슴이 더욱 아팠다. 문향이 상원사 동종이 앉았던 죽령 고갯길에 앉아 있을 것 같았다. 무너지는 가슴을 붙들고 앉아 울고 있을 것 같았다.

그 환영을 붙들듯 붓을 휘둘렀다.

산사 저녁 종소리

석양이 지고 마음 닦는 절간은 푸른 봉우리에 숨어
있는 듯이 없는 듯이 종소리를 들려주니
솜씨 좋은 금어가 저녁 풍경 욕심 나 그리려 해도
허공에 사라지는 소리 소리 어찌 하나

山寺暮鍾
薄暮禪居隱翠峯 鐘聲來自有無中 倩工慾畵煙鍾境 其奈聲聲入太空

'유무(有無)'라는 글을 쓰면서 퇴계는 긍정도 부정도 허용치 않는 불교의 연기법에 깊이 빠졌다. 종소리는 형상이 없다. 종소리는 가슴으로 듣는 것이다. 가슴에 맺혀오면 비로소 형상이 생긴다. 있고 없고의 세계, 있는 것도 아니며 없는 것도 아닌 공의 세계.

가을 밤

집안은 맑고 달은 차디차게 못 속에 있다
방안에서 그윽이 비고 밝음을 즐긴다
이 가운데 진실한 소식 맛보니
선의 공과 명의 길도 이러지 싶다

秋夜

月映寒潭玉宇清 幽人一室愯虛明 箇中自有眞消息 不是禪空與道冥

'선(禪)'과 '공(空)'은 곧 불교를 뜻한다. 선은 공으로 이어지고 공은 불교 사상의 핵심이다. '명(冥)'은 도교의 용어다. 퇴계는 그때 이미 불교, 도교, 유교를 꿰뚫고 있었다. 그는 그것에서 진소식(眞消息)을 듣고 있었다.

그는 가리지 않았다. 그리고 마음공부의 묘방이라 할 수 있는 고경중마 방을 저작하기도 했다.

그렇게 마음공부를 했지만 문향을 향한 마음만은 쉽게 잡을 수 없었다. 노자가 불교의 마음을 주(主)로 삼았듯이 퇴계는 마음은 정신의 주가 되어 야 한다고 역설했다. 그는 고요하거나 나쁜 것이 모두 마음에 따른 것이라 고 스스럼없이 주장했다. 마음이 고요하면 몸이 편안하고 모든 일이 태연 해진다고 했다. 그가 평생을 추구해온 심학(心學)은 그렇게 완성되어가고 있었다.

마음이 고요하면 정(情)이 평안해지는 것은 만고의 진리다. 반면에 마음 이 산란하면 정신이 피로하게 된다는 것 또한 진리다. 마음이 산란하면 생각이 복잡하고 정신이 산란해진다. 정신이 산란하면 기가 흩어져 결국 병이 들어 죽고 만다.

퇴계가 그러는 사이 문향은 퇴계가 베어내고 간 가슴을 안고 죽령 고개에서 종처럼 울고 있었다. 사내들에게 웃음을 팔 수 없다며 스스로 얼굴을 돌로 으깨고 상거지가 되어 고갯길에 퍼질러 앉아 종처럼 울었다. 퇴계에게 돌아오라고 울었다.

퇴계가 이 소식을 듣고는 잠을 설치다가 기어이 붓을 들었다.

　　누렇게 바랜 옛 책 속에서 성현을 대하며
　　비어 있는 방안에 초연히 앉았노라
　　매화 핀 창가에서 봄소식을 다시 보니
　　거문고 마주 앉아 줄 끊겼다 한탄 말라

　　黃卷中間對聖賢 虛明一室坐超然 梅窓又見春消息 莫向瑤琴嘆絕絃

퇴계의 서찰을 마주한 문향이 엎드려 울었다.

"어이, 속에 불이 나 못 살겠네."

말을 끝낸 곽문이 벌떡 일어나 방을 나가버렸다.

시선을 떨구고 있던 율곡은 뜰 문을 와락 열고 대문을 나서려는 곽문을 향해 소리쳤다.

"바로 들어가. 집으로."

곽문은 대답도 없이 대문을 나가버렸다.

저녁 내내 불도 밝히지 않고 율곡은 앉아 있었다. 스며들던 달빛이 사라지자 어두운 방안이 심해처럼 깊었다. 때로 지옥의 불구덩이 속처럼 이글

거리다가도 이내 이슬비나 싸락눈 내리는 소리라도 들릴 것처럼 적막 속으로 빠져들었다.

어떻게 밤을 보냈는지 몰랐다. 밤새 그냥 앉아 있었다.

날이 뿌옇게 밝아 와서야 촛불을 밝혔다. 잠시 후 끄는 한이 있더라도 촛불을 밝히고 싶었다. 먹을 갈고 붓을 들었다. 가끔 얼굴도 본 적 없는 문향의 얼굴이 눈앞에 떠올랐다. 그 얼굴은 퇴계의 얼굴과 겹쳐지면서 슬프게 일그러졌다가 살아나고는 하였다.

세 번의 검시

1

다음 날 율곡이 현장으로 나가니 마침 삼검(三檢)이 이루어지고 있었다.
초검관과 복검관, 포도부장, 무료부장, 가설부장, 포졸들 그리고 상부에서
나온 검사관(장금사)이 참석해 있었다. 초검은 사건 발생 다음 날 있었고,
복검(覆檢)은 그 며칠 후 있었다.

초검관과 복검관이 함께 참석했으나 초검관이 복검관에게 1차 조사 때
의 내용을 누설할 수 없게 되어 있으므로 복검관은 1차 조사와는 상관없이
진행했다. 그리고 독자적인 보고서를 상부에 제출했다.

율곡이 지방을 다녀오느라 벌써 여러 날이 경과해 있었다. 이상한 것은
시신의 상태였다. 여름이라 빠르게 부패해야 하는데 시신이 썩지 않았다.
보통은 겨울 강바닥에서 조각 내 석빙고에 저장해둔 얼음에 재워두어도
썩어나가는 판이었다. 그런데 이 시신은 가마니 하나 덮어 두었을 뿐인데
도 썩지 않아 모두 고개를 내저었다.

"참 희한한 일일세. 앉아 죽은 모양새 하고는……."

"정말 도라고 통한 것인가?"

그래서 삼검이 더 늦어진 것인지도 몰랐다.

1차, 2차의 사건보고 내용이 신통치 않았는지 상부에서 사람이 나와 있었다. 그럼에도 포도부장이 율곡에게 나오라고 한 것을 보면 상감의 어명 때문인 것 같았다.

중앙에서 나온 검시관이 나서자 그동안 수사해왔던 사람들이 지켜보고 있겠으니 알아서 해보라는 식이었다. 초검관과 복검관이 개입할 수 없으므로 검시관이 직접 해야 할 입장이기는 했다.

검시관은 거침없이 삼검을 지시해나갔다. 그동안 썩지 않는다며 이상해하던 시신이 드디어 썩는 것인지 살 썩는 냄새가 코를 찔렀다.

"매장을 하더라도 의심스러운 것이 있으면 언제 어느 때든 시체를 드러내 검안할 수 있어야 할게요."

검시관이 가설부장에게 일렀다.

"그동안 멀쩡했는데 드디어 썩는 것 같은데요."

가설부장이 조심스럽게 말했다.

"가끔 그런 시신을 보긴 했는데……. 지방에 내려갔다 오는 바람에……. 오래 방치했다고 민원이 발생하지는 않았지요?"

"민원은 없습니다. 식구라고 해봐야 여동생 하나 있는 걸요."

"그럼 서둘러 오늘이라도 가매장을 하지요."

"알겠습니다."

검시관은 가설부장에게 명령하듯 합의를 하고 현장으로 다가들었다.

"해봅시다. 가매장하기 전에 마지막으로 하나 실험할 것이 있으니. 잘하면 사건의 단서가 밝혀질지도 모르지요."

"네."

"초초(1차 검안서)와 갱초(2차 검안서)를 보았는데 뭔가 미진해요. 그래서 받아들이지 못하고 삼검을 지시한 거요. 그러니 뭐든지 잡아내봐야지."

율곡이 엉거주춤 뒤를 따랐는데 시체 썩는 냄새에 수건으로 코를 막지 않을 수 없었다. 시체를 확인해보았더니 살이 썩어 흘러내리고 있었다. 하지만 아직도 구더기가 생기지 않았다는 것이 신통했다.

검시관이 무슨 생각에선지 아전들에게 가재도구들을 치우고 숯을 구해오라고 지시했다.

"숯이라고 하셨습니까?"

아전 하나가 이해가 되지 않는지 물었다.

"가서 있는 대로 구해와."

"숯은 여기도 있습니다. 아궁이에서 꺼내 말려 놓은 숯이 한 가마니나 있습니다."

"그럼 그걸 가져와요."

아전이 숯을 가져왔다. 앉아 썩어가고 있는 시체를 멀거니 내려다보고 있던 검시관은 아전에게 명령했다.

"방에 군불을 있는 대로 때요. 방이 펄펄 끓게."

"네?"

"일단 시키는 대로 해요."

검시관은 포청에서 산전수전 다 겪은 사람답게 행동했다.

아전들이 영문을 모르겠다면서 솥에 물을 길어다 붓고 군불을 밀어 넣었다. 잠시 후 방이 따뜻해지더니 펄펄 끓기 시작했다. 손을 데지 못할 정도였다.

"시체를 보에 싸요."

검시관의 말에 아전들이 시체를 보자기에 쌌다. 시신에서 흘러내리는 액체가 튈까, 비로소 썩어 문드러져가는 살이 몸에 닿을까 몸을 사리는 모습이 어설프기 짝이 없었다.

"그대로 방으로 옮겨 가장 따뜻한 아랫목에 눕혀요."

아전들이 보에 싼 시체를 들고 가 아랫목에 눕혔다. 비록 살은 썩어 흘러내리고 있었지만 굳어버린 시체는 방바닥에 등과 머리만 대고 있었다. 가부좌를 튼 다리와 손 등은 쳐들린 상태였다. 살이 문드러져가는 시신은 그래서 더 흉측했다.

"벽장을 열어 이불이 있다면 시체 위에 갖다 덮어요."

한여름. 바닥에서 김이 나고 시체에서도 김이 솟아오르기 시작하자 미쳐 코를 막지 않고 건디던 아전 둘이 비명을 지르며 밖으로 뛰쳐나갔다.

얼마나 지났을까? 관헌들이나 아전들이 머리를 홰홰 내저었다. 굳었던 시체의 몸이 열기에 의해 서서히 부드러워지기 시작했다. 계속해서 열기가 더해지자 시체는 완전히 가부좌를 풀고 정자세로 누워 있었다. 그제야 검시관은 시체를 옆으로 밀쳐내고 그 자리에 숯을 깔았다. 딱 시체가 누울 만한 넓이였다. 숯 위에 얇은 베를 덮었다. 그리고 물을 떠와 뿌렸다. 그리고는 베 위로 시체를 옮겼다. 시체를 다시 베로 쌌다. 얼굴에서 발끝까지 덮어 싸고는 그 위에 숯을 덮었다.

그리고 그대로 한참을 두었다. 한 시각쯤 지나서 들어가 보니 굳었던 시체가 말랑말랑했다. 숯과 베를 걷어내고 곧바로 뜨거운 초로 닦아내었다. 그리고는 파와 천초(川椒), 백매(白梅)를 의원에 가서 구해오게 해 지게

234

미와 함께 섞어 떡처럼 만들어 불에 뜨겁게 달구었다. 마지막으로 아직 썩지 않은 살에 창호지를 붙이고 그 위에 지게미 떡을 덮었다.

다시 한 시각이나 지났을까? 검시관이 입을 딱 벌렸다. 시체 목 바로 아래 등 뒤 견비혈(견갑골 하단 지점)에 침 자국 같은 상흔이 나타났다.

"다행이군. 그럴 줄 알았지만."

검시관의 중얼거림에 가설부장이 눈을 크게 떴다.

"왜 그러십니까?"

"다행히 등 뒤 견비혈의 살이 썩지 않아 시행했는데 역시 그런 모양이오."

"예?"

"피살자가 왜 양물을 세우고 명상에 들었는지는 모르겠으나 척추를 꼿꼿이 펴서 전신의 기를 척추로 뻗어 올리고 있었던 것만은 사실인 것 같소. 그걸 안 가해자가 침으로 척추 사이를 지나는 신경을 뚫고 심장을 찔러 파열케 한 것이오. 정수리가 터져나간 흔적은 몸속의 정기가 위로 뻗치고 있었다는 증거요. 또 왼편 가슴에 시퍼렇게 멍이 든 것은 심장 파열로 인해 생겨난 피멍이었소."

검시관이 시체 여기저기를 가리키며 설명을 끝내자 몰려든 사람들은 할 말을 잃고 입만 딱 벌렸다.

검시관은 복검의가 쓴 갱초를 다시 손질하여 삼검 검안서를 만든 다음 봉(封)하고 두 부는 자신이 가졌다. 한 부는 율곡에게 주며 임금께 올리라고 했다. 그는 다시 두 부를 더 작성케 하여 파발마를 띄워 상부에 보냈다.

그리고는 사령들을 시켜 일단 시체를 거적으로 싸 덮으라고 했다. 시체를 거적으로 싼 다음 주위에 회를 뿌려 봉하고 답인(踏印)을 여러 개 하였다.

그런 다음 이정(里正)을 불러 벌레나 쥐 등이 달려들어 상해가 없도록 각별히 신경 쓰도록 했다.

"삼검 검안서를 받아가긴 하지만 다시 올 필요는 없을 것 같습니다."

검시관은 그렇게 말하고 매장 허가는 포도부장이 내려도 무방할 것이라고 했다. 만일을 위해 내일 이 시각까지 기다렸다가 별도의 지시가 없다면 가매장을 하되 수사 도중 의심나는 게 있으면 언제라도 파묘하기 수월하게 가매장해야 한다고 말했다. 사건이 해결되지 않은 이상 만약을 위해 매장 형태는 가매장으로 할 것이며 구덩이를 파서 거적을 덮고 구덩이 안에 안치하되 그 위를 문짝으로 덮고 흙으로 봉토를 만들어 제조사에 대비해야 할 것이라고 말했다.

그렇게 특별히 당부한 다음 그는 이런 말을 덧붙이며 현장을 나섰다.

"초검과 복검이 아무리 완벽하다해도 허점은 있기 마련이오."

2

달이 기울었다. 준비하라는 차를 탁자에 놓고 곽문이 방을 나갔다. 그가 열어놓은 문밖으로 별이 보였다.

"어인 일이십니까?"

율곡이 차를 미리 준비하고 기다리고 있다는 걸 안 검시관이 방으로 들어왔다.

"앉으십시오."

율곡이 자리를 권했다.

"무슨 일이시기에?"

검시관이 자리에 앉으며 물었다.

"우선 차로 목을 축이시지요."

율곡은 먼저 차부터 권했다.

"그러지요."

검시관이 차를 한 모금 입속으로 넣어 굴렸다.

"오시라고 해서 죄송스럽습니다."

"아, 아닙니다."

"말씀 드리기 뭐한데 워낙 급박해 놔서요."

검시관이 무슨 말이냐는 듯이 눈을 크게 떴다.

"오늘 낮에 도척의 사인을 규명해 내는 걸 보고 놀랐습니다."

"뭘 그런 걸 가지고……."

"아닙니다. 바로 이분이다 했지요."

"무슨 말씀이신지?"

율곡은 좀 더 과감하게 속내를 드러내지 않고는 안 될 것 같다는 생각에 입을 열었다.

"사실, 상감으로부터 이 사건을 해결하라는 명을 받았습니다. 하지만 너무 난감해서 말입니다."

그제야 검시관이 이해가 되는지 고개를 주억거렸다.

"도척을 퇴계 선생이 죽이는 걸 봤다는 신고가 있을 때까지만 해도 일이 이렇게 복잡해질 줄 몰랐습니다."

검시관이 다시 차를 호르륵 마셨다.

"신고한 사람이 서자가 아니냐는 문제가 대두되면서 문제가 복잡해져버렸지 뭡니까?"

알고 있다는 듯이 검시관이 고개를 주억거렸다.

"도척 그 사람의 가정사에 대해서 아는 사람이 없는 입장입니다. 오늘도 도척을 죽이는 걸 봤다는 목격자를 만났습니다. 그자의 귀밑에 점이 있더군요."

"초초와 갱초를 읽어 보고 왔기는 했는데 미심쩍은 구석이 한두 가지가 아니긴 하더군요."

그가 잔을 놓으며 말했다.

"그래서 이렇게 오시라고 한 겁니다."

"네?"

"죽은 도척 가족의 말을 들어보면, 신고한 사람은 어릴 때 헤어졌던 여종의 아들이 분명하다는데 증명할 길이 없습니다. 오늘도 가족인 여동생을 만나 보았습니다. 그 여동생은 죽은 도척이 여종을 건드렸고, 시기심 많은 본처와 도척에 의해 아이가 두 살 때 집에서 쫓겨났답니다. 그 아이에게 아이 주먹만 한 점이 오른쪽 귀밑에 있었다는 겁니다. 그 점이 있는 것으로 보아 신고한 하성구는 도척의 친자라는 거지요. 그런데도 하성구는 도척이 친아버지가 아니라고만 하니……."

"저도 그 점을 생각지 않은 건 아닌데 문제는 그 아비인 것 같더군요."

"네?"

"하성구의 아비 하일지도 제 아들이라고 하고 있지 않습니까?"

"그렇지요. 그래서 이렇게 뵙자고 한 겁니다. 사람들은 퇴계 선생이 도가에 미쳐 도척을 죽였다고 하는데 그럴 리 없고 보면, 신고한 자가 아비에게 원한이 져 죽인 것이 분명하지 않습니까?"

"신고한 자가 원한이 져 친아비를 살해하고 퇴계 선생에게 덮어 씌웠다 그 말씀이군요?"

말귀를 알아들은 그가 핵심을 찌르고 들어왔다.

"참 난감합니다. 이렇게 나가다는 퇴계 선생님의 목숨을 보장할 길이 없으니……. 더욱이 하성구가 내놓은 글이 상감께 뒤늦게 올려져 꼼짝없이 퇴계 선생님이 덮어쓸 판입니다. 무슨 방법이 없겠습니까?"

"저도 생각 안 해 본 것은 아닙니다. 하지만 유감스럽게도 친자를 구별해 내는 방법은 없습니다. 중국에서 들어온 서책에 감별법이 있다지만 터무니없는 것이라 쓰고 있지 않습니다."

"그렇단 말입니까?"

마지막 희망마저 무너지는 듯해 율곡의 입에서 절망적인 물음이 터져 나왔다.

"답답합니다. 그자가 도척의 친자라는 것이 확인만 되면 퇴계 선생이 살 수 있을 터인데……."

"검시관 밥 먹은 지 벌써 30년입니다. 그렇지 않아도 이 문제로 말들이 많았어요. 이런 얘기해서 어떨지 모르지만 하나같이 이 퇴계 선생의 시대가 끝났다는 말이 돌고 있는 마당입니다. 할 말이 없군요."

"오늘 사인을 밝혀내는 걸 보고 잠시나마 희망을 걸었는데……."

율곡이 풀죽은 음성으로 뇌까렸다.

"주리를 틀어 보심이……."

"고신으로는 안 된다는 생각입니다. 참지 못하면 거짓말할 수도 있는 게 아닙니까?"

"그렇습니다. 사건이 풀리지 않으면 고신으로 족치니까 수사가 발전할 수 없는 겁니다. 억울하게 죽은 뒤 진범이 잡히는 예가 수두룩하니까요. 그게 고신 수사의 맹점이기도 하지요. 끝까지 풀리지 않을 때는 그 방법밖에……."

율곡은 눈을 감았다. 막막하다는 생각뿐.

검시관 역시 할 말을 잃고 주먹으로 턱 밑을 쓸었다.

3

율곡은 누워 물끄러미 천장을 올려다보았다.

정녕 퇴계 선생을 살릴 길은 없는 것일까? 그자가 도척의 친자인지 아닌지를 밝혀낸다면 모든 것이 분명해질 것 같은데 그걸 밝혀낼 길이 없다. 믿었던 검시관마저 고개를 내젓는 마당이다.

퇴계 선생의 얼굴이 생각났다. 그 얼굴이 생각나자 어제 곽문이 하던 말이 문득 떠올랐다.

"그런데 이상해요."

"뭐가?"

"탐문을 하다 보니 이상한 말이 들리더라고요."

"뭔데 그래?"

"도적 말입니다."

"도적?"

"임꺽정 말입니다. 관아를 습격하고 양반네들의 재산을 털어 백성들에게 나눠주었던 임꺽정이라는 백정 말입니다."

"그런데?"

"그와 퇴계 선생님 간에 뭔가 있다는 말이 있어요."

"응?"

"퇴계 선생님에게 형님이 있었잖습니까? 이해라고 하던가?"

"그래 있지. 고신으로 죽은."

"그 형님이 고신 후에 세거지로 압송되다가 양주 미아리에서 죽었답니다."

"그래?"

"그런데 압송도사가 시체 치우기가 귀찮아 상여막에 버리고 갔다고 해요. 그곳에 임꺽정의 도살장이 있었는데 시체가 썩어가니까 임꺽정이 아비와 관을 짜 보관했답니다."

"그래?"

"그 소식을 뒤늦게 퇴계 선생님이 들은 모양이에요. 그래 임꺽정의 집으로 달려갔답니다."

"그런데?"

"양반이 백정의 집에 들어가지는 못하고 은혜를 입었다며 시체를 달라고 했던 모양이에요. 그러자 임꺽정이 꼭 빚을 받으러 온 사람 같다며 투덜거린 모양이에요. 양반은 다 저러냐며. 이 사실을 안 사또가 임꺽정 모자를 잡아가 치도곤을 놓았답니다. 그 바람에 임꺽정 아비가 죽어가니까 그 후 임꺽정이 퇴계 선생을 죽이려고 나타났다고 해요. 다행이 사람들이 들이닥쳐 목숨을 구했는데 임꺽정이 돌아가면서 그랬답니다. 언젠가 퇴계 선생의 목을 가지러 오겠다고. 그런 뒤 치도곤을 놓은 사또와 곤장을 때린 포졸이 죽었다고 해요. 임꺽정에게."

"그래?"

"퇴계 선생이 단양 사또에서 풍기로 옮긴 것도 그 때문이라고 보는 사람도 있어요. 겁이 나 그리로 도망갔다는 거지요."

"하기야 임꺽정이 신출귀몰했지. 하지만 퇴계 선생과 그런 인연이 있다는 건 몰랐네."

"그러게 말입니다."

"하지만 그 후 임꺽정이 죽지 않았는가?"

"죽었지요. 관군에 의해 명종 17년 1월 초에 소탕되었다고 하더군요. 무려 3년이 넘게 관군이 추적했는데 애 먹었답니다. 그런데 소문에는, 임꺽정이 죽었어도 아직도 퇴계 선생을 노리는 자들이 있다는 겁니다."

"그게 무슨 말인가?"

"임꺽정이 잡히기 전에 제 심복에게 마지막 부탁을 했답니다. 자신이 있는 곳이 황해도라 멀어서 가지 못하니 자기가 죽는다 해도 이 나라를 엎으려면 제 아비를 곤장 맞아 죽게 한 이황부터 죽이라고 했답니다."

"그래?"

"아마 지금도 그 무리가 숨어들어 있는 게 분명하다고 하더군요. 그 바람에 퇴계 선생님은 항상 위기감을 느끼고 있고."

"그럼 이번 사건도 그들의 농간이다?"

"글쎄요. 그렇게 생각하는 사람도 있더라고요."

율곡은 고개를 갸웃했다. 임꺽정과 퇴계 선생이 관계가 있다는 것도 믿어지지 않았지만 임꺽정의 부탁으로 퇴계 선생을 죽이려는 자들이 은밀히 칼을 갈고 있다는 말도 믿어지지 않았다. 퇴계가 임꺽정을 어떻게 대했기에 관아에 끌려가 그들 부자가 치도곤을 맞게 되었고 그 아비가 죽음에 이르렀는지 모르겠지만 율곡이 알기에 임꺽정은 경기도 양주골 사람이었다. 백정인 임돌이의 아들로 태어났다고 알고 있는데 그럼 봉화골로 옮겨왔다는 말이다. 임꺽정의 원래 이름은 '놈'이었다. 어릴 때부터 덩치가 커닥치는 대로 일을 저지르고 다니자 부모를 걱정시킨다고 '걱정'이라고 했는데 관아에서 관군들이 잡으러 오면 물속에서 숨을 꺾는다 하여 '꺽정'이된 사람이었다.

소문에 의하면 정암 조광조의 아내가 임꺽정의 누이라는 말도 있다. 그래서 임꺽정이 열 몇 살 때 한양으로 올라올 수 있었다는 것이다. 그리고 조광조에게 글을 배울 수 있었다는 것이다. 그러나 글에는 재주가 없었고 무술을 배웠는데 조광조는 그를 몰래 묘향산으로 보내 이씨 성을 가진 음양사에게 음양과 술수를 배우게 했다는 것이다.

율곡은 그 말을 들으면서 웃고 말았다. 정암 선생의 유명세를 그 도적놈이 교묘히 이용하고 있구나 하는 생각이 들었기 때문이었다. 첫째, 그의 매형이 조광조라고 하는데 연대가 맞지도 않거니와 조광조의 아내가 백정의 딸일 리가 없었다. 둘째, 조광조에 의해 글을 배우고 묘향산의 음양사에게 무술을 배웠다고 하지만 임꺽정을 직접 취조한 적이 있는 사람을 만났을 때 그는 임꺽정이 글을 모르더라고 했다.

아무튼 어쩌다가 퇴계가 그런 놈에게 걸렸는지 모를 일이었다. 아무리 생각해도 퇴계는 피 냄새 나는 그런 놈에게 상대가 될 인물이 아니었다.

안동에서 처음으로 만났을 때 그의 모습. 그리고 반궁인 성균관에 뵌 그의 모습. 학처럼 고고하고 늠렬했었다. 태두 대성지성문선왕인 공자의 모습 그대로였다.

그런데 언제부터였을까? 언젠가부터 반궁에만 나가면 반궁 전체가 들떠 있었다. 유생이라고 해서 무조건적으로 유교사상에 심취해 반궁에 들어왔다고 볼 수 없던 것이 그 시절이기는 하였다. 그때까지만 해도 불교의 맥이 완전히 끊어진 때가 아니었기 때문이었다. 여전히 불교 종단을 옹호하는 불교회 학생들이 불교적 사회를 지향하고 있었다. 그러다 박해가 점점 심해지자 그 사이를 비집고 도교 사상이 들어왔다. 도교는 우선 양생의 문제를 들고 나왔고 단기폐식법 같은 양생법이나 방중술 같은 것이 젊은 유생들에게 인기가 있었다. 그들은 주로 반궁 내에서는 노골적으로 떠들지 못하고 반촌을 중심으로 활동했다. 도교의 무리는 반궁의 신입 유생들을 모아 담론 형식으로 도교사상을 선양하고 있었다. 때로 실전을 치르기도 했다. 단기폐식법이나 방중술이 바로 그것이었다. 방중술을 시험한답시고 주모를 끌어들이거나 홍등가의 여자를 사 시험해보기도 했다. 그러다 보니 유가의 학문이 시시해질 수밖에 없었다. 그들은 주역을 한다고 했지만 이미 선비 체면은 아랑곳하지 않고 있었다. 그 모두가 이 땅에서 몰아내야 할 무리였지만 유가적 이상 사회를 이룩해야 한다고 결심하고 있던 율곡으로서는 모두가 외종자(外種子)에 지나지 않았다. 유생들과 도가를 지향하는 무리가 부딪치면 싸웠다.

"노자께서는 만물의 근원인 도의 성질이 '저절로 그러함(무위자연)'이듯이 인간을 다스리는 정치도 무위(無爲), 즉 억지로 하지 않아야 한다고 외쳤다."

그러면 유림회 유생들은 외쳤다.

"궤변이다! 그래서 양생을 내세우고, 신선이 되어 단기폐식법을 터득하면 대략을 영원히 누릴 수 있다는 요설을 최상승의 법이라며 대중을 현혹하고 있는 것이냐? 말이야 번드레하다만 이상한 요설로 이 땅을 비린내로 채우려는 저 타락한 종자들을 내몰자. 그리하여 이 나라에 유가의 가풍을 세우자."

"웃기지 마. 유교보다 먼저 이 나라에 뿌리를 내린 것이 도교이다. 소격서를 보라. 하늘에 제사지내는 기우제 하나만 하더라도 바로 그것이 우리들의 도풍이라는 것이 자명하게 드러난다. 유가의 경전에도 노장에게 너희들의 유종인 공자가 제도 받고 있는 모습이 그대로 들어나 있다."

율곡은 지그시 눈을 감았다.

유교의 근본이념이 무엇인가? '인(仁)'이다. 인이 무엇인가? 이(二), 곧 이인(二人)으로 이뤄진 글자를 통해서도 알 수 있는 바와 같이 너와 나의 관계이다. 그 관계를 통해서 모든 문제를 풀어갈 수 있다는 사상이다. 그렇다면 유교는 바로 인간의 관계 속에서 윤리 도덕을 기초로 한 철학이고 종교일 터이다.

그런데도 오늘도 외도의 무리는 유학을 능멸하고 있으니……

하학상달 ②

1

퇴계는 물사발을 당겨 목을 축인 뒤 안도를 찾았다.

"발을 좀 걷어다오."

들어오는 안도에게 퇴계가 말했다.

"괜찮으시겠어요?"

"그래."

안도가 조용한 몸가짐으로 발을 올렸다. 화단에 만개한 꽃이 퇴계의 눈 속으로 파고들었다.

"꽃이 참 곱게 피었구나!"

퇴계는 향기를 맡기 위해 깊은 숨을 들이쉬었다.

아이들의 손을 잡은 이국필의 딸 복이의 모습이 나무 아래 나타났다. 조금 전에 인사를 받을 때도 느꼈지만 그 어렸던 것이 시집갈 나이가 되었다. 그녀를 둘러싼 예닐곱 살 먹은 또랑또랑한 아이들은 옆집 아이들이지 싶었다. 옷차림이 꾀죄죄했는데 대여섯 명이나 될까?

복이는 그들을 나무 아래 모아놓고 우선 과자와 사과 한 알씩을 나누어
주었다.

"오늘은 조용히 놀다 가야 해. 아주 큰 스승님이 몸이 편찮으시니까?"

"알았습니다. 선생님."

애들은 그녀를 깍듯이 선생님이라 불렀다. 가끔 먹을 것도 주고, 노래도
불러 주고, 옛날 얘기도 들려주는 모양이었다. 그러다 보니 이제는 오지
말라고 떠밀어도 말을 듣지 않았으리라.

이국필의 아들이 슬며시 그 풍경 속으로 들어왔다. 키가 크고 잘생겼다.
인사를 시킬 때 이국필이 하던 말이 생각났다. 아들은 남자애답지 않게
꽃을 너무 좋아한다고 했다. 언제나 화단 가에서만 논다고 했다.

이국필의 자식 자랑은 지나쳐 오히려 바보스러울 정도였다. 참으로 순진
한 사람이었다.

딸 복이가 지혜롭고 총명한 데 비해 아들은 천성이 고상해 보인단다.
성격이 내성적이라 사랑했던 사람과 헤어지고는 그 아픔을 속으로 삭이는
중이라고 했다. 제 누이처럼 결혼은 꿈도 꾸지 않는다고 한다. 결혼 얘기가
나오면 그냥 웃기만 한단다. 그 웃음을 보면 아들의 아픔이 손에 잡힐
듯이 느껴진단다. 아들은 그냥 가난한 이웃이나 도우며 혼자 살겠다고
한다는 것이다. 처자를 거느리고 있으면서도 범행(梵行)을 닦는 일을 게을
리 하지 않으면 될 것이 아니냐고 일러주어도 머리를 내젓기만 한다는
것이다. 오누이가 그런 면에서는 꼭 닮았다는 것이다.

"꼭 자네를 보는 것 같으이. 그러네. 그렇게 사는 것이 군자의 살림일세.
더 욕심 부리지 말고 행복하게 살게나."

퇴계가 그렇게 말하자 이국필은, "요즘은 이렇게 행복해도 되나 하는 생각으로 살고 있습니다" 하고 대답했다.

퇴계는 그의 그런 대답이 더 행복해 보였다.

암 그래야지. 그렇게 살아야지. 제 분수를 지키며 사는 삶이 바로 행복이지.

퇴계는 하학상달이라는 말을 되씹었다. 아래로는 인간의 사리를 배우고, 위로는 하늘의 도리에 통한다. 공부자께서도 말씀하셨다. 먹는 데 배부른 것을 찾지 않고, 거처하는 데 편한 것을 찾지 않으며, 일에 민첩하고, 말에 조심하여 도(道)가 있는 사람에게 나아가 옳고 그른 것을 바로잡으면 배움을 좋아한다고 말할 수 있다고. 낮고 쉬운 것을 배워 깊고 어려운 것을 깨닫는다. 곧 인사(人事)를 먼저 깨달아 천리에 통함을 이르는 말이니 하학지공(下學之功)이요 하학상달이 아니겠는가?

애들이 사과를 울퉁불퉁 깎아서 서로 먹여주느라 까르륵대는 소리가 들려왔다.

"선생님, 아, 하세요. 어서요."

복이가 웃으며 입을 벌렸다. 어린것 하나가 일어나더니 복이의 입으로 사과 한 조각을 집어넣었다.

복이가 그것을 씹으며 짐짓 과장된 목소리를 냈다.

"참 맛있다. 우리 수지도 하나 먹어야지?"

"저도 먹여 주세요."

"그래? 그러자꾸나."

복이가 사과 한 조각을 어린것의 입에 넣어줬다.

"맛있니?"

"네. 맛있어요."

"선생님, 저도요"

"저도요, 선생님."

복이가 일일이 애들의 입에 사과 조각을 넣어주며 말했다.

"이 맛있는 사과는 어디서 왔을까?"

"선생님, 저요?"

눈이 초롱초롱한 아이가 먼저 손을 들었다.

"그래, 수지가 말해 볼래?"

"땅에서요."

"땅에서?"

"네."

"그래, 맞았어요. 땅에서 왔겠죠. 또 어디서 왔을까요? 아는 사람?"

"선생님, 저요."

"오, 우리 시철이. 그래, 시철이가 말해 볼래?"

"하늘에서요."

"하늘?"

"네, 우리 집 감나무는 하늘에 감을 매달고 있어요."

"아하, 그것도 그러네. 또 아는 사람?"

"선생님, 저요."

"그래, 이번엔 난이가 말해 볼래?"

"바람이요."

"바람? 어째서 바람일까?"

"어머니가 그랬어요. 바람이 적당히 불어야 열매가 달려 있대요."

"그것도 그러네. 그래, 무슨 말인지 알겠니?"

"몰라요."

"바람이 적당히 불어야 꽃가루가 날리겠지요? 그래요. 심하게 불어 버리면 꽃이 죄다 떨어져 열매가 열리지도 달려 있지도 않겠지요?"

"네."

애들이 합창하듯 대답했다.

"살아 있는 모든 것은 이 사과처럼 흙과 물과 불과 바람으로 이루어져 있어요. 물론 살아 있으니 생각이 있겠죠. 생각이 있으면 분별이 있겠죠?"

"선생님 분별이 뭐예요?"

"분별이란 이름이에요."

"이름요?"

"그래요. 자분이는 이름이 뭐예요?"

"자분이요."

"난이는 이름이 뭐예요?"

"이난이요."

"바로 그거예요. 나는 자분이다, 나는 난이다, 이렇게 고집 하는 거요. 이 사과는 내거다, 이 과자는 이난이 것이다, 이렇게 고집 하는 거요. 알겠어요?"

"네."

"분별이란 좋은 걸까요? 나쁜 걸까요?"

"좋은 거예요."

애들이 하나같이 대답하자 복이는 제 오라비를 쳐다보며 웃어버린다. 아마도 복이는 분별이란 좋지 않은 것이라고 가르치고 싶었을 게다.

애들을 가르치다 보면 그게 뜻대로 되지 않을 때가 있다. 사람들을 가르치다 보면 확실히 지적인 우열이 느껴질 때가 있다. 아무리 가르쳐도 근기가 약하면 열을 가르쳐도 하나를 제대로 모를 때가 있고 하나를 가르쳐도 열을 아는 사람들이 있다.

분명히 그 가르침에는 점차가 있는 데도 도대체 알아듣지 못하는 사람이 있다. 그래서 그 사람에 맞게 가르침을 펴야 한다고 생각하지만 그게 잘되지 않는다. 강학의 고민이 거기에 있다. 평생 교육의 어려움이 거기에 있다.

더욱이 엇나가는 모습을 보고 있을라치면 가슴이 아플 때가 한두 번이 아니다. 한양에서 벼슬살이를 하는 사이 자연히 서당이 비자 주인이 없는 서당에 도둑이 들었다. 계상서당의 문을 누군가 떼어간 것이다. 퇴계는 관리가 부족한 맏아들을 서찰로 호되게 나무랐다.

서당을 오래 비워두었기는 했다만 문을 도둑맞았다니. 이것은 도둑의 죄가 아니다. 바로 나의 수치다. 네가 있지 않았더냐? 그렇다면 네 수치일 수 있다. 손자들이 무엇을 배우겠느냐? 나의 계획을 그르치지 말아야 했을 것이다. 네가 내 일을 좋아하지 않는다는 것은 알고 있다. 계상의 자리가 좋지 않음인가? 내가 돌아가면 자하산 기슭에 정사 두어 칸을 지어 낙을 삼으려 하는데 이래서야 어떡하겠느냐? 내내 걱정은 하고 있었다만 말하지 않았는데 이번 일로 속내를 보이게 되었구나. 깊이 생각하고 명념하여라……

평생소원인 교육 사업을 향한 꿈이 아들의 관리 소홀과 무관심에 무너지는 것 같아 호되게 나무랐지만 퇴계는 한동안 마음이 좋지 않았다. 다른

어버이들은 아들을 곁에 두고 돌보며 뒷바라지를 하고 있는데 자신은 천리 타향 떨어져 과거시험도 놓아버린 아들을 나무라고 있으니 속이 무너지지 않는다면 거짓이었다.

언제나 마음은 고향에 가 있었다. 그곳에서 무지한 사람들을 교화해 나가겠다는 일념 하나로 가르치고 또 가르쳤는데 어떤 이는 도둑이 되고 어떤 이는 일가를 이루었다.

퇴계는 휘청거리며 자리에서 일어났다. 안도가 밖을 향해 서 있다가 다가와 그를 부축했다.

"갑갑하신 모양이군요?"

"일어나야겠다."

"더 누워 있지 않구요?"

"아니야. 이럴 때가 아니야. 가야 해."

그러다가 그는 다시 허청거리며 주저앉았다. 주저앉는 그의 눈길에 자신을 기다리고 있을 정암 선생의 희미한 그림자가 불길한 예감처럼 스쳤다.

그림자 없는 풍경

1

율곡이 시선을 들어보니 해가 중천에서 서쪽으로 고개를 모로 꼬고 있었다. 맞바로 바라보이는 산중턱이 그늘 속의 차양을 연상시켰다. 울창한 수목 저쪽으로 커다란 새들이 너울너울 날고 있는 게 보였다. 어디에선가 쉬어 터져버린 듯한 짐승의 울음이 들렸다. 퀴퀴한 버섯 썩는 냄새도 났다.

정암 조광조를 보았다는 자를 한번 볼 수 있을까 하여 성균관 정록청에 왔는데 사성은 쉬 나타나지 않고 있었다. 손님이 있어 잠시 기다리라고 하더니 바쁜 모양이었다.

율곡은 그냥 돌아갈까 하다가 기다리기로 했다.

곽문이 다가오는데 그의 손에 서책 한 권이 들려 있었다.

"뭔가?"

율곡이 물었다.

"사성실에서 나오다가 슬며시 정록청으로 들어가 보았지 뭡니까."

"정록청에?"

"예."

"그랬더니?"

"마침 류성룡이라는 관리와 존재라는 사람 그리고 동강이라는 사람이 왔는데 사성을 만나고 가는 길에 들렸다고 하더군요. 류성룡이란 사람은 본 적이 있는 것 같더라구요. 존재라는 사람은 보이지 않고 동강이라는 사람은 낯이 설더라구요. 그런데 서책을 하나 가지고 있더라고요."

곽문이 앉으며 서책을 율곡의 무릎 앞에 놓았다.

"사성 몸이 열 개라도 모자라겠네. 그렇게 바쁜가? 그나저나 서책을 가지고 있었다니?"

"퇴계 선생님이 쓴 책이랍니다."

"퇴계 선생님? 이것이?"

율곡이 대답도 듣지 않고 서책을 향해 손을 뻗쳤다.

"자성록이라고 하더군요."

"자성록?"

율곡이 책을 집어 펼쳤다.

"제가 이번 사건을 대충 말해주었더니 어이없어 하며 고개를 내젓더군요. 그럴 리가 없다며. 동강이란 이가 이 책을 주었습니다. 보고 돌려달라며. 보니 책갈피에 퇴계 선생님이 보낸 서찰도 들어 있는 것 같았습니다. 자세히 보지는 않았지만……."

"이름들이 낯이 익은데?"

잠시 서책을 살피다가 율곡이 중얼거렸다.

"류성룡이라는 분은 저도 면이 있더군요. 퇴계 선생과 동향 아닙니까."

"맞아. 이제 막 별시 문과에 들어 권지부정자를 거쳐 검열 겸 춘추기사관이 된 사람이야. 그런데 이 책을 보니 퇴계 선생이 고봉이란 사람에게 준 것인데 그럼 기대승 사형이 아닌가. 그런데 동강이라는 사람이 가지고 있었다?"

"그렇더라고요. 언젠가 본 것 같기고 하고……. 책 주인은 존재라는 사람 같았는데 그 사람은 어디 있는지 보이지 않아요. 두 사람이 그 사람 말을 많이 하더라고요. 뭐 벼슬이 우부승지라고 하던가? 내가 듣기에 그 사람 학문적으로 퇴계 선생님과 인연이 깊은 것 같았어요"

"퇴계 선생과 인연 깊은 이가 어디 한둘인가?"

"지금도 서찰을 나누며 가르침을 받고 있다고 합디다. 그럼 늘 말하던 고봉 선생 아닙니까?"

곽문이 고개를 갸웃하는 말투로 물었다.

"고봉 기대승 사형?"

그제야 불현듯 기 사형이 호를 고봉 외에 존재라고도 부르기도 한다는 생각이 뇌리를 스쳤다. 그리고 보니 동강은 남시보(南時甫)가 아닌가. 남언경(南彦經). 사람들이 기대승과 남언경을 고봉, 시보로 불러대니까 그들은 존재(存齋), 동강(東岡)이란 호를 각각 짓고 그렇게들 서로를 불렀다.

"맞아! 기대승과 남시보!"

"예?"

그리고 보니 곽문에게 기 사형을 말하면서도 고봉이라는 호를 주로 썼으므로 존재라는 호를 말한 적이 없었다. 남언경의 호 동강도 마찬가지였다.

"기대승 남시보라니요?"

곽문이 물었다.

"그들의 또 다른 호가 고봉과 동강이야."

곽문이 무슨 말이냐는 표정을 지었다.

"어딨어?"

율곡이 다그치듯 물었다.

"갔지요."

"언제?"

"좀 전에요."

"내가 여기 있다고 하지 않구선?"

"제가 그걸 어떻게 압니까?"

"아니 이 사람아, 기 사형을 못 알아 봐?"

"보지도 못했다니까요. 그리고 존재라는 호가 또 있는 줄 누가 알았나."

"하아, 그렇잖아도 한 번 뵐까 했는데……."

열린 문 저쪽을 기웃거려 보았지만 사람 그림자라고는 보이지 않았다.

율곡은 아쉬움을 밀어내듯이 자성록을 요리저리 살펴보았다. 서책은 필사본이었다. 퇴계가 지인에게 보낸 편지들을 묶어 놓은 것 같았다. 나름대로 정성들여 묶은 것이 돋보였다.

이런 사람이 도교 물이 들었다?

먼저 '남시보에 답함'이라는 글이 보였다.

"남시보?"

율곡이 편지를 읽어본 후 중얼거렸다. 열린 문밖으로 향나무 한 그루가 머리를 쓸어 올리는 게 보였다. 분명히 샛바람이었다.

향나무에 눈을 붙박고 있던 곽문이 그제야 시선을 돌렸다.

"제가 좀 아는 사람입니다. 작년에 학행으로 천거되어 지평현감을 지내고 있다는 말을 들었는데 반가워하더군요."

"잘 아는 사람인가?"

"학궁 다닐 때 알았습니다."

"맞아. 그대도 학궁 출신이지."

"허허, 왜 이러실까? 새삼스럽네요. 여전히 무시하는 것도 그렇고."

율곡이 고개를 주억거렸다.

"그러고 보니 섭섭할 만도 하겠다."

"그러니까 데리고만 다니지 마시고 신경을 좀 쓰십시오."

"허허, 이제는 아주 못하는 소리가 없네. 남시보라는 사람에 대해서 자세히 말해봐."

"화담 서경덕 선생이 아끼던 인물이라 화담 선생이 있는 곳에 남시보가 있다고 할 정도로 그림자 같은 존재지요. 유가에서는 널리 알려진 인물이라고 알고 있는데 나도 아는 사람을 모른다니 이상하군요. 저는 퇴계 선생님과는 대척점에 선 인물이 화담 서경덕 선생이라고 알고 있는데……."

"그럼 남언경?"

"예, 맞습니다. 본관이 의령이고 자가 시보라고 하더군요."

"하하하, 나 참. 시보? 맞아. 내가 그자를 깜박했네."

"하기야 모를 리가 있겠습니까? 주기파의 수장들이나 다름없는데."

"맞아. 남언경! 화담 선생의 외통수. 우주의 본질과 현상을 모두 기로서 설명하고 있는 인물. 리는 기를 초월할 수도 없고 초월의 실재성도 인정되지 않는다고 하는 인물."

"뭔 말인지 모르겠네. 기는 유한하고 리는 무한하다? 그가 퇴계 선생님의 주장을 반박했다?"

"역시 유식하군. 맞아. 그를 만났단 말이야?"

"그렇다니까요."

"아하, 좋은 기회를 놓쳤구나. 내가 만나야 하는 것을."

"그렇게 아쉬우면 찾아가시면 될 거 아닙니까?"

은근히 들이미는 곽문을 흘기다가 율곡이 입을 쩝 다셨다.

"이래서 아랫것들은 놓아주면 상투를 잡는다고 하는 모양이다."

"전 사실 이해가 안 되더라고요."

"뭐가?"

"사실 퇴계 선생님은 그들의 양명학을 극력 배척한 분 아닙니까?"

"그들?"

"그렇지 않습니까? 그 속에 지금 내게 눈을 부라리는 분도 계시지만 사실이지요, 뭐. 아마 그래서 퇴계 선생은 편지로나마 질타를 한 거 아닙니까?"

"그만 하지. 터진 입이라고."

"그래서 남시보에게 보낸 편지를 두어 개 더 찾아보았습니다."

"뭐?"

"퇴계 선생님은 두 이단에 대한 자신의 대안적 공부법을 제시해 놓고 있더라구요. 궁금하죠?"

율곡은 그렇게 묻는 곽문의 상판대기를 한 대 쥐어박아버렸으면 싶었지만 꾹 참았다.

"말해 봐. 뭘 찾아봤다는 거야?"

"퇴계 선생님은 말하고 있더군요. 우선 공부할 때 빠질 수 있는 두 가지 위험을 경계한다고 말입니다. 하나는 사물의 실상[理]에 투철하지 못하고 엉뚱한 곳을 무리하게 파고드는 데서 생기는 것이고, 또 하나는 마음(心)을 조종하는 법을 잘 몰라 생기는 것이라고 말입니다. 그런데 그분이 제시한 치료법이 묘해요."

"아이고, 정말 잘 배운 사람은 틀리네. 묘해?"

율곡이 느물거리다가 되물었다.

곽문이 한 수 더 떴다.

"실망이네요. 알고 계실 줄 알았는데."

"정말 이럴래?"

"퇴계 선생님의 치료법 말입니다."

"그러니까 말해보라고 하잖아. 왜 넘치고 그래?"

"알았습니다. 말하면 될 거 아닙니까?"

"말해 봐."

"늘 마음을 편하게 하라. 억지로 붙잡으려 하지 마라. 마음의 병은 마음을 조정하는 법을 몰라 벼 포기를 잡아 뽑듯 마음을 억지로 고양시키려 하는 데서 생긴다."

"어허, 넘친다고 했지?"

"이건 제가 하는 말이 아닙니다. 모르십니까?"

"뭐?"

"퇴계 선생님이 하신 말이라니까요."

"그럼 계속해봐."

"이것은 초학자들이 빠져드는 실수다 그 말입니다."

"얼씨구."

"주자도 처음에는 그랬다고 했잖아요?"

"누가?"

"누구겠어요? 퇴계 선생님이지. 아차, 깨닫고 빨리 빠져나오지 않으면 고질이 될 것이라고 말했잖아요. 평생 달고 사는 병의 근원이 그것이라고."

"염병하고 나자빠졌네."

곽문이 눈을 크게 떴다.

"지금 하늘같은 분을 욕하시고 계신 겁니까?"

"바로 너 말이다."

"히히히" 하고 곽문이 웃었다.

"나야 지금 그분 말 그대로 전하고 있는 것 아닙니까?"

"전하려면 제대로 전해야지."

"이제 이해가 갑니다."

"뭐가?"

"그대가 이전에 공부하는 것을 보니 궁리는 너무 추상적인데다 역행(力行)은 자만심과 강박에 추동되고 있다는 퇴계 선생님의 말 말입니다."

"뭐야?"

"그렇게 눈 부라릴 거 뭐 있어요? 무리한 탐구와 억지 행동의 병근이 이미 자리 잡았는데, 여기 다른 병폐가 덮치면 심중한 지경에 이르게 될 것이라고 그분은 분명히 말했는데. 그것이 비결이라고 했잖아요?"

"아주 가지고 놀아라."

"묘하기는 묘하지요?"

"네놈이 내 머리 위에 앉아 있는 것 같지?"

"헤헤헤. 그렇게 생각하면 할 말이 없구요. 아무튼 묘한 분이에요. 그런 분이 노망이 나신 것도 아니고, 그런 사건에 휘말렸다니……."

"오히려 네놈이 더 묘해 보인다. 그런데 그분 글 어디서 본 것이야?"

곽문이 하하 웃었다.

"왜 이러십니까? 일찍이 본 글입니다."

"대단하기는 하다."

"이제야 본심이 나오시네요."

율곡이 곽문을 노려보았다.

"네놈 유식이 왜 천박해 보였는지 이제야 알겠다. 그런 놈이 왜 내게 빌붙어 있는 것인지……. 그냥 붙어 있었다면 정자(正字, 홍문관의 정9품 벼슬명)에 그쳤을까?"

곽문은 본시 정8품 저작(著作)으로 있었다. 가문을 빛낼 만큼 큰 인물이 나지는 않았으나 그래도 나주에서 내로라하는 양반 계층의 자제였다. 청운의 뜻을 품고 한양으로 올라와 성균관을 나와 과거에 응시하여 관직을 받은 것이 홍문관 저작이었다. 나중 전적(典籍)이나 문장의 교정을 맡아보는 정자로 있었다. 그런데 아는 것이 탈이었다. 성균관에 입교하기 전에 지방에서 서책깨나 읽어 모르는 게 없었다. 성균관을 나와 벼슬을 받고서도 아는 체를 잘하다 보니 윗사람의 미움을 살 수밖에 없었다. 지방으로 좌천되었는데 그는 그곳에서도 그 버릇을 버리지 못하고 따돌림을 받았다. 자연히 술이나 마시며 허랑방탕하기 시작했다. 그러다 그 관직마저 잃었다. 율곡이 그를 만난 것은 그때였다. 율곡이 그를 데리고 다녔는데 아는 체하는 버릇은 여전했다. 그래서인지 어떤 땐 종5품 부교리를 우습게 알았다. 홍문관 부교리요 춘추기사관을 겸임한다면 그 임무가 막중하다. 시정(時政)의 득실과 관원의 잘못 등 사회의 모든 비밀들을 보고 듣는 대로 직필해 가지고 있다가 실록편찬 때 춘추관에 납부할 의무가 있기 때문이다. 그런데 곽문은 관직도 없는 사람이 자신이 부교리나 된 양 설쳐댈 때가 있었다. 그때마다 율곡은 정신 차리고 독립하라고 해보지만 어떻게 과거에 아홉 번을 장원할 수 있는지 그 비결을 가르쳐주지 않으면 영원히 붙어 있겠다고 너스레를 떨었다. 그때마다, "그것이야 공부하는 수밖에 방법이 있겠는가?" 하고 나무라지만, "그래도 아홉 번이나 장원한다는 건 어째 좀……" 하고는 신경을 건드렸다. 시건방진 면이 오히려 좋아 보여 웃고 말지만 아무튼 예사 인물은 아니었다.

율곡이 잠시 생각에 잠겼는데 곽문이 말했다.

"거기 보면 고봉이라는 사람에게 보낸 편지도 있을 겁니다."

율곡이 책갈피를 넘기자 서찰 하나가 나왔다.

"고봉? 이것 말이군?"

"글을 보니까 그들을 대하는 퇴계 선생님의 심중을 알겠더군요."

"그래?"

그러면서 율곡이 피봉에서 알맹이를 뽑아냈다. 곽문이 남시보라는 사람에게서 서책을 얻어올 정도였다면 뻔했다. 물론 그를 알기에 책을 주었을 테지만 퇴계 선생이 이러쿵저러쿵 너스레를 있는 대로 떨었을 것이었다. 그가 사건의 중책이라도 짊어진 책임자인 양 굴었으니 참고가 되었으면 좋겠다며 책을 넘겨주고 갔을 터이다.

달필이 시선 가득 들어왔다.

근자에 들으니, 남시보가 나를 두고 위아지학(爲我之學)을 한다고 했다 합디다. 위아지학은 내가 본디 하지 않지만 나의 행적이 위아지학과 매우 흡사하기에 그 말을 듣고는 식은땀이 흘렸습니다. 겉으로 드러난 행적만을 가지고 사람을 판단할 수는 없는 것입니다.

......

율곡은 서찰을 천천히 내렸다.

위아지학?

문득 포도대장의 얼굴이 떠올랐다.

위아지학이라는 말이 여기서 나온 것인가?

"이 서책 남시보가 주었나?"

"네."

"용하네. 이런 것까지 서슴없이 내어주는 걸 보면?"

율곡의 말에 곽문이 피식 웃었다.

"보고 꼭 돌려달라고 합디다."

"퇴계 선생을 위아지학이라고 한 남시보를 정말 잘 아나보다?"

곽문이 다시 웃었다.

율곡이 알기에 퇴계 선생은 걸핏하면 벼슬을 사양했다. 그래 사람들은 그를 산새(山禽)라고까지 비아냥거렸다.

"퇴계 그 사람 아무리 생각해도 이해 못할 사람이야. 누구는 벼슬을 하지 못해 안달인데 벼슬을 하지 않으려고 하니 말이야."

"그것은 자신만을 위하고 세상을 위할 줄 모르기 때문이 아니겠습니까?"

"오히려 그 반대일 수도 있지 않겠는가? 비록 외도이긴 하지만 석가의 제자 아난(阿難)은 이렇게 말했다지? 중생을 구제하는 것이 진정 불은(佛恩)에 보답하는 길이듯이 직접적인 보답만이 보답이 아니라고. 주자도 말하지 않았는가? 남들이 모두 세상에 진출한다고 해서 덩달아 나설 게 아니라

내 길을 가야 한다고."

더러는 현실적이지 못한 그런 퇴계를 성인시하는 이도 있었다.

율곡은 물끄러미 곽문을 쳐다보았다.

왜 그러느냐는 얼굴로 곽문이 율곡의 표정을 살폈다.

지조를 생명으로 하고 세속적 욕망이나 권력을 넘어선 한 늙은이의 모습
이 떠오르자 율곡은 가슴 한 쪽이 다시 아려왔다. 평생을 학문에 매진했으
며 자신의 자리가 천위(天位)요, 그 임무가 천직(天職)이라고 알던 이가
아니던가? 멍석을 깔고 지내도 한 가닥 양심과 도덕성만은 버리지 못한다
던 선비정신. 돈의 노예가 되어 권력의 노예가 되어 염치없이 자기만이
제일 잘났고 자기만이 가장 훌륭하다고 떠드는 인간들. 그 몰염치한 세상
속에서 언제나 바른 모습을 보이려고 노력하던 사람. 그런 그가 어쩌다가
이런 사건에 연루된 것일까?

"여전히 믿기지 않습니다. 그런 분이 사도에 빠지다니?"

곽문이 눈치를 채고 그 마음 안다는 듯이 한마디 툭 던졌다.

율곡은 자신도 모르게 고개를 주억거렸다.

"그러게. 정말 믿기지 않아."

"그렇게 올곧은 선비가 외도를 숭상한다? 왜?"

스스로에게 묻듯 곽문은 그렇게 중얼거리다가 후딱 눈을 감았다.

2

율곡은 바람이나 쐴 겸 밖으로 나왔다. 멀리 하늘 끝자락에 뻗어 있는

것 같은 능선들이 검은 구름 속에 녹아내리는 것 같았다. 그 전면의 반월형의 산들은 고요한 정적 속에서 구름 위에 떠 있었다. 그것은 사나운 음악처럼 사람의 마음을 흔드는 힘이 있었다.

조금 전에 꾼 꿈자리가 떠올랐다. 분명히 산정 위에 서 있었다. 바람이 사나웠다. 거기에 퇴계가 있었다. 옷깃을 날리며 수염을 바람에 날리며 서 있었다. 그가 하늘을 향하여 울부짖었다.

"오오, 성현들이시여, 미망에 찬 이 인간을 용서하소서!"

그렇게 울부짖고 다시 하늘을 향하여 그가 목청을 높였다.

"……노자께서 공자께 말씀하셨다. 그대에게 도의 대략을 말하리라. 분명하게 눈에 보이는 것은 컴컴하여 눈에 보이지 않는 것에서 생겨나고, 형상을 갖추어 분별할 수 있는 것은 형상이 없는 것에서 생겨나며, 사람의 정신은 자연의 본원인 도로부터 생겨나고, 그 육체는 정기의 화합에서 생겨나는 것이네. 그리하여 만물은 형체에서 형체로 서로 생겨나는 것이네. 육체에 아홉 구멍을 가진 사람이나 짐승들은 태(胎)로부터 태어나고, 여덟 구멍을 가진 새나 물고기는 알에서 생겨나지만, 그것들이 생겨나오는 데도 자취가 없고 죽어가는 데도 끝이 없네. 출입하는 문도 없는가 하면 묵는 방도 없고 사방으로 넓게 통해서 한이 없네. 이러한 도를 따르는 사람은 온 몸이 건강하고 각이 통달해서 이목이 총명하네. 마음을 써도 피로한 일이 없고 사물에 응해도 얽매임이 없네. 하늘도 이 도를 얻으면 높지 않을 수 없고, 땅도 이 도를 얻으면 넓지 않을 수 없으며, 해와 달도 이 도를 얻으면 운행하지 않을 수 없고, 만물도 이 도를 얻으면 번창하지 않을 수 없네. 이런 것을 도라고 하네."

사람들이 모여들기 시작했다. 사람들이 그를 바라보았다. 하나같이 미쳐버렸다는 눈빛으로 그를 바라보았다.

　퇴계는 숨이 가쁜지 휴 하고 숨을 내뱉은 다음 깊이 들이마시고 다시 목청을 높였다.

　"공자가 그 말을 듣고 깊이 감복하여 3개월간 밖을 나오지 않다가 노자에게 다시 돌아와 말하기를, '제가 깨달은 바가 있습니다. 까마귀와 까치는 새끼가 되어 자라고, 물고기는 거품에 붙어 자라고, 나나니벌은 탈바꿈하여 성충이 되고, 동생이 생기면 형이 울게 됩니다. 오래되었습니다. 오호라, 제가 자연과 더불어 하나가 되지 못한 위인이었던 것입니다. 더불어 하나이지 못한 사람이 어찌 다른 사람을 자연과 하나이게 할 수 있었겠습니까? 그렇게 말하자 노자가 말하기를, '천지자연은 있는 그대로 존재하면서 아무 일도 하는 바 없으나, 봄이면 초목의 새싹을 트게 하고, 가을에는 결실을 맺게 하며, 겨울이 되면 다시 제 모습으로 돌아가게 한다. 그런데 인간은 감각적 인식과 편견에 사로잡혀 우주 만물을 상대적으로 인식하고, 모든 가치를 인위적으로 판단함으로써 도나 자연으로부터 점차 멀어져서 자연의 덕을 망각하게 된 것이다. 그 결과 사회적으로도 많은 혼란과 갈등이 생기게 된 것이지. 도는 만물을 생성 변화시키는 근원으로서, 이 생성 과정에서 각 사물은 근원적인 도에서 얻어 가지는 것이 있는데 이것이 덕인 것이다. 지금도 그 본질을 모르는 이들이 있으니 안타까운 일이다.' 노자의 말이 끝나자 공자가 하늘을 우러러, '그 누가 이 세계를 부정할 수 있으리오. 도심을 일깨우는 선생님(노자) 자비를. 이로 인해 세상은 발전해 가리라. 어찌 이 성스러움을 불경스럽다 하겠는가? 내 이제 유교와 도교의 세계를 하나로 모아 그 사상이 곧 하나임을 알려 인류의 등불이 되게 하리라'라고 하였다. 공자의 뜻을 안 노자가 '합종(合宗) 사상을 펴시겠다니 참으로 의로운 일이다……'라고 말했다."

문득 눈을 뜨니 꿈이었다. 실타래처럼 헝클어진 꿈의 실마리를 떠올리다가 율곡은 고개를 홰홰 내저었다.

뜻밖이었다. 의외였다.

무슨 꿈이 이러한가? 퇴계 선생이 도교에 천착하고 있다는 걸 알고 있었지만 꿈자리에까지 그런 모습으로 나타나다니.

꿈에서 그가 외치던 말이 생생히 떠올랐다.

합종? 도교와 유교를 하나로 한다?

율곡은 머리가 내저어졌다.

그럴 리가 있나?

한동안 쓸쓸한 애상이 그를 사로잡았다.

하기야 얼마 전까지만 해도 나랏님이 도교의 본원인 소격서에 들어앉아 제사지내는 세상이기는 했다. 정암 선생이 사사된 후 도교의 본원인 소격서가 복원과 폐지를 거치면서 그들의 사상은 이미 이 나라의 의식이 되었다. 민간 신앙으로 자리 잡은 지 오래된 마당이다. 그러나 어디까지나 도교는 오랑캐의 사상이 아닌가?

그런데 퇴계가 하늘을 향해 울부짖고 있었다.

합종, 합종이라니?

상상도 못할 일이었다. 아무리 꿈자리라고 하지만.

도교는 병 없이 건강하게 오래 사는 양생에 도의 근본을 두고 성인의 씨앗을 바른 법을 통해 수행하여 본성(本性)을 기르는 성태장양(聖胎長養)을 강조하는 사상이다.

정말 그는 도교의 추종자가 되어버린 것일까? 임금이 던져 준 글 뭉치

속에서 본 퇴계. 그는 정말 도교의 양생법에 미쳐버렸는가?

세상이 바뀌면서 사람들은 도교의 양생법인 단기폐식법(스스로 숨을 멈추어 우주의 기를 자기화하는 최고의 경지)이라도 습득하면 여자를 안아도 결코 사정하는 법이 없다며 미쳐가고 있었다. 그래서 임금은 퇴계마저 리학경을 찾아 나설 수밖에 없다고 생각하고 있는 것이다. 왜냐하면 퇴계는 건강에 누구보다 관심이 많다는 것을 알고 있었기 때문이다. 더욱이 퇴계는 여색에 있어서만은 관대하다는 말까지 나도는 마당이다. 퇴계의 잠자리는 우레가 치고 천둥이 친다는 말이 있었다. 도교의 단기폐식법을 습득했기 때문이라는 것이다. 밤새 여자를 안아도 결코 사정하지 않는다고 한다. 바로 도교의 방중술을 습득했기 때문이라는 것이다. 그렇다면 임금의 판단은 옳다. 퇴계가 산천을 유람하면서 안 가본 절이 없고 모르는 고승이 없을 정도라면 도교의 도선을 모를 리 없었다.

그래서일까? 그는 그래서 꿈에서처럼 도교와 유교를 이제 하나로 안으려고 하고 있는 것일까?

율곡은 공자의 조상(彫像)을 우러러보았다. 그는 공자 앞으로 가 조용히 눈을 감았다. 지나온 세월이 그림처럼 눈앞을 스쳤다.

율곡은 문 가로 다가가 꽃잎이 분분히 떨어져 내리는 걸 보면서 지나온 세월을 잠시 되돌아보았다. 참으로 엄청난 세월이었다. 유생 시절. 그래도 그때는 건강했었다. 나름대로 소신도 있었다. 그 당시 퇴계의 리기이원론이 유생들 사이에 전염병처럼 퍼져가고 있었다. 그랬지만 그는 김시습을 존경하고 있었고 화담의 품속을 그리워하고 있었다. 리와 기를 하나로 본 그들의 사상에 동조하고 있었기 때문이었다.

공자 상 앞에서 두 손을 모으고 다시 생각에 잠겼던 율곡은 눈을 떴다.

금강산을 내려와 그렇게 그들을 사랑하며 그들처럼 살리라 했는데 이제 외도들이 리기의 사상을 매도함으로써 세상은 하루가 다르게 혼탁해져가고 있었다. 이제는 소위 이 나라의 태두라고 하는 사대부가 리기 사상의 근원이 불교나 도가에 그 근원이 있는 양 그들과 어울려 잘못하면 유림이 말할 수 없는 곤경에 처할지도 모를 일이었다. 그래서 상감은 노하여 조사하라 일렀고 사대부들은 행여 그 여파가 유림에 튈까 쉬쉬 하는 판이었다. 그래 율곡은 일어섰다. 유림을 위해. 외도들의 감언이설에 고통 받는 민중을 위해 임금의 명을 받잡은 것이었다.

미몽

1

분명히 그 늙은 노파였다. 그의 손에 든 푸른 칼날이 광풍이 되어 여지없이 가슴으로 날아들었다. 가슴에서 피가 쏟아졌다.

"이히히히."

노파의 입에서 광기에 찬 웃음이 흘러나왔다.

"죽어라. 이 영감탱이야. 내 아들을 망가뜨렸으니 너 또한 그렇게 되리라."

서슬 푸른 칼날이 다시 가슴을 헤집었다. 피가 달빛 속으로 흘렀다. 시뻘건 피가 검광(劍光)을 물고 푸들거렸다. 모든 것이 흩어지고 있었다. 모든 것이 본래대로 돌아가고 있었다. 흙이 되어, 물이 되어, 불이 되어, 바람이 되어 천지사방으로 흩어져 가고 있었다.

"이히히히."

노파가 웃었다. 시퍼런 장검을 쳐들고 웃고 서 있었다.

저 사람이 누구인가?

그런 생각을 하다가 퇴계는 눈을 떴다.

꿈! 꿈이었구나!

이마에서 안도의 손길이 느껴졌다.

"꿈을 꾸셨나 보군요?"

퇴계는 멀거니 그를 쳐다보았다.

"생전 꿈이란 건 몰랐는데 어쩐 일인지 모르겠다. 내가 잠꼬대를 했냐?"

"무슨 소릴 하시는 것 같았지만 자세히 듣지는 못했습니다. 무슨 꿈을 꾸셨습니까?"

"아직도 깨닫지 못한 미물인데 꿈인들 못 꾸겠는가?"

"요즘 들어 말이 지나치십니다."

"나도 인간인데 어찌 꿈을 꾸지 않겠어? 하지만 미물도 이런 천박한 꿈은 꾸지 않을 게다. 모두가 위선이요 거짓인 게야. 오늘날까지 입으로는 남을 힐난하면서 정작 내 마음이 이렇게 여여하지 못하니……. 그런데 위없는 법(법 위에 무엇도 없다는 말)이 무슨 소용이랴."

안도가 슬프게 할아버지를 바라보았다.

많이 쇠약해지셨구나.

안도가 보고 있자 그를 마주 쳐다보는 퇴계의 눈이 붉어졌다. 순간 한 아녀자의 모습이 눈앞에 떠올랐다.

아, 그녀의 모습을 보는 듯하구나.

저놈을 닮았던가? 스물일곱에 지아비와 젖먹이를 두고 떠나는 그 마음이 오죽했을까?

맏아들 준과는 달리 손자만은 아들처럼 키워서는 안 되겠다는 생각에 퇴계는 손자 안도에게 천자문을 직접 가르쳤다. 벼슬을 하면서도 아들을 데리고 다니며 가르친 적이 없었다. 아내의 죽음, 과거, 벼슬…… 여러 가지 일로 아들 교육에 힘쓰지 못해 늘 마음 아팠던 퇴계는 아들이 금씨와 혼인하여 첫손자를 낳자 뛸 듯이 기뻐하며 아몽(阿蒙)이라는 이름을 지어주었었다.

퇴계는 손자를 자신이 군수로 있던 풍기로 데려와 학습을 지도했다. 그리고 15세가 되자 안도(安道)라는 이름을 주었다. 도(道)가 편안하게 생각된다면 이미 도를 얻었다는 뜻이 거기에 있었다. 예상했던 대로 안도는 기대를 저버리지 않고 26세에 성균관에 입학하여 8월에 문과 초시에 합격했다. 퇴계의 기쁨은 말할 나위 없었다.

퇴계는 안도에게 학궁에서의 공부만을 가르치지 않았다. 사회생활 역시 공부의 연장임을 가르쳤다. 곧 공부란 실천을 위한 전단계라고 가르쳤다.

그런 퇴계에게 어느 문인이 이런 말을 했다.

"바로 그 점이 선생님이 평생을 추구해왔던 퇴계학의 핵심이 아닙니까?"

그날 퇴계는 안도에게 이런 글을 썼다.

앞에서 너를 떠받드는 무리가 있을 것이다. 그런 부류는 대부분 네 앞에서 너의 말에 동조하다가 돌아서면 비웃고 손가락질하기 마련이다. 요즘 사람들은 그렇게 겉과 속이 달라서 네 앞에서는 속을 내보이지 않다가 돌아서서는 온갖 방법을 다해 모함하고 헐뜯고 약속을 어기고 배신한다. 그런 이를 가까이 하지 마라. 그 사람의 속내를 알 수 없으므로 우롱만 당할 테니 말이다. 불손한 마음을 가지고 가까이 다가오는 이, 남을 비방하면서 가까이 다가오는 이를 조심하여라. 그가 분해하고 화내는 이유는 자신의 이익 때문이다. 그 사람이 구하고자 함에 동조해서는 안 된다. 친하다고 마음을 다 주면 그가 이익을 위해 너를 배신했을 때 너의 정분은 약점이 된다. 남의 일에 간섭하지 말고, 많이 아는 척 하지 말고, 알아도 입을 다물어야 한다. 자신을 위해 남에게 변명하지 말고 비방하는 사람과 싸우지 말거라……

이 가르침은 곧 세상을 살아나가는 방법을 가르치는 것이었다. 즉 공부의 실천이었다. 퇴계는 세상으로 나가 벼슬을 하면서 수많은 사람들을 만나왔다. 조정의 간사한 무리들, 비방과 모함이 판치는 곳이 그곳이었다. 그곳에서 인간답게 살아내기란 참으로 어려운 일이었다. 그곳에서 참생활을 영위하려면 열심히 공부해 나가는 방법밖에 없었다.

안도 아내의 아버지 권소는 당시 안동부사로 재직하고 있었다. 그렇기에 결혼도 안동 관아에서 했다.

안도는 할아버지의 가르침대로 결코 아내의 도움을 받지 않고 가정을 잘 이끌었다. 아내 역시 시할아버지의 뜻을 받들어 부부간에 예를 갖추어 서로 공경하였다.

데리고 다니며 교육을 제대로 시킨 보람이 있었다.

안도에게

어제 혼례는 잘 치렀느냐? 너를 도울 사람을 삼가 맞이하여 우리 집안의 일을 계승하되 공경하는 마음으로 거느려 돌아가신 어머니의 뒤를 잇게 할지니 너는 언제나 변함이 없어야 할 것이다.

부부란 인류의 시작이고 만복의 근원이므로 비록 지극히 친밀한 사이기는 하지만 지극히 바르게 하고 지극히 조심해야 할 처지이기도 하다. 그 때문에 '군자의 도는 부부에서부터 시작된다'고 한 것이다. 그러나 세상 사람들은 부부간에 예를 갖추어 공경함을 싹 잊어버리고 너무 가깝게만 지내다가 마침내는 서로 깔보고 업신여기는 지경에까지 이르고 만다. 그 모든 것이 부부간에 서로 예를 갖추어 공경하지 않았기 때문에 생겨나는 일이다. 그래서 가정을 바르게 하려면 의당 그 시작부터 조심해야 하는 것이다. 거듭 경계하거라.

그때까지도 안도는 혼례를 치른 뒤에 처가살이를 하고 있었다. 손자며느리가 아직 신행도 오기 전이었는데 시할아버지를 걱정해 두건과 버선을 보냈다.

그러자 퇴계는 손자 안도에게 이런 편지를 보냈다.

오늘 내 생일이라고 네 아내가 두건과 버선을 보내왔다구나. 성의는 고맙다만, 아직 서로 만나보지도 못하였지 않느냐? 선물을 받는 것이 마음에 편치 않다.

임금을 모시던 분이 그렇게 손자며느리가 보낸 두건과 버선을 앞에 두고 전전긍긍하고 있었다.

그런데 어느 날 손자며느리가 보낸 선물과는 비교할 수 없는 선물 하나가 왔다.

불쑥 나타난 사내를 향해 퇴계가 물었다.

"어디서 오시었소?"

눈이 쭉 찢어지고 아주 험상궂게 생긴 사람이었다. 나이는 얼마 되지 않았다. 왼쪽 눈썹 끝에 콩알만 한 점이 있었다.

"혹시 임도주를 아시오?"

"임도주?"

그가 칼 하나를 품에서 꺼내 퇴계에게 주었다. 퇴계가 받아보니 아녀자들이 가슴 앞에 다는 단장은 아니었다. 사내들이 가지고 다니는 단도로 보석이 칼집에 박혀 있었다.

"아주 좋은 것 같구려. 누가 이렇게 값진 것을 선물한 것이오?"

그렇게 물으며 칼을 뽑았다. 도신을 보던 퇴계는 깜짝 놀랐다.

"임거정!"

그제야 사내가 입꼬리를 칼끝처럼 째고 웃었다.

"우리 두령이지요. 마지막으로 알려줘야 할 것 같아서."

퇴계가 놀란 눈을 치떴다.

"마지막으로?"

"알고 계시군요. 우리의 두령이 잘못됐다는 것을."

"당신은 누구요?"

"그분이 보낸 사람이라니까요."

그렇게 말하고 사내가 재빨리 말을 이었다.

"꼭 이 말을 들려주라고 하시더군요. 혹 포도관 이억근(李億根)을 아느냐고?"

"이억근?"

"그분은 아시더군."

"이억근이 누군가?"

"어허, 종친도 몰라?"

"종친?"

"핏줄이 아닌가?"

그러고 보니 퇴계는 생각났다. 그때가 명종 몇 년이던가? 아마 14년쯤이었을 것이다. 임꺽정이 세거지를 개성에 두었다는 소문이 돌았다. 소문이 돌기 무섭게 그가 개성 근방에서 출몰하기 시작했다.

어느 날 개성부 포도관으로 있던 억근이 퇴계를 찾았다.

"어르신 자주 찾아뵙지 못하여 죄송합니다."

"아버님은 강녕하시지?"

아재뻘 되는 분의 아들이라 그렇게 물었다.

"그럼요."

모처럼 와 하룻밤 자고 갈 줄 알았는데 군인 20여 명을 데리고 임꺽정의 소굴을 습격하게 되어 가봐야 한다고 하며 돌아갔다.

그 후 이틀인가 지났는데 임꺽정을 잡으러 갔다가 억근이 오히려 죽임을 당했다고 하였다. 20명 모두 몰살했다는 것이다.

"이제야 기억이 나십니까?"

"기억은 나오만 그가 보냈다니?"

"임 두령은 그들을 참혹하게 죽였지요. 부하를 끌고 온 이억근이 선생의 핏줄인줄 알자 아주 가죽을 벗겨 죽였지요. 바로 그 칼로."

"무엇이?"

퇴계가 눈을 크게 떴다.

"꽤 놀라시는군요. 그뿐만이 아닙니다. 조정에서 개성부유수에게 두령을 잡으라는 엄명을 내렸을 때 선생께서 그곳에 계셨지요? 하지만 임두령을 한 달이 지나도 잡지 못했지요. 그러자 임금은 도둑잡기를 게을리 한다며 수령(개성부유수)에게 엄벌을 내렸지요. 그리고는 공을 세우면 후한 상을 내리겠다고 했지요. 그해 8월에 우리는 한양으로 올라왔지요. 장통방(長通

坊, 종로통)에서 선생을 죽이려 했지요. 그런데 따르는 사람이 너무 많았어요. 활을 쏘아 부장(部將)만 맞히고 달아났지요. 그 때 두령의 아내와 졸개 몇 사람이 잡혔지요. 선생은 두령의 아내를 형조 소속의 종으로 삼게 하는 데도 침묵했어요. 그해 10월 금교역을 통해 서울로 들어와 벼슬아치의 이름을 사칭하고 관가를 출입하면서 선생을 죽이려 했지요. 하지만 역시 실패하고 말았어요. 그해 12월에 두령의 참모인 서림(徐林)만 잃었지요."

"그래서?"

"이상하더군요. 왜 아무 무장도 없는 선생을 그렇게 죽이기 힘들었는지? 결국 두령은 당신을 죽이지 못하고 내게 그 칼을 남겼던 거요. 이 칼로 자진을 하겠다면 자신의 죄를 아는 것이니 껍질까지는 벗기지 말라고."

"날더러 이 칼로 자진을 하라?"

사내가 고개를 주억거렸다.

"그대는 누구인가?"

"강산(姜山)이오."

"강산?"

"어디서 들어본 것 같습니까? 그럴지도 모르지요. 한때 도가에 몸담았다가 두령의 열정에 미쳐 그의 심복이 되었으니까요. 자, 잡설은 그만 두고 이틀입니다. 이틀 안에 자진을 택하신다면 다시 오지 않겠지만 하지 않으신다면 다시 올 것입니다. 그리고 그 칼로 선생의 살 껍질을 벗겨 죽일 것입니다."

퇴계가 너무 어이가 없어 눈을 감는데 사내가 날쌔게 그 자리를 피해 어둠 속으로 사라져버렸다.

풍정일화

1

어정쩡한 일상이 되풀이 되고 있었다. 아침에 내린 비로 인해 앞산이 좀 맑아 보였다. 아직 비안개가 완전히 물러가지 않아서인가. 여름 날씨는 종잡을 수가 없었다. 햇살이 나면 덥고 날이 궂으면 모든 것이 칙칙 감기는 것 같아 불쾌했다.

어젯밤의 단조롭고 지루한 빗소리를 기억하며 생각에 잠겼는데 곽문이 다가왔다.

"무슨 생각을 그렇게 해요?"

율곡은 그를 쳐다보며 미소 지었다.

"실력을 좀 발휘해보시지 그래요. 상상력이나 추리력이 발동하지 않아요?"

율곡은 슬며시 시선을 피해버렸다.

아침 식사를 마치는 즉시 율곡은 곽문과 함께 퇴계의 지인들을 찾아보기로 했다. 그들을 찾아다니다 보니 조목(趙穆)이라는 사람이 떠올랐다. 그는 퇴계의 문인으로 벼슬 사양하기로 유명한 사람이었다.

"맞습니다. 벼슬에 뜻을 두지 않고 학문에만 몰두하는 분이었습니다. 퇴계 선생님을 가까이에서 모시면서 리기에 대한 사변적 분석을 지양하는 분이라고 하더군요."

"맞아. 경학(經學)에 능통한 학자지."

그를 만나보라고 하는 이들이 그렇게 말했다.

그러고 보니 율곡은 성균관에 있을 때 만난 적이 있는 사람이 아닐까 하는 생각이 들었다. 아마 조목이 공조좌랑에 임명되었으나 이내 사직한 직후였을 것이다.

"퇴계 선생님은 평소 제가 존경하고 흠모하던 분입니다. 그런데 이번에 불미스런 사건에 휘말린 것 같아 이렇게 찾아다닐 수밖에 없는 제가 송구스럽습니다."

만나서 그렇게 말한 후 자초지종을 말하자 조목은 고개를 내저었다.

"그럴 분이 아닐세."

"저도 그렇게 생각합니다만 상감의 진노가 예사롭지 않으니……."

"오해하지 말게. 우리와는 다른 분이야. 오해할 사람을 오해해야지. 우리들의 이상이 관료로서 나라에 헌신하는 데 있다면 그분의 이상은 언제나 교육 사업에 있었네. 그래서 은거와 강학에 몰두하고 계셨고."

"예, 저도 그렇게 알고 있습니다만……."

"소문에 들으니 그대는 정치에 적극적이라고 하더군. 하지만 그분은 그런 사람이 아니야. 지극히 소극적이지."

조목이 퇴계를 만난 것은 성균관 유생 시절이었다고 했다.

조목은 성질이 까다로워 남과 잘 어울리지 못하였다. 더욱이 성균관에서 공부했지만 대과에 들지 못했다. 그러니 끼니를 끓여 먹을 수 없을 정도로 가난했다.

퇴계가 단양군수를 거쳐 풍기군수가 된 것은 그의 나이 48세 때. 퇴계가 조목의 사정을 알고는 쌀을 보내주고는 했다. 퇴계는 또 제자 김취려가 청어를 보내오자 그것을 나누어 어른을 공경하라고 조목에게 보내주었다.

이 사람아, 방이 추워 붓이 얼고 있다네. 그러니 그대는 얼마나 춥겠는가? 여기 숯 한 섬을 보내니 질화로의 불을 피워 방의 훈기를 돕고, 백지 한 속을 보내니 그대 공부에 도움이 되길 바라네. 붓이 얼어 서둘러 끝내니 이해하시게.

추운 겨울 날 퇴계가 조목에게 쓴 서찰이다. 어느 날 퇴계는 쌀 두 말과 콩 두 되를 보내면서 배고파 우는 아이들의 울음이나 달래라고 하였다. 조목은 그때마다 퇴계가 있는 곳을 향해 눈물을 흘렸다. 조목은 자존심이 강한 사람이었다. 아무리 배가 고파도, 아이들이 배가 고프다고 울어도 남에게 손을 벌리지 않았다. 그러나 진정으로 퇴계를 존경했기에 스승의 도움은 눈물을 흘리며 받아들였다.

조목은 없으면서도 자부심이 대단하여서 남과 논쟁하기를 좋아하고 그러다 도반들과 자주 다투어 실수를 했다. 그래서 퇴계는 그 점을 안타까이 생각했다. 머리가 명석하고 공부가 깊었지만 수행이 모자랐기 때문이다.

강한 것이 군자의 덕이긴 하네. 하지만 날뛰는 심성을 잘 다스려야 해.

다스리지 못하면 사납고 거칠어져 성내게 되는 것이지. 내가 살펴본 바로는 그대의 근성에 그런 기운이 있네. 술을 마시면 사람은 자신의 감정을 조절하지 못하지. 그러니 매양 술을 마시면 근성이 나타나 근심이 되는 것이야. 부디 깊이 생각하고 반성하여 속히 고치도록 하게. 그것이 나의 소망이네.

이황

조목은 어느 날 김성일, 우성전 등과 어울려 스승 퇴계의 심경에 대하여 토의하다가 집으로 돌아오며 이런 시를 지었다.

시내 북쪽 산에 계시는 스승님 뵙고
친구들과 한 방에서 의문을 풀었네
돌아오는 강마을 길 십 리
잠자리 찾는 숲 속의 새들은 알고 있을 것이네

이 시를 본 퇴계는 자신의 견해가 옳다고만 하는 조목의 자만을 단번에 꺾었다.

학문이 끊어졌으니 오늘의 사람 중에 스승은 없다
겸허한 학문으로 이치를 살피면 그 의문 풀리리라
숲 속의 새들에게 고마운 뜻을 바람에 실려 보내게
오직 스스로 알게 되는 때를 기다리겠노라고

이런 퇴계의 가르침에 힘입어 조목은 나중에 의정부가 추천한 학문과 덕행을 고루 갖춘 인물 5인 중 으뜸으로 꼽혔다.

2

조목은 헤어지면서 율곡에게 우성전(禹性傳)이라는 사람을 찾아가보라고 했다. 그 역시 퇴계의 문인이었다.

율곡은 즉시 곽문과 함께 조목이 가르쳐준 대로 우성전을 찾아갔다. 우성전을 찾아가면서도 조목과 나눈 말이 잊히지 않고 자꾸만 되살아났다.

우성전은 의외로 젊은 사람이었다. 율곡보다 나이가 아래 같아서 좀 편했다. 우성전도 퇴계에 대한 자초지종을 듣고 나서 머리부터 내저었다.

"그럴 리가 없습니다. 선생님이 그러시다니요?"

상감을 진노케 할 일을 저지를 분이 아니라는 것이다.

그는 잠시 대화를 나누다가 이런 말을 했다.

우성전은 어느 날 단양을 지나가다가 대장간에 들러 한 대장장이를 만났다. 그 대장장이는 퇴계의 제자였다. 퇴계가 강학이 있어 서원에 들르면 그때마다 뜰 가에 와 엎드려 절하며 청강하기를 간청하던 사람이었다.

대장장이는 쇠마치질을 하다가 시선을 들었다.

"어떻게 오시었소?"

대장장이가 우성전에게 물었다.

"뭐 하나 물어보려고 이리 들렀소이다."

"물어보시오."

"지금까지 이 고을 태수로서 누가 정사를 제일 잘했소이까?"

"그야 황준량이지요."

서슴없이 대장장이가 말했다.

황준량 역시 퇴계의 문인이었다.

"그분이 어떻게 했기에요?"

우성전이 다시 물었다.

"최근에 임금님께 글을 올려 주민들의 부역을 면하게 해주었기 때문입니다."

"그렇구려."

"사실은 그분보다 더 마음속으로 잊지 못하는 분이 있긴 합니다."

"마음속으로? 방금 황준량이라는 분이 정사를 제일 잘하셨다고 하지 않았소?"

"그랬지요. 하지만 나라에 글을 올려 부역을 면하게 하지는 않았지만 모든 행동이 청렴결백하여 사람들을 감복시킨 분이 계십니다."

"그래요? 그분이 누구요?"

"그분의 모든 것이 한 점 사사로운 티끌도 없어 맑은 바람이 씻어가는 듯하여 홀로 수석 사이를 거니는 신선 같았지요."

"도대체 그분이 누구요?"

"지금도 사람들이 잊지 못하고 애모하고 있는 이퇴계 선생님이지요."

"그분이 어떻게 했기에?"

"그분은 귀천이 없는 사람이었습니다. 양반이나 중인이나 상것이나 차별하는 법이 없었지요. 누구에게나 똑 같이 대했습니다. 어떤 손님이든 버선발로 달려 나와 뜰아래에서 예를 갖추어 맞았으며 누구에게나 자신의 신분을 높이는 법이 없었지요. 그래서 물었지요. 대인의 도는 노소나 귀천을 구별하지 않아야 하는 것입니까? 그러자 그분은 대답했습니다. 사람은 신분에 따라 그 예가 다르나 마음속에 오만함을 가지고 홀대해서는 옳은 도리가 아니며, 함부로 일어나는 자만심을 몰아내는 것이 선비의 도리라고. 그러니 어느 누가 감복하지 않고 존경하지 않는 이가 있겠습니까?"

우성전은 고개를 끄덕였다. 퇴계의 인본주의 이념, 그 이념은 곧 퇴계의 기본 철학임에 분명하고, 그 핵심임을 다시 한 번 깨달았기 때문이다.

우성전이 발길을 돌리려는데 대장장이가 그것을 증명이나 하듯 문득 말을 흘렸다.

"제가 무지렁이로 살다가 글을 배워야 되겠다는 생각에 하루는 선생님이 계신 서당으로 갔었다오. 감히 선비님들 사이에 끼어들 수는 없고 뜰 앞에 꿇어앉아 엿듣고 있는데 선생님께서 불러들여 저를 가르쳤다오. 선비들이 어떻게 대장장이와 학문을 함께할 수 있느냐고 하자 선생님은 불 같이 화를 내었지요. 배움에 높낮이가 어디 있느냐고. 한 번도 당신보다 나이가 어리다고 '너'라고 하는 말을 들어보지 못했소이다. 연장자는 예를 다해 모시었고 어린 제자가 와 인사를 올려도 반드시 무릎을 떼고 일어나 답례했소. 저에게도 '너'라고 하지 않았다오. 나쁜 말로 나무라지도 않았고 항상 읍하여 저를 맞아 벗으로 대해주었다오. 참으로 무서웠소. 저는 그분이 흐트러지는 모습을 한 번도 본 적이 없습니다. 수신십훈을 세워놓고 행동하던 분이었으니까 말이오. 저는 보았소. 그분 가르침의 정수를."

"그대의 함자가 어떻게 되오?"

"배순(裵純)이라고 하오."

"호오, 그대가 선생님이 돌아가시면 철상(鐵像)을 모시고 삼 년 상복을 입겠다는 그 제자요?"

"어허, 소문이 벌써 그렇게 난 게요? 그대는 누구시오?"

"나 역시 퇴계 선생님의 제자외다. 선생님을 모시던 분에게 들었습니다."

"그분이 학문에 귀천이 어딨느냐며 글을 가르쳐주시었소. 처음으로 저를 사람답게 대해주신 그분의 은혜를 어떻게 잊겠소? 철상을 만들어 삼 년 아니라 삼십 년을 모시더라도 그 은혜 다 갚지 못할 것이요."

"그러고 보니 안동 스승님 댁에서 본 그 처자의 아비시구려."

"오호, 제 딸 금보(秀寶)를 보았구려. 그렇소이다. 한 번씩 찾아뵈어 인간의 도리를 배우게 하고 있습지요."

"아주 곱더구먼요."

"이제 딸아이의 나이가 과년해 치울 때가 되었습니다."

이렇게 퇴계의 말을 하고 있던 우성전이 정색하며 율곡에게 말했다.

"제 딸에게도 많은 가르침을 주고 계신데, 그런 분이 어떻게 그러실 수 있겠습니까?"

문득 율곡의 뇌리 속으로 도산서당에서 기녀 두향과 함께 있던 그 처자의 이름이 떠올랐다.

그녀의 이름이 금보라고 했던가?

곽문도 그런 생각이 들었던지 우성전의 집을 나서면서 말했다.

"그럼, 안동에서 본 그 처자, 대장장이의 딸이었다는 말 아닙니까?"

"그런 것 같군. 그 딸이 서당 주변을 떠도는 두향을 만났고 그것을 우리들이 보았겠지."

"그래도 처음 만난 사람들 같지 않아 보였는데……."

"더 일찍 만났을지도 모르지. 대장장의 딸이 안동에 갈 때마다 단양의 두향을 찾았을지도 모르고……."

"그럴 수도 있겠군요."

우성전과 헤어져 돌아오다 보니 율곡은 퇴계를 찾아갔을 때 그에게서 받은 전별시가 생각났다. 안동에서 2박 3일의 상봉을 끝내고 헤어질 때 퇴계가 몰래 짐 속에 넣어준 것이었다.

재덕 지닌 그대를 이월 봄날 만나니 기쁘기 한량없어
삼 일 동안 붙들어 놓으니 서로 마음 통하는 듯하네
비는 늘어진 은죽처럼 시내 기슭 가볍게 두드리고
눈은 구슬 같은 꽃이 되어 나무 몸을 덮어 싸네
말은 진흙길에 빠져 가다가 허덕거리는데
날 개어 지저귀는 새소리에 풍경 비로소 새롭네
한 잔 술 다시 권하며 내 어찌 만난 날 짧다 하리
지금부터 망년지교의 의를 더욱 친해보세

才子欣逢二月春 挽留三日若通神 雨垂銀竹拍溪足 雪作瓊花裹樹身
沒馬泥融行尙阻 喚晴禽語景纔新 一杯再屬吾何淺 從此忘年義更親

그 후 얼마나 지났을까?

다시 다음과 같은 시 한 수가 율곡에게 전해졌다. 역시 퇴계가 안동에서
보낸 것이었다.

젊은 나이 큰 명성에 그대는 한양에 살고
늙은 나이 병 많은 이 몸은 황폐한 촌구석에 사니 어찌 알았으리
그날 그대 찾아올 줄
지난날의 그윽한 회포를 다정히 이야기해보세

早歲盛名君上國 暮年多病我荒村 那知此日來相訪 宿昔幽懷可款言

3

조목에게도 물었지만 우성전에게도 혹시 퇴계 선생이 도교에 관여한 일이 있느냐고 물었다. 우성전 역시 조목처럼 펄쩍 뛰었다. 수신(修身)에 관심이 많았지만 도교라니, 그러면서 고개를 내저었다. 혹 도척이라는 사람에 대해서 아느냐고 물었지만 모른다고 했다.

하는 수 없이 그냥 돌아왔다.

속절없이 며칠이 지났다. 그냥 있을 수가 없어 율곡은 퇴계를 알고 있는 사람을 다시 수소문하기 시작했다. 그러다가 어디를 돌아치다 온 것인지 돌아온 곽문에게서 새로운 말을 들었다.

"참 이상해요."

"뭐가?"

"임꺽정 말입니다."

"또 임꺽정이야?"

"아, 임꺽정의 아내를 종으로 삼은 그 집 아들을 만났지 뭡니까?"

율곡이 고개를 갸웃했다.

"한양에 사는 사람이야?"

"한양으로 임꺽정이 올 때 마누라를 데려왔답니다. 그때 잡혔다고 하지 않습니까?"

"그래서?"

"임꺽정은 그때 부하들을 이끌고 장수원이라는 곳에 모여 기회를 노리고 있었답니다. 제 여편네를 구하려고. 그러니까 전옥서를 부수고 아내를 구출하려고 말입니다. 그런데 그 계획이 탄로 났다고 해요."

"왜?"

"그 집에 퇴계 선생이 와 있었다는 겁니다. 그래 잘 됐다 싶어 퇴계 선생까지 잡으려고 했는데 임금이 고향으로 내려가는 퇴계 선생을 막기 위해 금부도사에게 사람들을 데리고 가 모셔오라고 했다는 겁니다. 고향으로 내려가기 전에 동료를 한번 보고 가려고 했는데 그만 못 내려가게 된 거지요. 금부에서 나와 보니 기미가 이상하거든요. 그래 탄로가 났다는 겁니다. 일대 교전이 벌어졌고 금부에 쫓겨 임꺽정이 도망갔다고 하더군요. 그래서 퇴계 선생님에 대한 증오가 더 깊어졌다는 것입니다."

"그럴 수가! 악연이로다!"

"그 후 역시 이퇴계의 문중 사람인 이흠례(李欽禮)를 죽일 계획을 세웠답니다."

"그래서?"

"하지만 관군이 심어놓은 첩자가 그 사실을 미리 알렸고 조정에서 평산부와 봉산군의 군사 5백여 명을 평산 마산리로 보냈답니다. 하지만 잡지 못했다고 해요. 오히려 관군을 무찔러 부장 연천령(延千齡)을 죽이고 많은 말까지 빼앗아 달아났다고 하더군요. 그래서 임금은 각 도에 대장 한 명씩을 정해주며 책임지고 임꺽정을 잡게 했는데 그래도 성과가 없었답니다. 서홍부사 신상보(辛商輔)가 처자 몇 명을 잡아 감옥에 가두었는데, 백주에 임꺽정이 들이닥쳐 옥사를 부수고 처자들을 구해 내었다고 하지 않습니까?"

"으흠."

율곡이 팔짱을 꼈다.

"그 후 임꺽정은 제 형을 변장시켜 퇴계 선생을 잡으려고 했답니다.

겨울이었는데 황해도 순경사 이사증(李思曾)에게서 임꺽정을 잡았다는 보고가 올라온 겁니다. 그런데 의금부에서 알아보니 얼굴이 다르거든요. 그래 그를 추고(推考)해보니 임꺽정의 형인 가도치(加都致)라는 게 탄로 났지요. 한양으로 올라와 궁에 들어 퇴계를 죽이려 했다는 거지요."

"그럴 수가!"

"순경사 이사증이나 추관 강려(姜侶)가 하옥되었다는 사실은 알지만, 도적들이 퇴계 선생을 잡으려했다? 이게 말이 되는 소린가?"

"사관들도 도둑들이 괜히 헛소리하는 것이라고 믿지 않고 기록도 않을 정도였다니까요."

"허허 참. 이거 헷갈릴 만하네. 내가 알기에 그들을 명종 임금은 반적(叛敵)이라 하지 않았는가? 단순한 도적이 아닌 체제도 뒤엎을 수 있는 존재들이라고 반란군으로 규정했잖은가."

"실록에 실려 가는 글 상당 부분이 가짜 임꺽정으로 채워져 간답니다."

"맞아. 나도 그렇게 들었어. 이상증이라는 자가 가짜를 진짜로 둔갑시켜 출세를 해보려고 했다고. 황해도 순경사 이사증과 강원도 순경사 김세한이 임꺽정을 잡았다는 보고는 사실 임꺽정의 형인 가도치였다고 말이야. 그들은 임꺽정이 아니라는 것을 알았음에도 출세에 눈이 멀어 가도치를 때려 죽였다고."

"맞습니다. 그 후 의주목사 이수철도 임꺽정을 붙잡았다고 조정에 보고 했답니다. 그런데 그가 잡은 인물도 임꺽정과는 아무 상관도 없는데 고신해 거짓 자백케 했다는 겁니다. 이수철은 파직 당했지만 문제는 그게 아닙니다."

"문제?"

"그 후 진짜 임꺽정이 잡혀 일단락되었는데 불행하게도 퇴계 선생에게는 끝이 아니었던 모양입니다."

"끝이 아니라니?"

"임꺽정의 아내를 종으로 삼은 분이 퇴계 선생의 집으로 들어서려다가 이런 얘기를 들었답니다. 임꺽정이 죽으면서 보낸 자객이 퇴계 선생에게 칼을 주면서 자진을 강요했다고. 만약 자진을 하지 않으면 살 껍질을 벗겨 죽여주겠다고. 그때 이틀 말미를 주었답니다."

"이틀? 그래서 이틀 후 죽였다?"

곽문이 풋 웃었다.

"아이고, 참 왜 이러실까? 그때 돌아가셨다면 지금 살아 있겠습니까?"

"그렇지. 그런데 어떻게 되었다고 해?"

"그 사실을 엿듣고 그분이 퇴계를 찾았답니다. 그래 어떡하실 것이냐고 했더니 그 사람이 주고 간 칼만 만지작거리고만 있었답니다."

"그러니까 어떻게 되었느냐고?"

"모르겠습니다. 말하기 싫다고 그러더라고요."

"말하기가 싫다고?"

"그래 계속 물었죠. 그런데 그때 노모가 다 죽어간다고 기별이 왔지 뭡니까?"

"뭐?"

"후다닥 일어나면서 그러더군요. 다음에 다시 오라고. 그럼 말해주겠다고."

"뭐야? 이런 제길."

"내일 다시 가볼까 합니다."

"에이."

율곡은 이런 저런 생각을 하다가 퇴계와 친분이 있다는 한 사람을 찾아
내었다. 김성일(金誠一)이었다. 그러고 보니 성균관 유생 시절 그리고 지방
으로 나갔을 때 약초 사건으로 만난 적이 있었다.

다시 만나 안 것이지만 그는 청계 김진(淸溪 金璡)의 아들이었다. 김진은
안동에 가세를 두고 아들 다섯을 모두 퇴계 문하로 보낼 정도로 퇴계를
믿고 따르던 사람이었다. 그의 넷째 아들이 바로 김성일이었다. 김성일은
열아홉에 아우 김복일과 퇴계 문하에 들어갔다. 31세에 문과에 들었는데
그때까지도 퇴계에게 학문하는 자세와 방법을 배우고 있었다.

그가, 참 인연이라는 것이 무섭다며 허허대다가 율곡으로부터 자초지종
을 듣고는 역시 고개를 내저었다.

"그럴 리 없습니다. 없구 말구요. 그분이 어떤 분입니까? 쉽고 명백한
것이 그분의 학문이요, 정대하여 빛나는 것이 그분의 도입니다. 따스하기
가 봄바람 같고 상서로운 구름 같은 것이 그분의 덕이요, 무명처럼 질박하
고 명주처럼 매끄러우며 콩과 조처럼 담담한 것이 그분의 글입니다."

율곡은 왜 그것을 모르겠느냐는 듯이 고개를 주억거리며 이 사람은 진심
으로 스승을 존중하고 있구나 하고 생각했다.

그런 율곡을 김성일이 안타까운 얼굴로 쳐다보았다.

김성일이 약초를 구하기 위해 지방에 내려가 있을 때 율곡을 만났다.
그때 율곡은 임금의 명으로 지방시찰을 나가 있었다. 두 사람이 같은 곳에
머물고 있었던 것이다. 그곳 산에는 동백꽃처럼 겨울에 피는 희귀한 꽃이
있었다. 그 약초는 겨울에나 구할 수 있는 귀한 것이었다. 기후와 토질
때문인지 다른 지방에서는 구할 수 없었다.

그런데 김성일이 온 산을 뒤졌지만 약초는 없었다. 약초꾼이 이미 다 채취해버린 뒤였다. 김성일이 물어물어 그 약초꾼 집을 찾아갔다.

약초꾼은 해동이 되면 건재상에 가져다주려고 채취한 약초를 그늘에서 말리고 있었다. 약초꾼 집으로 들어서니 그 약초가 무시래기처럼 엮여 처마 밑에 걸려 있었다.

주인을 찾아 약초를 살 수 없겠느냐고 하자 약초꾼은 고개를 내저었다.

"이미 약조가 되었다우. 해동되면 가져다주기로."

"내가 두 배를 주리다."

두 배를 준다고 해도 약초꾼은 뱃장을 튕겼다.

"그렇게는 못하겠수. 내 비록 약초를 캐 먹고살고 있지만 의리가 있지."

"좋소. 세 배를 내리다."

그래도 약초꾼은 고개를 내저었다.

김성일이 주머니의 돈을 계산해보니 네 배를 줄 수는 없었다.

하는 수 없이 터덜터덜 돌아서는데 그냥 갈 수 없다는 생각이 들었다. 고약한 약초꾼 때문에 빈손으로 돌아갈 수는 없는 일이었다.

밤이 되기를 기다려 토담을 뛰어넘었다. 약초를 주루막에 넣고 막 나오려는데 갑자기 횃불이 비쳤다.

"게 섰거라. 이 도둑놈!"

기다리고 있던 약초꾼과 장정들이 김성일을 에워쌌다.

그길로 김성일은 관아로 끌려갔고 관아에서 이율곡이라는 자를 만났다.

율곡은 그를 알아봤다. 율곡이 성균관 유생 때 만난 적이 있었다. 사연을 들어보니 퇴계의 바보 아내가 병이 들어 운신을 못하고 있다고 했다.

"그러니까 퇴계 선생 부탁으로 도둑질을 했다는 말입니까?"

율곡이 물었다.

"아닙니다. 보다 못해 내가 자진해서 온 겁니다."

"그분의 약초를 구하기 위해 여기까지 왔다?"

"그렇습니다."

김성일이 대답했다.

율곡이 약초꾼들을 설득하여 김성일에게 약초를 가져가게 했다.

그 후 어떻게 되었는지 소식은 듣지 못했지만 김성일 사건을 담당했던 율곡은 그 뒤에도 한동안 퇴계 선생이 머리를 떠나지 않았었다. 아내 권씨를 자신의 덕을 쌓는 수양의 화두로 삼았던 사람이 자꾸만 생각났다. 오히려 아내를 통하여 그의 철학은 한결 심오해지고 완숙해졌으리라.

김성일에게서도 별다른 정보를 입수할 수가 없을 것 같아 일어나려는데, '동생 있는가?' 그러면서 들어서는 사람이 있었다.

율곡이 보니 갓은 뜯어져 찌그러졌고 옷은 때에 절었다. 이제 마흔이나 되었을까?

김성일이 버선발로 달려 나갔다.

"아이고 형님 아니십니까?"

"허허, 마침 기셨구먼. 여기 한번 오려면 몸서리난다니께. 어? 손이 있었구먼."

그가 방으로 들면서 율곡을 아는 체해서야 수인사가 이루어졌다.

"순천 사는 이함형올시다."

"아, 예……. 이율곡올습니다."

"이율곡?"

이름이 익은지 그가 뇌까렸다.

"아하, 과거에서 천도책 지으신 분?"

그렇다는 듯이 율곡이 뒷머리를 쓸자 그가 다시 허리를 굽혔다.

"하하하, 여기서 만날 줄이야. 이거 영광이로소이다."

그렇게 말하고 봇짐에서 순천에서 가져왔다며 미역과 생선 말린 것을 내놓았다.

"형님 무겁게 순천서 이곳까지 이걸 지고 왔단 말이오?"

김성일이 감격하여 소리쳤다.

"그럼 어쩌겠는가?"

"아이고 고맙소, 고마워. 잘 먹을게요."

"그러나 저러나 어째 사시는가?"

"그럭저럭 살지 않소. 그리고 보니 형수님 안부도 묻지 못했네."

"잘 있다네."

나중에 안 것이지만 이함형 역시 퇴계의 문인이었는데 퇴계와의 관계는 특별났다. 자초지종을 듣고 난 뒤 이함형이 들려주는 그와 퇴계와의 관계는 김성일이 형수라고 하는 사람, 그 아내 때문에 맺어진 인연이었다.

이함형은 오래 전부터 퇴계의 명성을 듣고 있었다. 그는 어느 날 순천에서 천 리 길을 멀다 않고 안동으로 가르침을 받으러 갔다. 부부 사이가 좋지 못함을 항상 고민하다가 퇴계를 찾은 것이었다.

듣기만 하고 말이 없던 퇴계는 그가 순천으로 돌아가는 날 편지 한 장을 써주며 이렇게 말했다.

"이 글, 지금 읽지 말게."

"예?"

"가는 도중에도 읽지 말고 도착한 후 집에서도 읽지 말게."

"무슨 말씀이신지?"

이함형은 당황해 그렇게 물었다,

"반드시 도착하여 집으로 들어가기 직전, 문 앞에서 읽어보게."

이함형은 집으로 가는 도중에 읽어보고 싶었지만 스승의 명을 어길 수 없어 집 앞 사립문 앞에서 비로소 편지를 꺼내 읽어보았다.

이함형에게 주다

공자께서 이르기를, "천지가 있은 뒤에 만물이 있고, 만물이 있은 뒤에 부부가 있고, 부부가 있은 뒤에 군신이 있고, 군신이 있은 뒤에 예의를 둘 곳이 있다" 하였네.

……

부부의 인륜이 이토록 소중하거늘 어찌 정이 흡족하지 못하다고 해서 소박할 수가 있겠는가?

……

들건대 공이 금슬이 좋지 않아 탄식하는데, 무엇 때문에 이러한 불행이 있게 되었을까? 가만히 보면 세상에 이런 걱정이 있는 자가 적지 않으니, 부인의 성질이 나빠 교화하기 어려운 경우도 있고, 못생기고 슬기롭지 못한 경우도 있고, 남편이 광포하고 방종하여 행실이 없는 경우도 있고, 호오(好惡)가 정상과 어긋나는 경우도 있는 등 그 다양한 유형을 다 들기 어려울 정도이네.

그러나 대의로 말해보면, 그중에 성질이 나빠 교화하기 어려운 자가 실로 소박 당할 죄를 자초하는 경우를 제외하고는 모두 남편에게 달려 있겠지. 남편이 반성하여 자신에게 책임을 돌리고 노력하여 잘 처신하여 부부의 도리를 잃지 않는다면 대륜(大倫)이 무너지는 데 이르지는 않을 것이네.

대개 옛날에 쫓겨난 부인네들은 그래도 달리 시집갈 길이 있어 칠거지악을 범한 부인을 쉽게 처리할 수 있었지만, 오늘날의 부인네들은 대체로 일부종사하여 일생을 마치게 되니, 어찌 그 정의(情義)가 맞지 않다고 하여 길 가는 사람처럼 대하거나 원수처럼 보아 한 몸이던 부부가 반목하게 되고 한 자리에 들던 부부가 천 리나 떨어져서, 가도(家道)는 출발점을 잃고 만복의 경사를 누릴 근원을 끊는 짓을 해서야 되겠는가?

......

공은 마땅히 반복하여 깊이 생각하여 징계하고 시정하도록 하게. 이 문제에 대해 끝까지 시정하지 않는다면 어찌 학문한다 하며 실천한다 하겠는가?

서찰을 읽어보고 난 이함형은 그 자리에 퍼지고 앉아 눈물을 흘렸다. 집으로 들어간 그는 이런 편지를 썼다.

이함형이 올리옵니다.

선생님!

......

이 글을 올리고 있는 지금도 제가 어떻게 집으로 들어왔는지 기억에 없습니다. 어찌 선생님의 가르침을 잊을 수 있겠습니까? 선생님이 주신 글월을 읽고 크게 깨달은 바가 있어 집으로 돌아온 후 아내를 손님처럼 대하고 있습니다. 문 앞에서 편지를 꺼내보라던 스승님의 깊은 뜻을 평생 잊지 않을 것입니다. 사립문이나 대문은 바깥세상과 가정의 경계선이라고 생각합니다. 그랬습니다. 저는 가정과 직장이 하나였습니다. 언제나 아내는 말하였지요. 직장에서의 일을 가정까지 가지고 오지 말라고 말입니다. 이 말을 다시 생각해보면 출세와 권세가 모든 행복의 척도는 아니라는 말이 된다는 것을 스승님 글월을 읽어본 후에야 깨달을 수 있었습니다. 대부분 출세에 눈이 어두운 사람은 직장 일을 집안까지 끌어들여 가정에 소홀하기 마련이니 어찌 저 같은 소인배가 깨닫지 않을 수 있겠습니까? 가정은 신성한 곳이라는 말씀, 전쟁터가 아니라는 말씀, 적들이 있는 곳이 아니라는 말씀, 무기를 벗어놓고 들어가야 할 곳이라는 말씀을 잊지 않을 것입니다.

추신— 장마가 계속되는 바람에 더 적을 수가 없습니다. 아내는 날 좋은 날 지붕을 손보라고 했더니, 게을러 비가 세지 않느냐고 타박입니다. 빗물이 스며오고 있습니다. 이만 줄입니다. 건강하시옵소서.

이함형이 올렸습니다.

이함형이 퇴계와의 인연을 설명하고 다시 말을 이었다.

"어느 해에 퇴계 선생님을 다시 뵐 기회가 있었는데 그날 그분이 쓰다 만 서찰을 보지 않았겠소? 손자 안도에게 보내는 편지였는데 군자의 도는 부부간의 생활에서 시작된다고 생각하는 그분의 사상이 잘 나타나 있던 글이었소이다."

안도 보아라.

……부부는 남녀가 처음 만나 세계를 창조하는 것이다. 그래서 가장 친밀한 관계를 이룬다. 또 한편 가장 바르게 해야 하고 가장 조심해야 하는 처지이다. 그렇기 때문에 군자의 도가 부부에서 발단이 된다고 한다. 그런데도 세상 사람은 모두 예와 존경함을 잊어버리고 서로 버릇없이 친하여 마침내 모욕하고 거만하고 인격을 멸시해버린다. 이런 일은 서로 손님처럼 공경하지 않기 때문이다. 그렇게 가정을 바르게 다스리려면 처음부터 조심해야

한다…….

"그분의 가르침은 제자와 후학이 따로 없었소이다. 어쩌면 그분이 이상적인 가법을 만들어낼 수 있었던 것은 자신의 부부생활에서 온 고뇌 때문이었을지 모르지요."

그렇게 말하고 이함형은 다음과 같은 일화를 들려주었다.

퇴계는 가끔 큰아들을 안방으로 불러들였다. 그는 방으로 들어온 아들에게 며느리의 안부부터 묻고는 했다. 집안이 편안하려면 안살림을 챙기는 안식구가 편안해야 한다는 생각에서였다. 더욱이 어렵게 본 며느리라 언제나 신경이 쓰였다.

퇴계는 큰아들만 보면 작은아들 채가 생각났다. 혼례일을 꼭 한 달 남겨두고 채가 죽고 말았다. 혼례를 앞두고 예물이 오고간 마당이었다. 퇴계는 며느리가 될 처자의 앞날을 걱정하여 예물을 돌려보냈다. 처자의 아비가 눈물을 흘렸다. 정혼을 앞둔 딸, 이제 어디다 치우겠느냐는 것이었다. 생과 부가 따로 없다는 것이다. 처자의 아비는 퇴계에게 데려가라고 했다. 퇴계는 그럴 수 없다고 했다. 어찌 혼례도 치르지 않은 처자의 몸으로 남편의 명복을 빌 수 있겠느냐고 했다. 자손이 귀한 집안의 여식이었다. 9대 독자의 딸이었다.

며느리를 개가시킨 일을 놓고 말들이 많았다. 선비의 법도를 지키지 못한 사람이라고 했다. 윤리를 무시한 사람이라고 했다. 하지만 한편에서는 정반대로 칭송하기도 했다. 퇴계 선생이야말로 윤리와 도덕을 올바로 지킬 줄 아는 분이라고 했다. 윤리를 깨뜨리면서까지 오히려 윤리를 지켰다고 했다.

그런데도 소문이 이상하게 났다. 사람들이 그걸 구미에 맞게 이야깃거리를 만들었다. 남의 말 하기 좋아하는 사람들은 둘만 모여도 쑤군거렸다.

"소식 들었수? 퇴계 선생의 둘째 아들이 스물한 살의 젊은 나이로 세상을 떴다고 안 하오?"

"아들이?"

"퇴계 선생은 잠자리에 들기 전에 꼭 집안을 한 바퀴 둘러보고는 한다는데 어느 날 며느리의 방을 지나치다가 그만 발걸음을 멈추었다오."

"왜요?"

"그 방에서 소곤소곤 이야기하는 소리가 들리더랍니다."

"그래요?"

"이상하게 생각한 퇴계 선생이 점잖은 선비 체면 버리고 며느리의 방을 엿보았답니다."

"그랬더니?"

"젊은 며느리가 술상을 차려 놓고 누구와 말을 나누고 있더라오."

"저런. 그럼 외간 남잘?"

"그렇잖아도 퇴계 선생이 너무 놀라 술상 주위를 더 자세히 살펴보았다오."

"그랬더니?"

"정말 사내가 술상 앞에 앉아 있더라오."

"외간 남자가 맞는군 그래."

"그런데 가만히 보니 그것은 사람이 아니더라오."

"사람이 아니라니?"

"짚으로 만든 선비 모양의 허수아비더라오."

"저런!"

"짚으로 만든 남자와 마주 앉아 있더라는 것이오."

"완전히 눈이 뒤집어 진 게 아닌가?"

"그게 아니고 짚으로 만든 선비 모양의 허수아비는 바로 남편이더라는 것이오."

"뭐? 남편?"

"며느리가 짚으로 만든 남편 앞에 술잔을 올리고 있더라오. 그리고 이렇게 말하더라는 것이오. '여보, 한 잔 잡수세요.' 그러면서 짚으로 만든 남편을 향해 이런저런 이야기를 하다가 흐느끼는데……."

"허허, 청상과부 알 만하네."

"그러니 퇴계 선생님 마음이 어쨌겠소? 짚으로 남편을 만들어 얘기를 나누는 며느리, 한밤중 잠 못 이루고 흐느끼는 며느리……. 퇴계 선생은 그길로 결심했다고 하오."

"결심을 해? 뭘?"

"며느리를 윤리 도덕의 관습으로 묶어 수절시키는 것은 너무도 가혹하다고 말이오."

"흐흠."

"하기야 윤리가 무엇이겠소? 도덕은 무엇이고? 피가 끓는 며느리를 그 때문에 수절시켜야 하다니. 얼마나 많은 청상들이 그 때문에 울고 있는데……."

"그러니까 그걸 몰라주는 것은 윤리도 아니고 도덕도 아니라고 생각한 것이다?"

"맞소이다. 그래서 다음 날 며느리를 친정으로 쫓아버렸다오. 이곳을 향해 베개도 베지 말라고 했다는 게요. 그러니 며느리의 친정에서 가만히 있었겠소? 청상이 되기가 무섭게 소박을 맞았으니 말이오.”

“그것 참……..”

“그렇게 몇 해가 흘렀다오. 퇴계 선생이 암행어사가 되어 이곳저곳 다니다가 날이 저물어 어느 집에 몸을 의탁했는데 아침에 일어나 상을 받고 보니 이상하게 먹어본 음식이더라오. 그래도 며느리가 그 집에 있다는 생각은 하지 못했는데 막 가려고 하니까 집주인이 버선 한 켤레를 내놓더랍니다. 버선을 신어보니 딱 맞아 이상하게 생각하여 자세히 살펴보니 며느리 솜씨더라고 하지 않소? 당장에 만나보고 싶었지만 그러지는 못하고 문을 나서는데 한 여인이 구석에 숨어 울고 있더라오. 그길로 집주인이 눈치 챌까 도망치듯 나와 길을 가는데 산 고개에서 산적들을 만났다고 하오. 산적들이 있는 것 다 내놓으라며 어깨에 멘 봇짐을 보자고 했소. 퇴계 선생이 봇짐을 벗어보니 그 속에 칼이 들어 있더라오. 본시 그 고개에는 산적이 출몰한다는 걸 안 며느리가 봇짐 속에 칼을 넣어둔 것이오. 그 칼로 살아 돌아온 퇴계 선생은 임금님과 술을 하며 허심탄회하게 그 말을 했고 그 말을 들은 임금은 ‘내가 무심했구나. 이 칼이 그대의 몸을 지켜줄 걸세’ 하며 보검을 하사했다는 말이 있소.”

소문이란 것이 그런 것이었다. 퇴계가 암행을 돌다가 며느리가 될 뻔한 사람을 만난 것은 사실이었다. 하지만 결혼도 하지 않은 며느리를 보냈다니?

그에 비하면 큰며느리는 대가 센 집의 자녀답게 당차고 오졌다.

퇴계는 큰아들 준을 장가보내려고 어느 날 상객(上客)으로 봉화 금씨 사돈댁엘 갔다.

봉화 금씨(琴氏) 문중이라면 당시로서는 어디다 내놓아도 뒤지지 않는 문중이었다. 그렇다고 세도가는 아니었다. 큰 벼슬을 한 이도 없었고 부자도 아니었다. 하지만 효와 제(悌)를 가업으로 삼아 세상인심을 잃지 않았기에 누구나 칭송하는 씨족이었다.

퇴계의 6대조는 지방 아전출신이었다. 그것이 소문의 빌미였다. 그로 인해 말들이 많았다. 어떻게 그런 신분으로 봉화 금씨 집안과 인연을 맺을 수 있느냐는 것이었다. 그러나 퇴계의 진성 이씨 가문도 봉화 금씨에 비해 모자람이 없었다. 그 후로 수많은 인재들이 배출되어 가문을 빛냈기 때문이다.

그렇기에 이미 진성 이씨와 봉화 금씨 간에는 혈연관계가 맺어지고 있었다. 퇴계의 조카 인(寅), 그리고 넷째 형님 증(澄)이 금치소(琴致韶)의 사위가 되어 있었다.

그런데도 소문이 이상하게 나돌았다. 봉화 금씨 가문에서 혼사 맺기를 꺼려한다는 것이었다. 퇴계가 금씨 사돈댁으로 갔을 때 그 대접이 말이 아니었다는 것이다. 하나같이 고리눈을 뜨고 상대하려 하지 않았다고 하였다. 진성 이씨 가문에서 어떻게 봉화 금씨 가문을 넘볼 수 있느냐며 퇴계가 앉았던 자리가 금씨 가문을 더럽혔다고 하며 물로 씻어내었다는 소문까지 나돌았다.

그뿐만이 아니었다. 이 사실을 진성 이씨 가문에 알았고 그러자 진성 이씨 가문이 가만있지 않았다는 소문이 뒤이어 떠돌았다.

"이런 해괴한 일이 있나? 도저히 묵과할 수 없다!"

그러자 퇴계는 이렇게 소리쳤다는 소문이 다시 돌았다.

"그만 두오. 사돈댁이 될 가문의 자긍심을 두고 우리가 관여할 일이 아니지 않은가? 문중이란 떠든다고 높아지는 것도 아니요, 남이 헐뜯는다고 낮아지는 것도 아닌 법. 그들이 이 문중을 낮춰보고 예의를 갖추지 않는다고 해서 우리도 예의를 갖추지 않는다면 그들의 말이 맞는 것이 아닌가? 사돈댁보다 더 형편없는 가문이 아니냐는 말이다. 더욱이 사돈댁의 따님을 우리가 맞아들였으니 그런 하찮은 일을 가지고 말썽을 일으킨다면 새 며느리의 입장이 어떻게 되겠는가? 얼굴을 들 수 없을 것이다. 그러니 며느리를 생각해서라도 아무 소리 말기를 바라오."

그렇게 문중 사람들을 돌려보냈다는 것이다. 분명히 누군가 퇴계의 인격을 드러내보려고 꾸민 이야기였다.

소문이야 어떠하든 퇴계의 며느리 사랑은 지극했다. 소문이 나쁘게 떠돌수록 집안사람들의 불만은 많았지만 그럴수록 퇴계는 며느리에게 잘해주려고 노력했다. 며느리는 시아버지의 아량에 감복하여 정성스럽게 모셨다. 며느리는 평소에 자신이 죽으면 시아버지의 묘 곁에 자신을 묻어달라고 말할 정도였다.

거기까지 말하고 이함형이 고개를 설레설레 내저었다.

"그런 분인데 도가(道家)라니요? 그분은 그럴 분이 아닙니다. 대선비답게 가슴은 맑게 트여 가을 달과 얼음을 담은 옥병처럼 밝고 결백하게 그렇게 살아오신 분이신데……."

긴 말을 하느라 목이 마른 이함형이 말을 끊으며 잠시 숨을 돌리다가 그렇게 말을 맺었다.

"그러게 말입니다."

곁에 앉았던 김성일이 숙연해져서 고개를 주억거리며 맞장구쳤다. 그리고는 이해가 되지 않는다는 듯이 고개를 내저으며 구시렁거렸다.

"그렇게 살아오신 분이 임금의 진노를 사다니……."

이함형이 고개를 끄덕이다가 김성일을 쳐다보았다.

"평소에 네가 모셔서 잘 알 것 아닌가?"

"맞습니다. 그렇게 살아오지 않은 분이십니다. 바라만 보아도 덕을 이룬 군자가 어떤 형상인가를 알게 하는 분이십니다. 그럴 리 없습니다. 도교로 돌아섰다고요? 그분 자체가 유가적 삶인데 말도 안 되는 소립니다. 당신의 일상생활 자체가 유가인데 더 무슨 말이 필요하겠습니까? 저는 한 번도 그분이 함부로 행동하는 것을 본 적이 없습니다. 언제나 당신의 몸가짐을 단정히 했으며 말과 행동은 진지했고 신중했습니다. 모자란 아내를 데리고 살면서도 모시듯이 하였고 그렇게 평생을 경(敬)을 실천했기에 우아하고 경건했습니다. 언제나 태도는 한결같았지요. 한없이 단아하고 차분하셨고, 수양에 의해 절제된 몸가짐과 마음가짐을 항상 우리들에게 보여 주었습니다. 왜 그렇게 벼슬에서 물러나고자 했는지 알겠더군요. 어지러운 시대적 상황이나 학문에 대한 열정 때문이기도 하지만 원인은 효에 있었습니다. 당신의 자당께서 한 고을을 다스릴 만한 벼슬에 머무르라 했기 때문입니다. 그 어머니의 뜻을 지키고자 한 것이지요."

말을 끝내는 김성일의 눈에 눈물이 그렁그렁 맺혔다.

율곡은 아무 말도 못하고 고개를 떨어뜨렸다. 무슨 말이든 해야 할 터인데 입이 떨어지지 않았다.

헤어질 때쯤 김성일이 매우 안타까운 얼굴로 율곡을 잡았다.

"도움을 드리지 못해 죄송하군요. 안타까운 생각이 들어 제 할 말만 한 것 같습니다."

"아, 아닙니다."

"이 길로 이덕홍(李德弘)이라는 이를 한번 찾아가 보시지요."

"이덕홍?"

어쩐지 이름이 귀에 익었다. 아하, 그러고 보니 안동에 갔을 때 스님이 말하던 사람, 이덕홍! 아직 벼슬길에 나가진 않고 관직 없이 스승님 곁에서 학문을 배우고 있다고 했던가?

율곡이 그런 생각을 하는데 김성일의 음성이 이어졌다.

"스승님에게는 수족이나 다름없는 제자가 다섯 있습니다."

그는 그렇게 말한 후 고개를 숙이고 한참을 생각하다가 시선을 들며 말을 이었다.

한 사람은 자신이요, 또 한 사람은 월천 조목, 한 사람은 한강 정구(寒岡 鄭逑), 추연 우성전, 그리고 이덕홍이라고 했다. 그들이 퇴계 선생님께 직접 가르침을 받은 친자(親炙)라는 것이다.

"물론 친자들이 그들뿐이겠습니까? 그래도 고제(高弟)라고 할까요. 특히 이덕홍 사형은 도산서당에서 서경이나 역학계몽을 수강할 정도였으니까 요."

이덕홍이 안동 도산에서 퇴계 선생을 모시다가 마침 한양으로 올라와 있다고 했다. 퇴계의 장손인 이안도와 잘 어울리는 사이라고 했다. 지금 친척집에 머물고 있다는 말을 들었다고 했다.

"이덕홍이라는 사람은 안동에 갔을 때 스님이 말하던 이 아닙니까? 한양 으로 올라갔다고 하던?"

곽문이 김성일의 집을 나오다가 물었다.

"그런 것 같아."

그렇게 대답하며 율곡은 고개를 끄덕였다.

불 속의 꽃길

1

시간이 얼마나 흘렀는지 모른다. 이국필의 집을 나온 지도 한참이 지났다. 가끔 길옆으로 늘어선 나무에서 꽃잎들이 떨어져 내렸다.

퇴계는 가까워지는 정암가를 바라보았다.

"저 집인가요?"

안도가 눈치 채고 수목 사이로 보이는 추녀 끝을 바라보며 물었다.

잠시 생각에 잠겨 있던 퇴계는 가쁜 숨을 몰아쉬며 손차양을 하고 앞을 바라보았다. 정암가는 낡아 보였지만 어떤 고색창연한 건축물들이 이만할까 싶었다. 자연 그대로 완만하게 경사진 터를 살려 건축했다는 생각이 들었다. 일반 한옥에서는 보기 드물 정도로 굵고 튼튼한 목재를 사용했기 때문일까? 속은 어떨지 모르겠지만 제대로 잘 지은 집이 분명하다.

커다란 솟을대문과 긴 행랑채 추녀가 보였다. 근방에서 보기 드문 팔작지붕은 독립건물이 분명했다. 화초담 너머로 선명하게 보였다. 대문을 지나면 왼쪽으로 중문채와 사랑채가 있고, 그리고 안채로 구분된 본채가 있으리라. 중문을 통과해야 중문채와 사랑채를 만날 수 있을 것이다.

날이 이렇게 화창한데도 낡아 보이고 음침해 보이는 것은 사람의 기가 미치지 못했기 때문이리라.

그렇게 생각하니 집 뒤 높은 곳에 지어진 사당의 모습이 더 기괴해 보였다. 방형의 담을 쌓아 사당을 세웠다.

말에서 내리면서 퇴계는 안도에게 일렀다.

"이제 가거라."

"할아버님."

"난 괜찮다. 권당에 들 생각 말고 이참에 아버지나 찾아뵈어라. 권당으로 인해 학교도 쉴 것이니."

"그래도 함께 들어가겠습니다. 사람도 살지 않는 것 같은데 병이라도 도지면 어쩌시려고?"

"괜찮다고 해도 그러는구나. 안동으로 내려가! 이 길로."

"잠시라도 곁에 있다 가겠습니다."

"가라니까 그러는구나."

퇴계가 음성에 날을 세워서야 안도가 물러났다.

"알겠습니다. 할아버님."

"나도 곧 내려가마. 일이 끝나는 대로."

"먼저 들어가시는 것 보고 가겠습니다."

"아니다. 먼저 가거라."

안도가 말을 몰고 돌아가는 모습을 물끄러미 바라보고 있다가 퇴계는 몸을 돌렸다.

내가 지금 어디에 와 있나, 하는 생각이 들었지만 퇴계는 눈을 지그시 감았다. 설령 헛소문일지라도 확인하고 넘어갈 수밖에 없는 이 심사.

어떻게 살아 왔던가? 공맹을 끌어안고, 주자를 안고.

리를 찾아.

기를 찾아.

참 무던한 세월을 살아왔구나 싶다.

언제였던가? 어렸을 때 리와 기의 뜻을 알기 위해 잠 못 들던 날이.

그랬다. 리를 평생 궁구했지만 참으로 알 수 없는 것이 그것이었다. 형체도 없었고 실체도 없었다. 하지만 엄연히 존재하는 그 무엇이었다.

이제 이 길이 어떤 길이든 그 대답을 만날 수 있다면 가야 한다. 가는 길이 불속이라 하더라도 그 길에 해답이 있다면 꽃길처럼 걸어가야 한다.

도산잡영 ②

1

율곡 일행이 도착한 곳은 북촌 어디쯤이었다. 종로와 청계천의 윗동네라 하여 북촌이라 부르는 곳. 가난한 남산골샌님들이 사는 남산 기슭의 남촌과는 달리 마을 어귀에 들어서자 어디선가 대감마님의 헛기침 소리가 들릴 것 같았다. 한눈에 보아도 으리으리한 살림집이 즐비했다.

김성일이 그려준 북촌의 지도를 들고 골목을 한참 헤매 돌았다. 으리으리한 집들을 벗어나자 골목길이 좁았다. 마주 오는 두 사람의 어깨가 닿을 듯 좁아지나 했는데 어느새 우마가 지나다닐 만큼 넓어지고는 했다.

이덕홍이라는 자가 머무는 집은 어지러운 거리 구석자리에 안쓰럽게 처박히듯 끼어 있었다. 대문도 그저 평범했다. 그런데 안으로 들어서는 순간 아담하지만 여유 있어 보이는 사랑채가 시선을 끌었다. 그들을 데려간 아랫것이 손이 왔다고 아뢰자 잘생긴 청년이 사랑채에서 나왔다. 율곡 일행은 손닿을 듯 가까운 이웃집 감나무 가지가 담장을 넘어와 열매를 늘어뜨리고 있는 모습을 바라보다가 그의 인솔로 사랑채로 들었다. 사랑채는 소박하면서도 깔끔했다. 반가의 품위를 지켜온 듯한 귀품이 어디에나 배어 있었다.

청년이 이덕홍의 조카라고 자기를 소개했다. 어른들은 출타하여 계시지 않고 아랫것이 물가에 나간 삼촌을 모시러 갔다고 했다.

잠시 후 이덕홍이 아랫것을 따라 들어섰다. 키가 훌쩍하니 컸다. 이제 서른이나 되었을까? 코가 우뚝했고 살결이 희었다. 귀골이었다.

수인사가 끝나고 본론으로 들어가자 자신도 퇴계 스승님을 찾아 안동에서 이곳까지 올라왔다고 했다.

퇴계 선생을 모신 지 얼마나 되었느냐고 했더니 자신은 성재 금난수(惺齋琴蘭秀)라는 이의 소개로 퇴계 선생님을 뵈온 지 6년이 넘어간다고 했다. 스승은 자신에게 간재(艮齋)라는 호를 지어줄 만큼 자신을 아꼈으며 몸을 숨기기 전까지 크게 이상한 기미가 없었다고 하였다.

굳이 이상한 것이 있다면 퇴계가 안동에서 한양으로 올라가기 전날 한양에서 안동으로 선비 한 사람이 찾아왔는데 하룻밤 묵고 바로 떠났다고 했다.

"그가 누굽니까?"

율곡이 물었다.

그가 잠시 생각하다가 입을 열었다.

"함자를 듣지 못해 잘 모르겠고, 스승이 보내 왔다고 하더군요. 스승이 예문관에 계신 분이라고 하더군요."

"예문관?"

곽문이 되뇌었다.

"네."

"혹시 그 스승이라는 분의 성함을 알고 있습니까?"

율곡이 집히는 게 있어 물었다.

"알고 있습니다. 그 사람의 스승이 예문관 응교 이상직이라 하더군요. 그 함자는 똑똑히 들었거든요."

"그래요?"

"아마 아랫사람을 보낸 것 같은데 한양에서 어떻게 안동까지?"

곽문이 물었다.

"더러 스승님의 명성을 듣고 전국 각지에서 먼 길 마다하고 오는 이들이 있어 처음에는 그러려니 했는데…….'

"그런데요?"

이번에는 율곡이 듣고 있다가 물었다.

"한양에 계신 스승님의 심부름을 왔다고 했지만…….'

"그래 어떻게 오셨다고 하던가요?"

율곡이 다시 물었다.

"사실 뭐 엿보려고 한 것은 아닌데 차를 준비해 들어가려다가 문틈으로 보았지요. 그 사람이 품속에서 서찰을 하나 꺼냈는데 그 내용은 모르겠습니다. 스승님께서 서찰을 읽어보고 잠시 침묵하다가 서랍을 뒤져 종이쪽지 하나를 꺼내더군요. 스승님은 선비의 눈치를 보며 한동안 종이쪽지를 내려다보았어요. 선비가 스승님이 보고 있는 것이 무엇일까 하는 눈치였지만 보여주지 않더군요."

이덕홍이 또 말을 잘랐다. 그가 잠시 머뭇거리는 사이 율곡과 곽문이 그의 눈치를 살폈다. 다그치다가 입을 다물어버릴지도 모른다는 생각이 들어 약속이나 한 듯이 참고 있었다.

이덕홍이 이왕 내뱉은 말인데 숨길 것이 뭐 있느냐는 생각이 들었는지 이내 말을 이었다.

"마침 그 종이쪽지가 눈에 들어오는 곳이어서 얼핏 보긴 했는데 무슨 건물이름 같은 것이 화살표로 이어져 있는 것 같더군요."

"화살표요?"

율곡이 눈을 빛내며 되물었다.

"예, 화살표로 이름들이 이어져 있는 것 같더라구요."

"그 이름들 기억하시겠습니까?"

이덕홍이 고개를 내저었다.

"글쎄요, 너무 멀어서. 스승님은 고개만 갸웃갸웃 하더군요. 그러다가 선비가 훔쳐볼까 눈치를 보면서 제자리로 넣었습니다."

"그럼 한양으로 함께 올라 가셨겠군요?"

곽문이 듣고 있다가 물었다.

"아닙니다. 다음 날 선비 홀로 올라갔습니다. 스승님은 정리할 것이 있다며 이틀 후에 떠나셨지요. 선비가 갈 때 학궁으로 가겠다는 말을 했구요."

"그래 퇴계 선생님이 이틀 후에 한양으로 올라가셨습니까?"

율곡이 조심스럽게 물었다.

"네, 그랬지요. 이틀 동안 뭘 정리할까 봤는데 서찰 묶음이랑 그 동안에 써 둔 글들을 정리해 저를 부르더군요. 만약 당신이 죽으면 서책을 맡아서 정리해야 할 것이라며……."

"그러니까 당부를 하셨다는 말이군요?"

"그렇습니다."

율곡의 물음에 그가 고개를 끄덕이며 대답했다.

"그뿐이었습니까?"

"네?"

"왜 한양으로 올라간다는 등 그런 말이 없었느냐는 말입니다."

"없었습니다."

곽문의 물음에 이덕홍이 고개를 주억거렸다.

"그럼, 스승님은 그 후 한양으로 올라가셨군요?"

"네."

율곡의 물음에 이덕홍이 대답했다.

"그 후 만나지 못하셨다?"

곽문이 되뇌듯 물었다.

"그렇습니다."

율곡이 알겠다는 듯이 고개를 끄덕이다 이덕홍을 향해 시선을 들었다.

"도가의 도선인 도척이라는 자가 살해당했습니다. 신고한 사람이 도척이라는 사람의 암자에서 선생님을 봤다고 하니…… 지금으로선 혐의를 피하기 어려운 입장입니다. 만약 선생님이 누명을 쓰고 있는 것이라면 그것을 풀어야 하지 않겠습니까? 그래서 드리는 말씀입니다. 뭐 도움 될 만한 것이 없겠습니까?"

"선생님을 어느 정도 알고 계시는지 모르겠습니다만 그분은 그럴 리 없습니다."

"물론입니다. 그럴 리가 없지요. 하지만 이 사건과 관련이 있다는 것만은 확실합니다."

이덕홍은 고개를 내저었다.

"정말 이상한 사건임에 분명합니다."

율곡이 그렇게 말하자 이덕홍이 고개를 숙이고 있다가 뭔가 짚이는 게 있는지 시선을 들었다.

"기대승이라는 분을 한번 찾아가 보시지요."

"기대승?"

되묻는 곽문의 음성이 튀었다.

"우부승지로 있는?"

이번에는 율곡이 물었다.

"맞습니다. 아시는군요? 시독관(侍讀官)을 겸직하고 있지요. 대사성에 내정될 것이라는 소문이 있을 정도로 대단한 분입니다."

"알고 있습니다."

"아아 그렇군요. 참 그렇지요."

뒤늦게야 율곡과 기 사형의 사이를 기억해 내었는지 그렇게 말하고 멋쩍게 웃었다. 그리고는 눈치를 보다가 말했다.

"그분과 스승님이 오랫동안 논쟁을 하셨잖아요. 말이 길어질 것 같군요. 암튼 그분을 한번 만나보시지요. 제가 그분 있는 곳을 가르쳐드릴 테니."

2

"안동에 내려갔다는 선비 말입니다. 그가 성균관에서 만난 사람의 제자가 분명한 것 같은데 그렇다면 스승이라는 자가 이상직 그 사람 맞는 것 같지요?"

곽문이 이덕홍의 대문을 나서며 율곡에게 물었다.

"글쎄, 그래 보이긴 하는데……."

"뭘까요? 그 사람이 전한 화살표가 그려진 글은?"

"글쎄……."

"조금 전에 만난 이덕홍은 한양에서 내려온 사람과 퇴계 선생님의 대화 속에 뭐가 있는 것처럼 말하던데 저는 당최 무슨 소린지……."

"그분이 평생을 해온 공부인데 쉽기만 하려고? 그 좋은 머리 좀 굴려보시지 그러나?"

그러고 보니 요즘 들어 곽문이 여느 때보다 나서는 게 덜한 것 같았다. 사람이 좀 되어가나 싶어 율곡이 새삼스레 그를 쳐다보았다.

"의외로군. 그대 같은 사람이 알아들을 수가 없다니……. 이제는 아는 체 하기도 진력이 났나? 요즘 부쩍 말이 없어."

"모르겠습니다. 팔자에 없는 수사를 하려니. 나 원, 수사를 하는 건지, 공부하러 다니는 건지……."

"잘 됐네. 이 기회에 그 좋아하는 공부까지 하게 되었으니."

"에이 제기랄, 이 짓 누가 하고 싶어서 합니까?"

"내가 생각해도 처량해서 그런다."

"기대승이라면 전에 자성록이라는 서책을 준 이가 아닙니까?"

"그 서책 남시보가 주었다고 하지 않나?"

"아무튼 그때 본 그 사람 아닙니까?"

"맞아."

율곡이 곽문을 돌아보며 대답했다.

"그런데 이 길이 맞는 겁니까?"

"내 기억이 정확하다면."

"일단 점심부터 먹고 가지요. 배가 고픈데."

"뱃속에 거지가 들어앉았나? 아침 먹은 지가 언제라고."

"점심이나 먹고 갑시다."

곽문이 돌멩이를 툭 차며 말했다. 돌멩이가 굴러가다가 물웅덩이 속으로 소리를 내며 숨어버렸다.

점심을 해결하고 태종이 태조를 기려 세웠다는 성열각을 빠져 나와 북쪽 방향으로 말머리를 돌렸다. 청계로 흘러가는 반교 돌다리를 건너는데 하얀 팻말이 눈에 띄었다. 복원 중이라 들어가지 말라는 경고 표시가 보였다. 미리 짝을 맞춰 놓은, 순서를 기다리는 돌들이 쌓일 날을 기다리고 있었다. 다리는 다리끼리 팔은 팔끼리 얼굴은 얼굴끼리⋯⋯. 그렇게 맞추어 복원하는 데만도 수십 년은 족히 걸릴 거란다. 새로 짓는 것보다 더 기일이 걸린다는 것이다. 현장을 지키고 있던 인부 하나가 곽문과 율곡을 흘끗거렸다.

좀 더 지나가면서 그 어디쯤에서 퇴계가 뛰쳐나올 것 같아 율곡은 눈을 감았다 떴다. 날이 갈수록 점차 의혹은 깊어져가고 있는데 참 막막하다는 생각이 들었다. 알 것도 같고 모를 것도 같은 이 모든 것.

수염 자국이 선명하게 드러난 퇴계의 각진 얼굴이 한순간 떠올랐다.

도대체 어디 있는 것일까?

키가 크고 이름만큼이나 잘생긴 얼굴이 나타났다. 고봉 기대승.

여전히 얼굴이 희다. 이목구비가 뚜렷하고 기품이 있어 보이는 인상이 그대로다.

"어쩐 일인가?"

반가운 표정을 지으며 기대승이 눈을 크게 떴다.

"안녕히 지내셨지요?"

고봉은 뒤늦게야 곽문을 알아보았다.

"성균관에서 본 분이군."

곽문은 머릿속으로 문득 고봉의 또 다른 호 존재를 떠올렸다. 류성룡과 남시보를 보던 날, 그러나 그때는 그를 보지 못했었다. 그럼 그 전일 것이다. 그리고 보니 언젠가 성균관에 들렀을 때 본 것 같았다.

"저번에 성균관에 오셨다면서요?"

율곡이 물었다.

"그랬지. 나중에야 알았지 뭐야. 자네와 함께 다니는 이분을 보았다고 하더군."

"그랬습니다. 그때 저도 근처에 있었습니다."

율곡이 그날의 사정을 말하자 기 사형이 고개를 끄덕였다.

율곡은 퇴계에 대한 사정을 꺼냈다.

기 사형은 말을 다 듣고서야 고개를 주억거렸다.

율곡은 그가 퇴계와 논쟁한다는 사실은 알고 있었지만 처음에 어떻게 알게 된 사이냐고 물었다.

그가 픽 웃었다. 너무 형식적이라는 생각이 드는 모양이었다.

그제야 율곡은 알고 있으면서 형식적으로 물었다는 생각에 멋쩍어 눈을 한 번 감았다 떴다.

그런데 기 사형은 이내 웃음을 거두었다. 그리고는 뻔한 대답을 아무렇지도 않게 했다.

"나 유생 시절부터 아는 사이라고 했잖았는가? 그때부터 오늘날까지이지."

더 듣지 않아도 안다는 표정으로 율곡은 고개를 끄덕였다.

율곡이 알기에 기 사형의 고향은 광주 광산이었다. 중종 22년(1527년)에 태어났다. 본관이 행주(경기도 고양)로 명문 집안이었지만 삼촌 기준(奇遵)이 조광조와 함께 기묘사화(1519년)에 연루되어 화를 입자 일가붙이들이 전라도로 내려가 광산에 터를 잡게 되었고 32세 때 한양으로 올라와 퇴계 선생을 만났다.

"나이 차이가 많이 났을 텐데요?"

처음 퇴계와의 사이를 묻는 자리에서 그렇게 물었을 때 그는 고개를 끄덕였다.

"그렇지. 그때 퇴계 선생님 나이가 58세였으니까 나보다 스물여섯이나 많았지."

"그럼 성균관 대사성 때였군요?"

"맞아. 나는 이제 막 과거에 급제한 백면서생이었지. 그래서 기선달(奇先達)로 통했어."

"들으니까 퇴계 선생님과 오래도록 무슨 논쟁을 하고 계신다고 하던데요?"

그때 기 사형은 희미하게 웃었다.

"맞아. 나는 한동안 주자의 글을 배경 삼아 놀았고, 그분은 주자의 마음을 가지고 놀았으니까. 그리고 지금도 놀고 있어."

그때 율곡은 무슨 말이 이렇게 어려울까 여기면서 어쩔 수 없이 깊이를 알 수 없는 늪 속으로 자신도 모르게 한 발 들여놓는 듯한 묘한 위기의식을 순간적으로 느꼈다.

글과 마음이라……

잠시 생각에 잠겨 있던 율곡은 그렇게 뇌까리면서 기 사형을 향해 시선을 들었다.

"정말 얼마 만인지 모르겠네요."

고봉이 고개를 주억거렸다. 그것은 자신이 물어볼 소리였다는 듯이.

"그렇구먼."

"올해로 퇴계 선생님과의 논쟁이 십 년 넘어가지요?"

"오래 놀았지. 얼마 전에 끝내긴 하였지만……."

"그렇군요."

기 사형이 고개를 주억거렸다.

"대단한 분이야."

"어떻게 결론이 났는지?"

"뭐 전에 말한 그대로야."

"예?"

"리기 문제 말일세."

"아!"

"리와 기. 바로 그것이 우주의 원리이며 순수 그대로의 절대적인 선이라는 점에 있어서만은 둘 다 이의가 없었네. 물론 그 후로 여러 가지 학설로 비화되기는 하였지만……."

"긴 세월이었군요?"

"길다면 긴 세월이지. 그 문제를 가지고 무려 13년 동안 약 백여 통의 서찰을 주고받았으니까. 뭐 13년 동안 줄곧 그 문제만을 언급하며 서찰 교환을 했던 것만은 아니야. 전에도 말했지만 일상생활에서 오는 소소하고 잡다한 문제도 서로 나누었고 시도 나누었고. 그러면서 진정한 삶의 진리를 깨달으려 했으니까. 학자로서 어떻게 정치를 바라봐야 할 것인가, 어떻게 정치에 참여할 것인가, 그것이 무엇을 뜻하며 정치에 임할 때 어뎌해야 하는지 고심했던 것 같아. 그러는 사이 우리들의 주장은 점차 파를 형성해 주리파와 주기파의 씨앗이 되고 있다는 것은 자네가 더 잘 알지 않은가?"

율곡은 고개를 숙였다. 상감의 명령이 곧 나라의 명이긴 하나 그런 분을 조사하고 다닌다는 사실이 너무 무엄한 일이 아닐까 하는 생각이 다시 들었다. 뒤이어 퇴계 선생에게 사연이 있어도 모질 것 같다는 생각이 잇따랐다.

"어떻게 해서 선생님이 사건에 휘말렸는지 모르나 다시 말하지만 그러실 분이 아니야."

잠시 생각하던 고봉이 그런 율곡의 심중을 간파한 듯 말했다.

"우리도 참 곤혹스럽습니다. 하늘같은 분을 조사하고 다녀야 하니……. 하지만 이해해주십시오. 이럴 수밖에 없음을……."

율곡의 진심이 느껴졌는지 고봉이 고개를 주억거렸다.

"내게 주상이 보았다는 그 글을 보여줄 수 있겠는가?"

율곡은 잠시 망설이다가 메고 다니는 주루막에서 임금이 자신의 발 앞으로 던진 글을 꺼내 고봉에게 주었다.

곁에 앉은 곽문의 눈이 번쩍 빛났다.

고봉이 잠시 읽어보고는 고개를 갸웃했다. 그러자 율곡이 도로 주루막에 넣을 사이도 없이 곽문이 낚아챘다. 고봉이 보고 있어서 실랑이하기도 뭐해서 율곡은 그냥 내버려두었다.

"비로소 이해가 되는 것 같긴 한데……."

곽문이 글을 읽는 사이 고봉이 중얼거렸다.

"그래요?"

율곡이 눈을 빛내며 되물었다.

"그분 본시 양생법에 관심이 많았으니까. 그래도 이 정도인지는 몰랐군."

"주상도 그래서 실망이 큰 모양입니다. 도저히 유학의 태두가 쓴 글이라고는 생각되지 않으니 말입니다."

"죽었다는 도척이라는 도선(道先, 도교 선생을 일컫는 말)은 알 것 같아."

"그래요?"

"그분 만난 적이 있지."

"정말입니까?"

율곡은 전신에 소름이 끼치면서 눈이 번쩍 뜨였다.

글에 정신이 팔린 곽문은 그 말을 듣지 못한 모양이었다.

"사실 나도 한때 노자 사상에 빠져 있을 때가 있었거든."

말을 내뱉고 기 사형이 후훗 웃었다.

"사형이요?"

율곡의 물음에 고봉이 고개를 주억거렸다.

"노자의 저작을 읽다가 도가에 관심을 가지게 되었지 뭔가? 그때 만난 도가의 도선이 바로 도척 선생이었다네."

"그래요?"

믿을 수 없다는 듯이 율곡이 소리치자 고봉이 고개를 주억거렸다.

"맞아. 그랬어."

"도척이라는 사람, 한때는 성균관 부제학까지 지낼 정도로 올곧은 선비였지. 그런데 건강이 좋지 않았어. 그래 신선술에 녹아들었고 단전 공부를 하다가 도교에 빠져든 사람이야."

율곡은 자세를 고쳐 앉았다.

성균관 부제학?

처음 듣는 소리였다. 죽은 도척의 여동생도 그 말은 하지 않았다. 몰라서가 아닐 텐데 왜 말하지 않았을까 생각했다.

바람이 불어와 창호지 문을 흔들었다. 율곡이 시선을 돌려 문밖을 바라보니 새삼스레 앞산이 멀었다. 앞이 시원하게 툭 터진 걸 보니 그제야 집이 언덕바지에 올라앉았었다는 생각이 들었다. 멀리 얼키설키 뒤엉켜 있는 산들의 모습이 수묵화 속의 풍경처럼 무겁고 어두웠다.

또 한 번 소나기가 쏟아지려나 생각하는데 기 사형의 음성이 들려왔다.

"오래 전이었네. 광산에서 한양으로 올라온 다음 해였던가? 평소 학문적으로 소통했던 부제학 정거 선생의 부름이 있었다네. 그분의 집으로 한달음에 달려갔는데 반갑게 맞아주시더군. 그분이 나를 데리고 나섰는데 그길로 찾아간 곳이 도척 선생의 집이었어. 그날 그분과 처음 만나 자주 그 집을 드나들게 되었다네. 도척 선생의 고향은 경기도 이천이야. 나이 33세에 별시에 들어 사성에 이르렀고. 그런 분이 왜 도교에 미쳤는지 그때 나는 알 수가 없었지. 나이 쉰에 상처했고 슬하에 아들이 하나 있다는 것만 알았는데 나중에 들어보니 별 소문을 다 달고 다니던 사람이더군. 자신의 할아버지가 역모를 꾀해 역적으로 몰려 참수당했다, 그때 피붙이가 모두 죽어 절에 맡겨졌다, 절을 내려와 백정질을 하며 돈을 모아 호적을 사고 양반 행세를 하며 과거에 응시했다, 그러다 도교에 들어 비로소 안정을 찾았다는 둥······."

"도척이라는 사람에게 아들이 있었다 그 말입니까?"

도척의 여동생에게서 역시 그 말도 듣지 못했다.

아들이 있다? 본처가 아들을 낳았는데 사산했다고 하지 않았나?

어디선가 날아온 새 한 마리가 빨랫줄에 앉아 울어대었다. 기 사형이 그 새를 가만히 보고 있다가 고개를 끄덕였다.

"모르나 보군?"

"처음 듣는 소립니다."

"아무튼 내 기억은 그래. 모르지 또……."

"네?"

"도척의 아들이 도척이 관여하는 도교의 영보원에 깊이 관여하고 있다는 소문도 있었으니까."

"영보원요?"

율곡의 물음에 고봉이 다시 고개를 끄덕였다.

"수련원 격인 영보원이라고 하기에 나도 처음에는 수도나 하는 곳인가 했지. 그런데……."

"아니었단 말인가요?"

율곡이 되묻자 고봉이 고개를 끄덕였다. 그리고 다음과 같은 말을 했다.

도교의 수련원 격인 영보원에는 성의 기교와 음양의 도를 가르치는 여인들이 있었다. 소녀(素女), 채녀(采女), 현녀(玄女)가 있었다.

채녀는 본시 불로장생의 비결을 배워 전하는 이였다. 강정약의 제조법을 알리고 여성 불감증을 치유하는 법을 후세에 알린 여신이 채녀였다. 수련원의 채녀는 그 전통을 이어받든 여자였다.

채녀에게는 팽조라는 스승이 있었다. 위, 촉, 오가 천하를 다투던 삼국시대 사람 팽조는 그녀가 있었기에 양생술의 하나인 도인법(道引法)을 완성시킬 수 있었고 선인계의 원로로 있으면서 늘 강정약을 복용해 젊은 모습을 하고 있었다. 서주 목왕의 명을 받은 채녀가 팽조에게 방중술의 비법을 전수 받았고 아울러 음중(陰中)의 대추라는 강정약을 전수받을 수 있었다.

반면에 소녀는 방중술을 통해 강건과 연명장수 그리고 쾌락을 동시에 가르치는 환정녀였다. 그녀의 전신은 중국 고대의 전설적인 삼황오제의 한 사람인 복희씨를 시중 든 소모라는 음악가의 딸에게서 찾을 수 있다. 그는 선녀가 되어 미소년의 정기를 흡수하여 불로불사의 방중술을 터득해 정액을 사정하지 않을 수 있다면 생명도 무궁하게 유지할 수 있다는 방중술의 이론을 세운 여인이었다. 상대방 남성의 생명을 성을 통해 늘리고 건강한 삶을 유지하는 연기법(練氣法)과 도인법으로 정기를 몸 안에 쌓는 환정법을 개발한 여신의 후예였다.

그에 비해 현녀는 채녀와 더불어 소녀와 함께 방중술의 권위자로 중국 황제에게 음양교접의 술법을 가르친 선녀의 후예였다. 보통 여인보다 검은 피부를 가져 현녀라는 이름이 붙여졌는데 교접하되 사정하지 않게 이끄는 방중술의 권위자였다.

이들 셋은 남자의 한정된 정기를 밖으로 내보내지 않는 힘이 있는 여자들의 후예들로서 그 기술을 철저히 득한 환정녀들이었다. 그녀들은 만약에 남자가 사정을 하더라도 반드시 그만큼의 정기를 되돌려주는 힘을 가진 여인들이었다. 남자가 절정에 드는 순간 자신의 화심(花心)에 들게 함으로써 그곳으로부터 자신의 정기를 다시 남성에게 흡수해가도록 하여 남성의 정기를 회복시키는 능력의 소유자들이었다.

"도교의 사상과 그 법의 최상층에 있는 환정법을 알아가다가 어느 날 내가 도척 선생에게 물었다네. '노자의 사상이 최상승의 법이다 그 말씀입니까? 하고 말이야. 차라리 도인법의 완성자 팽조나 환정술의 신선 충화자라고 했다면 이해가 쉬웠을지 모르지."

"그랬더니요?"

율곡이 듣고 있다가 물었다.

고봉이 어금니를 꾹 씹었다.

"그날 도척 선생은 눈도 깜박하지 않고 머리를 끄덕이더군. 노자의 사상이 그렇게 발전된 것이 아니냐고."

"결국 노자의 사상이 유가의 머리라는 말이로군요?"

율곡이 어이없다는 투로 물었다.

"맞아. 환정법을 도인법을 완성한 팽조가 전했든, 아니든, 그렇다는 것이지."

"허허, 참, 기가 막히네."

"그래. 도가들이 노자를 내세운 주장이라고 치부하더라도 기가 막힐 일이었지. 내가 퇴계 선생님과 논쟁하면서 제일 감명 받았을 때가 언제인지 아는가? 그분께서 일상(日常)이라는 말을 쓸 때였다네. 우리들의 일상 속에 도의 본질이 있다고 했을 때였어. 바로 그것이 리라고 했네. 그게 기라고 하고. 성은 그저 순수한 것. 그것으로 인해 세계는 존재하며 그 일상성을 지키는 것이 유교라고 말일세. 단절이 아니라 그 세계를 세계답게 세우는 작업. 인간이 인간답게 살아갈 수 있는 세상……."

"맞습니다. 맞아요."

곽문이 무례하게 일어나면서 중얼거렸다.

기 사형은 아랑곳하지 않았다.

"예를 들어 유가적 입장에서 볼 때 정치의 근본이 무엇인가? 힘이 아니고 술수가 아니고 덕이 아니겠는가? 덕이 무엇인가? 글자 그대로 곧은 마음이겠지. 곧을 직, 마음 심. 그 마음속에 정(情)이 있다. 마음의 웅덩이 속에. 그러나 그 웅덩이에서 솟아나는 정은 하염없는 것이지. 그것은 샘처럼 솟아나는 것이지. 그 샘이 곧 성(性)이다. 내 본성. 그분이 그걸 보았다는 생각이 들더군. 그때 내가 무엇인가 참으로 잘못 생각하고 있는 것이 아닐까 하는 생각이 들더라 그 말일세. 정말 어리석었다는 생각 말일세."

열린 문으로 바람 한 줄기가 들이쳤다. 율곡은 시원하다는 생각은 들지 않았다. 율곡은 자세를 좀 고쳐 앉았다. 바람이 옷 속으로 파고들어 몸을 좀 식혀주었으면 싶었다.

들려오던 매미소리가 뚝 그쳤다.

샛바람인가?

그런 생각을 하는데 기 사형의 음성이 이어졌다.

"그런데 이미 사도에 영혼을 먹혀버린 도척 선생은 오히려 당당했었네. 우리가 사도라며 외도시 하는 노자사상을 잘 분석해보면 그게 바로 유가의 본질이라고 외쳐대고 있었으니 말일세. 그렇게 유가에 박식하고 공부자에 미쳐 있던 사람이 왜 그렇게 되어버렸는지……."

곽문과 율곡의 시선이 더듬듯 허공에서 부딪쳤다.

"그 후 퇴계 선생과 사단칠정에 대한 논쟁을 시작했다네. 노유학자의 가르침이 뼈 속에 사무칠수록 도대체 지식이 무엇일까 싶었다네. 사상이 무엇이고 종교가 무엇일까……. 그랬는데 퇴계 선생님이 그 도가에 빠졌다? 그리고 그런 몹쓸 사건에 관련 되었다? 허허허, 어림도 없는 소리."

"그러니 보통 문제가 아닙니다."

"그렇구면. 설령 그분이 도가의 최상승법인 환정법에 관심이 있었다고 해도 그래. 설마 그 경지를 리기의 정점으로 보았겠는가? 하기야 남자와 여자가 부둥켜안았을 때 리기가 분명할 것이라는 생각이 들긴 하지만. 그러나 그것 때문에 나도 잠시 정신이 나갔던 것이 아닌가?"

"그럼, 그 후 완전히 도척 선생과는 인연을 끊었겠군요?"

곽문이 느닷없이 물었다.

기 사형이 생각에 잠긴 채 고개를 내저었다.

"인연이라는 것이 무섭더이. 도척 선생은 그대가 마음만 돌려주면 이 나라에 도교가 국교가 될 것이라며 한동안 나를 설득했지만 나중에 안 되자 이상한 말까지 했다네."

"이상한?"

율곡이 되뇌었다. 되뇌면서 율곡은 발이 저려오는 것 같아 자세를 좀 고쳐 앉았다.

고봉이 앉은뱅이책상 밑을 기웃거렸다. 그러다 책상 밑으로 손을 쓱 집어넣어 무엇인가를 꺼냈다. 부채였다. 그는 속이 타는지 부채를 들어 활활 부치기 시작했다. 부채에서 일어나는 바람이 율곡에게까지 전해졌다.

어느 날 고봉을 찾아온 도척은 기대승에게 이런 말을 했다.

"이 나라는 불교를 밀어내고 유림 천국이 되었지만 이제 유가의 세계를 뛰어넘는 도가의 성전(聖典)이 어딘가에 있다네."

"유가의 세계를 뛰어넘는?"

"그러네. 그것을 찾아내어 세상의 것이 되게 해야 하네."

"그게 무슨 말입니까?"

무슨 말을 하고 있느냐는 얼굴로 기대승은 물었다.

"리학경이라고도 하지."

도척이 못을 박듯 말했다.

"리학경?"

기대승은 막연히 뇌까렸다.

"노자의 사상에서 나온 최상승의 법이 거기에 있다네. 그 경이 세상에 나가면 어두운 세상은 변하게 될 것일세. 개인이 소장하면 영생을 얻을 것이요 이 나라에 던지면 영원할 것일세. 더욱이 고고학적으로 그 고본의 가치는 누구나 탐낼 만한 진귀한 것이니까."

"알 만하군요."

율곡은 알고 있다는 듯 말했다.

"지금은 그 리학경을 두고 도교는 자기들 것이라 하고 퇴계 선생 문도에서는 우탁 선생이 남긴 것이라고 하고……."

"그렇습니다."

"허허허, 그럼 찾아보면 알겠구먼. 그래서 퇴계 선생도 그 경을 찾아나섰다? 거 말 되네. 이제 생각해 봐도 예사롭지 않아."

율곡이 시선을 들자 햇살이 눈부신 저쪽 산등성이로 풀어놓은 소들이 어슬렁거리는 모습이 보였다.

"저도 사실 너무 어이없어 한동안 잠을 이룰 수 없었습니다. 그런데 솔직히 이상하더군요."

뭐가? 하고 문득 기 사형이 시선을 들었다.

"뭔가 말이 되지 않을 것 같으면서도 묘하게 신경을 긁어 오는 게 있단 말입니다."

"하하하."

말뜻을 알아들은 기 사형이 웃었다.

"맞아. 바로 그것이야. 그걸 도교도들이 내세우고 있는 거라고. 참으로 부끄러운 말이네만 나도 그래서 갔다온 것이 아닌가? 여자와 합일에서 기의 정점을 본다. 여자를 안았을 때 거센 불길처럼 일어나는 기운, 그를 통제하려는 이성. 그래 그것이지. 리기가. 그게 바로 리기의 모습이지."

"그렇습니다. 기 사형도 그런데 보통 사람이라면 어떻게 홀리지 않겠습니까?"

"맞아. 그런데 어느 날 나는 결정적인 것을 보고 말았어."

"예?"

경멸스런 태도로 고봉의 말을 듣고 있던 곽문이 눈을 빛내며 되물었다.

"환정녀와 하나가 되어 있는 도척 선생과 그의 아들을."

"아들?"

곽문이 다시 되뇌었다.

순간 고봉의 얼굴에 아차 하는 빛이 스치고 지나갔다. 자신도 모르게 말을 하다 보니 그렇게 내뱉은 것 같았다.

율곡이 잠시 머뭇거리는 사이, "아들을 보았단 말입니까?" 하고 묻는 곽문의 음성이 들여왔다.

고봉이 눈을 지그시 감고 고개를 끄덕였다.

"그래. 그놈의 꼴을 보고 말았다네. 내가 얼이 빠져 누군가에게 물었지. 지나가던 사람이 그 모습을 보며 말하더군. 지금 상대와 하나가 되는 의식을 치르고 있다고. 어이가 없었지. 그런데 그런 아비를 훔쳐보는 청년이 있었어. 바로 도척의 아들이었지. 그 얼굴이 말하고 있더군. '사이비라고!'"

비로소 곽문이 스르르 고개를 떨어뜨렸다.

"그 아들이 영보원에 깊이 관여하고 있다고 하지 않았나요?"

율곡이 물었다.

"나도 그가 아들이라는 걸 나중에야 알았지. 아마 그도 그때쯤 그 세계에 회의하고 있었을지도 모르지."

율곡은 눈을 감았다.

고봉은 할 말 다했다는 듯 말이 없었다.

그는 잠시 후 몸을 일으켰다.

"이제 그만하자구. 말을 하다 보니 퇴계 선생님 때문에 별 말을 다한 것 같은데."

"마지막으로 하나만 물을게요. 퇴계 선생님과 논쟁하면서 도교의 환정법에 대해서 대화를 나눠 본 적은 없나요?"

율곡의 말에 고봉이 잠시 생각하는 것 같더니 이내 입을 열었다.

"한두 번. 도가의 신선 사상에 대해 말을 나눌 기회가 있었는데 그때 퇴계 선생님은 이런 말씀을 하시더군. '내가 선배 유학자들과 호연지기하여 참동계를 통해 도가사상에 취해보았지만 그 세계는 우리로서는 습득하기 어려운 세계이다.' 어느 날 그분이 자신이 쓴 시를 뽑아 묶은 도산잡영 필사본을 보내주었는데 거기에 이런 시가 있더군."

여울목을 보다

넘실넘실 흘러가는 저 이치 어떠하뇨
일찍이 성인이 탄식하셨네 이와 같구나
본래부터 도의 바탕 이것으로 볼 수 있으니
공부 중간에 끊어지는 일 많지 않게 하시게

觀瀾軒

浩浩洋羊理若何 如斯曾發聖咨嗟 幸然道體因自見 莫使工夫間斷多

"그 시를 받고 꼬박 나흘 밤을 새웠다네. 잠이 들지 않는 것이야. 꼭 나를 위해 지은 시 같았거든. 28자의 짧은 칠언절구였지만 유학의 진수가 글자마다 녹아 있지 않은가? '관란(觀瀾)'이라는 것이 무엇인가? 여울목이 란(瀾)이요 보는 것이 관(觀)이다. 흐르는 물을 보고 '이와 같다'고 성인(공자)은 탄식한다. 알겠더군. 왜 퇴계 선생이 물러날 퇴(退) 시내 계(溪)를 써 자신의 호로 삼았는지. 그런 분이 도가에 빠져 사건에 휘말려 몸을 숨겼다? 또 조광조는 뭐야? 너무 어이가 없으니까 정암 선생을 만나러 간다고 했겠지. 자네가 그분 누명이나 벗겨주시게."

"마지막으로 부탁 하나만 하겠습니다."

율곡이 일어나며 말했다.

고봉이 율곡을 향해 돌아섰다.

"도척의 아들 말입니다. 그 아들 말을 듣는 순간 어쩌면 그가 결정적 증거를 가지고 있을지도 모른다는 생각이 들어서요."

아들 말이 나오자 고봉의 낯빛이 곤혹스럽게 일그러졌다.

"퇴계 선생님을 생각해서라도 그 아들이 사는 집을 좀 알려주십시오. 심기가 불편하실 테지만 이왕 도와주시는 김에……."

율곡의 말에 고봉이 잠시 생각하는 표정이더니 고개를 들었다.

"그러세. 이 마당에 뭘 돕지 못하겠는가? 이미 지나간 일이기도 하고. 하지만 태어나기 전의 일이라면 아는 것이 있을까?"

털어버리듯 의외로 시원하게 대답한 고봉이 앉은뱅이책상 위에 놓인 용무늬가 새겨진 벼루를 열고 붓에 먹물을 묻혀 화선지에 약도를 그렸다.

3

"도척에게 아들이 있다는 게 놀랐습니다. 그럼 하성구는 어찌 됩니까? 본 아들이 있었다니."

기 사형의 집을 나서면서 곽문이 중얼거렸다.

"그러게."

"그러나 저러나 이럴 수가 있다니! 이젠 저까지 속이실 겁니까?"

"내가 뭘?"

"그 기록물이 있다고 왜 말씀 안하신 겁니까?"

"괜한 상상할까 싶어서……."

"정말 실망이네요. 별것도 아니더만."

"별것 아니야?"

"현실 같지 않아서요. 에이 그만 둡니다. 또 괜한 상상한다고 타박 놓을 것이 뻔하니……."

"그래, 그런 줄 알면 되지. 지금 그런 글로 괜한 상상을 할 때도 아니고."

"상감이 진노할 만도 하더군요. 얼마나 배신감이 컸으면……."

율곡이 곽문을 노려보았다.

"내가 그래서 보여주지 않은 거다. 상감까지 그런 마당에 괜히 떠벌릴 것 같아서."

"알겠습니다. 알겠다구요."

그렇게 말하고 곽문은 여전히 어이가 없는지 픽 웃었다.

"왜 웃어?"

곽문이 정색을 하고 율곡을 향해 시선을 들었다.

"그런데 엄밀히 생각해보면 그럴 수도 있는 거 아닙니까?"

"뭐가?"

"선비가 공부하면서 무슨 공부를 못하겠습니까? 유학 공부를 할 수도 있고 불교 공부도 할 수도 있고 도교 공부도 할 수 있는 거지요. 그러면서 자기 세계를 넓혀 갈 수 있는 거 아니냔 말입니다. 그게 뭐 그리 대수라고?"

"역시 곽문답네. 영리하서. 누가 공부하지 말라나? 그런데 문제는, 공부는 좋은데 본 길을 버리고 뒤늦게 사도로 빠져버린다 그 말이야. 그래서 우리는 이렇게 동분서주하고 있는 것이고."

"그러니까 퇴계 선생님도 도교에 심취해 그렇게 사도화되어버렸다?"

"만나봐야 알겠지만, 그렇지 않고서야 어떻게 그런 글을 남길 수 있고 또 그런 글이 피해자 방에서 발견되어 주상에게 바쳐질 수 있겠어?"

그제야 곽문이 아무 말 못하고 고개를 홰홰 내저었다.

"정말 이상하긴 이상합니다."

"이런 사건 두 번만 맡았다가는 내 명대로 못 살 것 같아."

"그런데 기대승이라는 사람 말입니다. 퇴계 선생님과 오랫동안 논쟁을 일삼은 사람이라고 해서 대단할 줄 알았는데⋯⋯. 친자 감별 하나 해결하지 못하고 있으니 그리고 보면 별 수 없어 보여요."

"그럼 그대가 한번 뾰족한 수를 내놓아보시지 그래. 응?"

"제가 할 수 있다면 여기 이러고 있겠습니까? 아무튼 충격이 따로 없네요. 도척이라는 사람의 친아들도 그렇고. 이게 말이나 되는 소린지⋯⋯. 유가의 물줄기를 바꿀 만큼 박식한 선비도 알고 보니 흔들리고 있었다? 한마디로 어떻게 이해해야 할지⋯⋯."

율곡은 대답 없이 휘적휘적 앞서 걸었다. 그의 '고고병'을 건드려 좋을 것이 없다는 생각이 들었기 때문이었다.

벌써 날이 차지는지 썰렁한 바람이 옷깃 속으로 파고들었다.

4

둘은 도척의 아들을 만나보기로 했다.

도척의 가족을 찾다가 여동생을 찾아내었고 그녀로부터 서자가 있었다
는 말과 검은 점 이야기는 들었다. 도척의 본부인은 사산을 해 죽었고,
도척이 사라진 것은 오래전이었다고 했다. 그런데 그때 사산한 아들이
살아 있다? 기 사형이 말한 아들이 바로 그일 것이다.

그럼 도척은 도교에 실망한 아들을 숨기고 있었다? 왜? 도교에 빠졌다가
실망한 아들? 아니, 기 사형에게 말한 것을 보면 숨기고 있지는 않은 것
같았다. 거기 있었다고 했으니까. 그럼 여동생이 그런 조카가 부끄러워
사산했다며 진실을 감췄다?

"도척의 아들이 사는 집과 도척이 사는 집이 틀리다면 도척이 어디 살고
있었다는 겁니까?"

"우리가 알기로는 도척의 사가가 그곳 아니었나? 사건이 난 곳……."

"어쨌거나 도척의 여동생은 조카의 집을 모르고 있었다는 말 아닙니까?
아들이 있다는 말은 없었고 본부인이 아들을 낳고 사산했다고 했지요?"

"그래. 나도 그게 의문이야. 그 아들이 죽지 않고 살아 있다?

도척의 아들이 산다는 집을 찾아내었을 때 둘을 맞이한 것은 도척의
여동생이었다. 깜짝 놀라며 둘을 맞이했다. 어떻게 찾았느냐는 표정이었

다. 도척에게 아들이 있다는데 왜 속였느냐고 하자, 짐작했던 그대로였다. 도교에 미쳐 그 짓이나 하고 돌아다니는 것이 부끄러워 숨겼다는 것이다.

"아비만 미쳤으면 몰라도 아들까지 미쳤다면 뭐라겠어요?"

"그래도 위증하면 안 된다는 걸 모르오?"

율곡의 말에 여동생이 사색이 되었다.

"잘못했구먼요."

"그러나 저러나 그 아들 여기 있지요?"

곽문이 다잡았다.

여동생이 고개를 내저었다.

"없어요. 나간 지가 언젠데."

"집으로 돌아오지 않는다?"

이상하다는 듯이 곽문이 되뇌었다.

"아버지와 함께 그곳 일을 본 모양이던데 왜 사이가 좋지 않았나요?"

율곡이 묻자 여동생이 잠시 머뭇대다 대답했다.

"내막이야 알 수 있나요? 집을 나가기 전에 아버지와 의견 차이가 좀 있었지요."

"의견 차이라면?"

"아들은 그곳으로 가기 싫다고 했고 아버지는 왜 그러느냐며……. 그러다 집을 나가 버렸으니까요."

묻고 있던 율곡과 곽문의 눈길이 마주쳤다.

그럼 기대승 사형의 말대로 아들은 결국 그 세계에 염증을 느끼고 집을 나갔다? 일이 어떻게 돌아가는 거야?

그런 생각을 하며 율곡은 곽문과 함께 한동안 집안을 뒤졌지만 아무것도 나오지 않았다. 집을 나서면서 최근에 찾아온 사람은 없었느냐고 여동생에게 또 물었더니 없다고 했다.

율곡은 괜히 짜증이 일면서 신경이 쓰였다. 땀이 흐르지 않았으나 이마를 건성으로 닦았다.

"되는 일이 없네요."

기대를 걸고 있었던지 곽문이 중얼거렸다.

둘은 성균관으로 사성을 만나러 갔다가 사성이 없기에 돌아서는데 마침 그가 외출에서 돌아오다가 딱 마주쳤다.

누굴 좀 찾아왔다가 돌아가는 길이라고 했더니 새로운 말을 했다. 요즘 들어 조광조를 봤다는 사람들이 더러 나타나는데 예문관 응교로 있다 상감의 은혜를 입어 전라감사로 내정된 문인 하나가 조광조의 고택에서 조광조 선생을 봤다고 해 정말일까 하고 갔다 오는 길이라고 했다.

마침 사성 곁에 조광조를 봤다는 그 사람이 서 있었다.

몇 살이나 되었을까? 머리가 하얗게 세었는데 쥐수염을 하고 하관이 빨고 이마가 넓었다. 눈이 크고 코는 매부리코였다. 예문관 응교로 있었다면 홍문관 부교리인 율곡이 모를 리 없었다. 그런데 면이 없었다. 아마 예문관 응교로 온 지 얼마 되지 않은 모양이었다.

아무튼 귀가 번쩍 열리는 일이라 율곡이 북촌 이덕홍의 말을 떠올리며, "혹시 이상직 공이십니까?" 하고 물었다.

선비가 눈을 크게 떴다.

"저를 아십니까?"

"제가 홍문관에 있어서 말입니다."

예문관 응교라면 정4품이다. 품계가 높다고 상감의 명을 받은 사람이

굽신거릴 이유가 없다. 더욱이 면도 없는 마당이었다.

사성이 그제야 곁의 선비에게 이율곡이라는 이름자를 댔다.

"아하, 아홉 번 장원했다는?"

"맞아."

사성이 고개를 주억거리며 대답했다.

"어허, 이거 영광이로소이다."

그때였다. 지나가는 유생 하나가 곽문을 보고 인사를 꾸벅하였다.

"큰아재?"

돌아보던 곽문이 깜짝 놀랐다.

"너 유범이 아니냐?"

"큰아재 여서 뭐한다요?"

유생이 곽문을 데리고 저만큼 나아갔다. 잠시 말을 나누던 곽문이 돌아
왔다.

"조카가 이곳 유생인데…… 여기서 만났네요. 어떡하지요?"

"왜?"

율곡이 새파랗게 질린 곽문이 예사스럽지 않아 보여 물었다.

"나올 때까지 멀쩡했던 저의 어머니가 그저께 토사곽란을 일으켜 사경을
헤매고 있다 합니다."

"토사곽란?"

율곡이 되뇌었다.

"거, 되게 얹힌 모양이네."

사성이 한마디 했다.

"그럼 가봐야겠군."

율곡이 말했다.

"그래야 될 것 같습니다. 누이동생이 와 있다고 하지만……."

"어서 가봐."

곽문이 유생과 사라지고 나서야 율곡이 사성을 돌아보았다.

"조광조 선생을 보았다고요?"

율곡의 단도직입적인 질문에 선비가 멈칫했다.

잠시 후에야 대답이 따랐다.

"그렇소이다."

"그래요?"

그렇게 되뇌고 율곡은 고개를 갸웃하다가 다시 물었다.

"전에 그분을 뵌 적이 있습니까?"

그가 조광조를 어떻게 알아보았을까 해서 물은 소리였다.

"어릴 적에 본 적이 있소이다."

"어릴 적?"

"그는 나와 한 마을에서 같이 살던 분이었소. 나보다 나이는 서른 살이
위였지만 동생처럼 대해주던 분이었는데 내가 왜 모르겠소?"

"그곳이 어딥니까?"

"정암 고택이요."

"고택?"

"폐가일 텐데요? 그곳에서 그분을 보았단 말입니까?"

"그렇소이다."

"혼백이 떠돌아 사람들이 근접을 못한다는 소문이 있던데 혹 혼백을
본 것이 아닙니까?"

"무슨 소리. 서책을 안고 경을 외우고 있는 모습을 분명히 보았소."

"말을 나누어 보았습니까?"

"내가 조광조 어른이 아니시냐고 하니까 사람 잘못 봤다고 하며 얼른 안으로 들어가버렸소."

"그럼 아니구먼요?"

"늙긴 하였지만 왜 내가 그분을 모르겠소?"

율곡은 고개를 갸웃했다. 조광조가 사사되고 그 일가붙이들은 화를 피해 뿔뿔이 흩어졌다는 말을 들었다.

"물론 만나지 못했겠지요?"

사성이 허망하게 웃었다.

"어디로 사라져버린 것인지 보이지 않았소."

그길로 율곡은 퇴계를 찾던 발길을 돌려 홀로 정암 조광조의 폐가를 찾기 시작했다. 믿을 수 없었지만 가보자고 생각한 것이다. 그렇지 않고서는 뭐 뾰족한 수도 없었다.

정암 선생의 집은 북촌 너머 종로통 쪽에 있었다. 창덕궁 돈화문에서 한 마실 거리였다. 언덕을 좀 올라채자 보현봉이 솟을문 정중앙에 오도록 설계했다는 생각이 드는 고가가 나타났다.

사람이 살고 있지 않아 화초담이 허물어졌고 솟을대문도 낡고 썩어 추녀가 기울었다.

이 집에 조광조 선생이 있다고?

(2권에 이어집니다)

퇴계
❶ 불 속의 꽃길

초판 1쇄 인쇄 2015년 1월 26일
초판 1쇄 발행 2015년 1월 30일

지은이·백금남

발행인·양문형
펴낸곳·끌레마
등록번호·제313-2008-31호
주소·서울특별시 마포구 월드컵로 124 (성산동) 성산빌딩 4층 (121-847)
전화·02-3142-2887 / 팩스·02-3142-4006
이메일·yhtak@clema.co.kr

ⓒ 백금남 2015

ISBN 978-89-94081-53-3 (04810)
     978-89-94081-52-6 (세트)

이 도서의 국립중앙도서관 출판시도서목록(CIP)은 서지정보유통지원시스템 홈페이지
(http://seoji.nl.go.kr)와 국가자료공동목록시스템(http://www.nl.go.kr/kolisnet)에서
이용하실 수 있습니다. (CIP제어번호 : CIP2015001564)